本书由中南民族大学学术著作出版基金、
重点学科建设基金资助出版

思与诗的搏击

刘为钦　著

中国社会科学出版社

图书在版编目（CIP）数据

思与诗的搏击/刘为钦著. —北京：中国社会科学出版社，2010.9
ISBN 978-7-5004-9110-1

Ⅰ.①思…　Ⅱ.①刘…　Ⅲ.①诗歌-文学研究-中国-现代
②诗歌-文学研究-中国-当代　Ⅳ.①I207.2

中国版本图书馆 CIP 数据核字（2010）第 179168 号

策划编辑　郭晓鸿（guoxiaohong149@163.com）
责任编辑　储诚喜
责任校对　李　莉
封面设计　格子工作室
技术编辑　戴　宽

出版发行　**中国社会科学出版社**
社　　址　北京鼓楼西大街甲 158 号　　邮　编　100720
电　　话　010—84029453　　　　　　传　真　010—84017153
网　　址　http://www.csspw.cn
经　　销　新华书店
印　　刷　北京君升印刷有限公司　　　装　订　广增装订厂
版　　次　2010 年 9 月第 1 版　　　　印　次　2010 年 9 月第 1 次印刷
开　　本　710×1000　1/16
印　　张　14.75　　　　　　　　　　插　页　2
字　　数　213 千字
定　　价　28.00 元

序

　　刘为钦出版著作《思与诗的搏击》，要我为之作序，因为这不是他的博士学位论文，我还真不知道从哪里说起。这里也就说一点我读了这本书的清样之后的感想吧！

　　记得刘为钦在考博士研究生之前，曾在《哲学研究》等刊物发表过几篇颇有影响的论文，尤其是《"另一个自然"》一文还在美国、德国和中国香港的学术界产生过一定的反响。应该说，一个刚刚毕业不久的文学硕士能在《哲学研究》上发表文章，而且还产生了影响，这不是一件容易的事情。后来不知是什么原因，一个哲学爱好者居然对中国现当代文学有了浓厚的兴趣，而且报考了中国现当代文学专业的博士研究生，经过考试，我也就成了他的指导教师。刘为钦在攻读博士学位期间有两点十分突出，一是学习勤奋，一丝不苟，扎扎实实地做学问，一步一个脚印；二是善于思考，不人云亦云，有自己的看法和见解，如古人所云："须教自我胸中出，切忌随人脚后行。"这些都是十分可贵的。令我不很满意的地方是，他的形而上的思辨能力似乎没有充分地发挥出来。这大概与他边工作边学习的"在职"性质有关。据我了解，他当时是一边工作，一边学习，没有完全脱产。在工作上，他很卖力，还很有成效，而且和上上下下的关系协调得都不错。精力和时间花在了工作上，于学业自然就有些耽误。不过，他在做博士学位论文的研究时主要精力都放在学习和研究上，但研究风格似乎有了一些改变，此时的他更注重于资料的收集。应该说，他的博士学位论文的文献是完整的。仔细想来，这两种风格也并不矛盾，这是一个读书认真的人所具有的基本品格。现在阅读这摞打印出来的书稿，《思与诗的搏击》也能体现刘为钦这种"思辨＋文献"的学术个性。"学而不思则罔，思而不学则殆。"孔子的这句名言是值得我们每一个从事学术研究的人深思的，我十分赞同和推崇这种治学方式。

基于"思辨＋文献"的治学方式，《思与诗的搏击》对文学与自然的关系、文学与人的关系、叙事作品的诗性品格和文学作品的批评标准等问题的研究已经比较深入了。我认为，这是一部具有较高学术水准的著作。著作对单个问题的研究比较深入，但从整体上来考察，又显得有些繁杂，不够集中。我希望刘为钦在修改他的博士学位论文，也就是他近期申请到的国家社会科学研究基金项目《抗日战争题材长篇小说的流变（1931—1966）》时，写得集中一些。

这便是我读《思与诗的搏击》后的一点感想，也算是为这本书所作的序言。

王庆生

前　言

　　自 1993 年成为一名文艺学专业的硕士研究生起，我就一直在思考着这样一些问题：我们是用一种怎样的方式在感受着一个怎样的世界？文学——宽泛意义上的诗——是用一种怎样的方式在表述这个世界？作为一名文学研究者应该建立起怎样的价值体系来评价这为文学家、艺术家所创造的另一个世界——亦称"另一个自然"？这些问题看起来很简单，但确实是令人煞费苦心的。

　　一般认为，人类认识世界，在认知的过程中便形成和培养了自己的世界观，人类把握世界的方式是业已形成的世界观。但是，人类认识和掌握世界的方式似乎并没有这样简单——文学史、文化史、科学史上常有世界观无限唯物，方法论无限辩证的艺术家、科学家却创作不出成就较高的产品；相反，有一些世界观并不怎么唯物，方法论并不怎么辩证的人创造了科技史、文化史和文学史的奇迹。何以如此？他们是凭着他们对世界的敏锐的感受力来认识这个世界的，他们凭着自己的感受力发现了其他人所没有发现的现象和问题，他们凭着自己的感受力创造了人类文明史的经典。为了某一集团的利益，我们要确定自己清晰的世界观，但要创造人类文明的精品恐怕还得培养和训练社会成员对世界的感受能力，即世界感。文学艺术活动也是人类的活动方式之一，它也需要文学家、艺术家对世界的直觉与感受。关于艺术家所感受的世界，自然论者理解为自然，人学论者理解为人，向来是一个争论不休的话题。准确地说，这个世界应该包含两个领地，一个是物理的世界，一个是人的心灵的世界。即或是在人学论者的内部，不同的时期不同的论者对人也有不同的理解，作为艺术反映对象的人在新中国成立之后就经历过一个从宽泛到紧缩，再到回归的过程。文学艺术要反映作为对象的世界，它就要反映人，反映自然，人情与物理才是文学艺术反映对象的全部；人情是评价文学艺术的一个尺度，物理则是评价文学艺术的另一个尺度。

正是在人情与物理的双重挤压之下，远古的先民们创造了人类最早的艺术。远古先民的创作动机来源于他们的生命意识。这种生命意识包含着两个方面的情愫：一个是他们对物质的欲念，一个是他们对性的欲念。正是因为这两种欲念，先民们才有了保存自己和保存种族的意识；正是因为这种保存自己和种族的生命意识，远古的先民们才产生出表达这种欲求的意志，才创造出人类的原始艺术。从本质上来讲，人类艺术，含抒情艺术、叙事艺术和造型艺术等，都是出自人的表达的需要。叙述性文学作品的表达主要以人物和情节为杠杆，人物与情节在叙事作品中仿佛一枚硬币的两面，紧紧地黏附在一起，互为表里。情节由若干个叙事元素构成，其组成的方式有直线链状式、中间插入式和并列交叉式等；某些叙事元素在文本中的存在带有影响整个文本结构的功能，我们称之为调节性叙事元素。人物形象则有扁平人物、圆形人物和心理人物等几种类态。新中国成立以来的叙事作品经历了从情节到人物，再到情节与人物并举的演变。

具体到如何审视文学艺术作品，笔者通过对白朗的《为了幸福的明天》、阿来的《尘埃落定》和王宝强主演的电视剧《士兵突击》的分析，作了一些文学批评的尝试；具体到如何评价文学史事实，笔者通过对现代"三十年"、"文化大革命"前"十七年"、新时期以来文学史实的研究，也提出了一些具体看法和见解。文学和文学史的研究应该建立在对具体的文学作品和文学史文献的系统阅读的基础之上，否则都是徒劳无益的空穴来风与无稽之谈。当然，作为文学批评的主体，文学研究者还要建立起自己的评价体系和审美标准。

目　录

序 ……………………………………………………… 王庆生（1）

前言 ………………………………………………………………（1）

上篇　哲理的沉思

第一章　世界感的意义 ………………………………………（3）

第二章　"自然"的内涵 ……………………………………（10）

第三章　"人"之何为 …………………………………………（19）

第四章　"文学"与"人学" …………………………………（29）

中篇　诗性的探索

第五章　诗的起源 ……………………………………………（53）

第六章　叙事的本质 …………………………………………（60）

第七章　叙事作品的类型 ……………………………………（69）

第八章　人物与情节的关系 …………………………………（77）

第九章　人物的类型 …………………………………………（88）

第十章　解读人物的二重维度 ……………………………（100）

第十一章　情节的构成 ……………………………………（111）

第十二章 解读情节的多重维度 …………………………… (124)

第十三章 功能性的叙事 …………………………………… (139)

第十四章 当代情节观念的形成 …………………………… (145)

第十五章 新时期情节观念的转型 ………………………… (153)

下篇 诗与史的批判

第十六章 女性的解放与诠释 ……………………………… (165)

第十七章 生命的感悟与言说 ……………………………… (169)

第十八章 叙述的探索与回归 ……………………………… (173)

第十九章 "新文学"的命名 ……………………………… (182)

第二十章 现代与当代文学的分界 ………………………… (193)

第二十一章 "9·18事变"的文学史意义 ………………… (198)

第二十二章 "十七年"文学研究的一种方略 …………… (211)

结语 建构自我与走出困境 ………………………………… (223)

后记 ………………………………………………………… (225)

上 篇

哲理的沉思

第一章

世界感的意义

近年,"世界感"一词在文艺美学界不断被使用,并且,有学者认为"要创造真正的艺术品,这不能离开文艺家的世界感"[①]。但是,世界感不只是一个美学范畴,更是一个哲学范畴,是相对于"世界观"而言的人的思维对主客观世界的初级感受和具体看法。

世界观是经过了人们归纳推理、理性抽象后的对世界的认识和掌握,不是对世界的原生感受和具体认识。世界观,是对世界的根本看法,是对世界的高级的、终级的认识和掌握。对人类认识掌握世界的终极形态——世界观,应该予以重视和研究,但是,在哲学研究中也不应该忽视对世界感的认识和探讨。

从人类认识发展史来看,当人还是类人猿时,不过和动物一样,只有动物的感觉,不具有思维,对世界的感觉仅仅是被动的感受,不具有掌握世界的特性;随着人的直立行走、工具的使用和语言的产生,类人猿转变成类猿人,人类形成了人的感觉和思维;再随着人与自然、人与人的交往日益扩大,人的思维也逐渐地成熟起来,以致产生出抽象思维的能力,形成具有理性色彩的世界观。再从单个人世界观的形成来看,一个人在出生

---

① 孙子威:《做人民群众的忠实的代言人——纪念〈在延安文艺座谈会上的讲话〉发表五十周年》,《孙子威文艺美学论集》,华中师范大学出版社 1993 年版,第 400 页。

时不具有世界感，更不具有世界观；但他具有人类遗传的感受能力和图式。婴儿正是因为具有这种感受图式，才能开始感知世界。在他们感知世界的时候，形成了对世界的初级认识——世界感。再随着这种对世界的认识的不断具体、深入、丰富，人的世界观便逐渐形成。所以，世界观的形成离不开世界感，世界感是世界观形成的前提和基础。

世界感这一范畴，马克思主义经典作家尚未提及，但是，这一范畴所包括的内容，马克思主义经典著作有过很丰富、很深刻的论述。马克思在《1844年经济学哲学手稿》中认为："人不仅通过思维，而且以全部感觉在对象世界中肯定自己。……只有由于人的本质的客观地展开的丰富性，主体性，人的感觉的丰富性，如有音乐感的耳朵、能感受形式美的眼睛，总之，那些能成为人的享受的感觉，即确证自己是人的本质力量的感觉，才一部分发展起来，一部分产生出来。因为，不仅五官感觉，而且所谓精神感觉、实践感觉（意志、爱等等），一句话，人的感觉，感觉的人性，都只是由于它的对象的存在，由于人化的自然界，才产生出来的。五官感觉的形成是以往全部世界历史的产物。"[①] 恩格斯在《自然辩证法》中指出："'物质'和'运动'这样的名词无非是简称，我们就用这种简称，把许多不同的、可以从感觉上感知的事物，依照共同的属性把握住。"[②] 马克思、恩格斯在《德意志意识形态》中认为："意识起初只是对周围的可感知的环境的一种意识，是对处于开始意识到自身的个人以外的其他人和其他物的一种狭隘的意识。"[③] 列宁在《唯物主义和经验批判主义》中指出："马赫主义是主观主义者和不可知论者，因为他们不充分相信我们感官的提示，不彻底贯彻感觉论。他们不承认作为我们感觉泉源的、不以人为转移的客观实在，他们没有把感觉看作是这个客观实在的正确摄影，因而直接和自然科学发生矛盾，为信仰主义大开方便之门。"[④] 毛泽东在《实践论》

① 《马克思恩格斯全集》第42卷，人民出版社1979年版，第127—128页。
② 《马克思恩格斯选集》第3卷，人民出版社1972年版，第556页。
③ 《马克思恩格斯选集》第1卷，人民出版社1972年版，第35页。
④ 《列宁选集》第2卷，人民出版社1960年版，第127页。

思与诗的搏击

中指出："从认识过程的秩序说来，感觉经验是第一的东西，我们强调社会实践在认识过程中的意义，就在于只有社会实践才能使人的认识开始发生，开始从客观外界得到感觉经验。"①

马克思主义以前的哲学家们，对这一内涵也有所论述。早在古希腊，留基波、德谟克里特和伊壁鸠鲁就认为："感觉和思想是由钻进我们身体中的影像产生的；因为任何一个人，如果没有影像来接触他，是既没有感觉也没有思想的。"② 德谟克里特将视觉、听觉、嗅觉、味觉和触觉叫做暗昧的认识。③ 亚里士多德曾经说："感官是指这样一种东西，它能够撇开事物的质料而接纳其可感觉的形式。"④ 文艺时期，达·芬奇也说："我们的一切知识，全都来自我们的感觉能力。"⑤ 后来，经验派哲学家们强调感觉是一切知识的来源，理性派哲学家们则强调理性对感觉、感性认识的制约作用。总之，自古以来哲学家们对世界的初级认识的注意从来没有间断过。

现代西方哲学，诸如胡塞尔的现象学、萨特的存在主义、弗洛伊德的精神分析学说、维特根斯坦的语义分析学说都是从日常生活中的原生现象去分析研究人的生存方式，这对我们提出和研究世界感也具有很大的启发意义。

过去的哲学家们论述人类对世界的初级认识和掌握都只用了"感觉"、"感性认识"之类的概念，最接近"世界感"的也只有19世纪俄国哲学家、文学批评家杜勃罗留波夫在《黑暗的王国》中所用的"具体感受的世界观"⑥ 的概念。与"感觉"、"感性认识"比，世界感和它们有某种共同的特征：反映人类认识掌握世界的初级形态；但是，世界感具有"感觉"、"感性认识"所不能代替的位势。

① 《毛泽东著作选读》上卷，人民出版社1986年版，第129页。
② 北京大学哲学系外国哲学史教研室编译：《西方哲学原著选读》上卷，商务印书馆1981年版，第50页。
③ 同上书，第51页。
④ 同上书，第149页。
⑤ 同上书，第310页。
⑥ 杜勃罗留波夫：《文学论文选》，上海译文出版社1984年版，第416页。

世界感是一个哲学范畴。范畴是人们的思维对世界存在的认识发展到一定历史阶段的产物。它既是对人们过去认识成果的总结，也是对世界存在的进一步认识；正确地归纳和总结一些有生命力的范畴，有利于我们认识和改造世界。哲学是关于世界观的学问，因此，哲学体系中不能不包含"世界感"这一范畴。

19世纪30年代，歌德在《关于艺术的格言和感想》中写道："诗人究竟是为一般而找特殊，还是在特殊中显出一般，这中间有一个很大的区别。由第一种程序产生出寓意诗，其中特殊只作为一个例证或典范才有价值，但是，第二种程序才特别适宜于诗的本质，它表现出一种特殊，并不想到或明指到一般。诗人若是生动地把握住这特殊，谁就会同时获得一般而当时却意识不到，或只是事后才意识到。"[①] 据爱克曼的《歌德谈话录》记载：歌德主张诗人从客观世界出发，席勒却用主观的方式写作；席勒为了论证自己的观点正确也写了《论素朴的诗和感伤的诗》。[②] 尽管歌德和席勒仅仅是在诗学的范围内讨论，但是，这一讨论有其哲学的意蕴，它向我们提出了一个哲学问题：我们认识和掌握世界是从世界感上升到世界观呢，还是从世界观回到世界感去寻找符合这一世界观的具体材料？

列宁在《唯物主义和经验批判主义》中多次强调要从客观实际出发，不要为了信仰主义而大开方便之门。列宁还指出："是从物到感觉和思想呢，还是从思想和感觉到物？恩格斯主张第一条路线，即唯物主义的路线。马赫主张第二条路线，即唯心主义的路线。"[③] 马克思、恩格斯也指出："德国哲学从天上降到地上；和它完全相反，这里我们是从地上升到天上，就是说，我们不是从人们所说的，所想象的，所设想的东西出发，也不是从只存在于口头上所说的、思考出来的、想象出来的、设想出来的人出发，去理解真正的人。我们的出发点是从事实际活动的人，而且从他们的现实生活过程中我们还可以揭示出这一生活过程在意识形态上的反射

---

① 转引自朱光潜《西方美学史》下卷，人民文学出版社1964年版，第416页。
② 同上书，第414页。
③ 《列宁选集》第2卷，人民出版社1960年版，第36页。

和回声的发展。……前一种观察方法从意识出发，把意识看作是有生命的个人。符合实际生活的第二种观察方法则是从现实的，有生命的个人本身出发，把意识仅仅看作是他们的意识。"①

现存的主客观世界在未被我们认识之前，它是尚未被对象化的自在之物；只有当人的本质力量作用于它，它在人的思维中形成印象时，这种自在之物才成为为我之物，即主客观世界在人的头脑中引起感受和反映，亦即世界感的形成，才开始产生。所以，世界感的形成是认识过程的起点。只有在产生于这一阶段的世界感是具体的、真实的、丰富的前提下，人类才有可能准确地把握世界本质。诚然，单个的人可以吸收和借鉴人类的文明成果认识和把握世界，但是，对人类文明成果的吸收和借鉴只有建立在对世界的丰富的具体认识的基础上。

我们主张从世界感出发，认识和掌握世界本质，但世界感并不能自发地上升成为世界观，它还需要人们的能动努力；世界感上升成为世界观，这并不是认识活动的终止，它还有待于回到实践活动中去指导实践，接受实践的检验。世界感、世界观尽管是人们认识掌握世界的两种不同的形态，但它们是紧密联系、相互影响的。在复杂的社会形态中，社会存在、世界感、世界观三者之间的关系显得更为复杂。

或者由于社会存在的某种假象，或者由于认识主体尚不具有认识某一对象的能力，常常不能准确、及时认识某些社会存在的现象。列宁曾经举过一个例子："一个农民在出售谷物时，他和市场上的其他谷物生产者发生交往，可是，他没有意识到这一点，也没有意识到在交换中形成的社会关系。"② 农民和谷物购买者之间的关系是易于感知的，但是，谷物生产者之间的关系，对于一个农民来说，是难以理解的，因为这种关系在一定程度上有其隐蔽性。

对世界存在的认识，不同的主体认知心理结构会作出不同的反映。如同是一棵松树，一般的人只有一般的反映，生物学家却有生物学家的反

---

① 《马克思恩格斯选集》第 1 卷，人民出版社 1972 年版，第 30—31 页。

② 《列宁选集》第 2 卷，人民出版社 1960 年版，第 329—340 页。

映，哲学家、美学家会有哲学家、美学家的反映；对于梦，马克思主义认为是作用于人的大脑皮层的客观对象在人的睡眠中的显现；弗洛伊德认为是人的利比多的实现，印第安人则认为是他人不朽灵魂对自己的一种侵犯。可见，真实的世界感，在其推导、蒸馏的过程中，也可能产生各种完全不同的世界观。

这种在一定条件下的世界感和世界观的背离，产生于世界感区别于世界观的自在特征：

其一，世界观不是一种特定的经验现实，而是对世界存在进行理性抽象后的思想和观念；一种新的正确的世界观不是某一孤立的个人所能建立的，它往往建立在诸多个人的真实思想结构上，并需要几代人的百般努力才能得以实现。而世界感则只要人们与客观世界、主观精神建立起联系就可以随时随地产生，所以，世界感具有现时个体性。

其二，当我们与外部世界发生联系时，外部世界的色、香、味、形及其运动规律随时都被我们的五官所感知；随着监测仪器的日益先进，宏观的宇宙世界，微观的分子、离子、光子都将成为我们认识掌握的对象。世界感不仅包括人们对外部世界的感受，也包括对人自身内心活动和行为方式的自省——因为个体的人也是世界存在的不可分割的部分，而且是其主体部分，人的内心活动和行为方式无时无刻不伴随人而存在。所以，世界感具有丰富生动性。

其三，世界观是人将感性材料进行理性抽象后的对世界的认识和掌握。但是，世界感是凭人的直觉产生的；尽管人们的感觉能力是全部人类历史的产物，但它随时可以与外在于人的客观存在、内在于人的心理活动和行为方式发生联系，产生世界感。所以，世界感具有瞬时直觉性。

其四，一般而言，有什么样的客体存在，就有什么样的主体感受和思想；其主体感受和思想尽管形式是主观的，但内容是客观的，而世界观常常是被抽象后的系统化的理论体系，世界感较之世界观更接近于客体本身，所以，世界感具有直接具体性。

其五，世界观是建立在世界感的基础上的对世界本质的理性认识和掌

思与诗的搏击

握，但世界感也不是静止不变的；在作为实践主体的人的能动努力下，在对世界达到丰富的、符合实际的感觉感知时，世界感也能进而上升到对整个世界本质的掌握，所以，世界感具有生发扩展性。

世界感作为一个范畴还有很多性质有待于我们作进一步的研究和探讨。

提高对世界感的认识，有利于我们合理解释一些哲学现象。牛顿信仰上帝，他的世界观是唯心的，但他能研究出唯物的科学结论。对于这一案例，有很多传统的哲学教科书解释为：尽管他的世界观是唯心的，但他还是坚持了唯物主义的研究方法。我们认为，这不是一个研究方法的问题，而是一个认识路线的问题。这只能说明牛顿是从自己对世界的具体感受出发的。如果将树上掉下的苹果启发牛顿想到万有引力解释为牛顿有科学家独具的敏感，牛顿的世界感具有真切实在性，将牛顿信仰上帝但能发现万有引力定律解释为他的世界观与世界感具有不一致性，这恐怕更科学一些。

提高对世界感的认识，有利于我们对包括自然科学、社会科学在内的一切科学的研究。科学研究无疑是在前人的基础上对研究对象作出能反映其本质的判断。而判断无外乎两种：一种是规定判断，一种是反省判断。规定判断是从所拥有的关于对象的材料中抽象出其本质规律的判断，反省判断是将已经获得的规律回到对象中去，检测对象是否符合这一原理的判断。无论是哪一种判断，都需要有对研究对象的真切感受和具体认识。所以，真切的世界感是科学研究的基础和前提。

如果我们忽视对世界感的认识：或者将"世界感"这一范畴及其所包括的旨意闲置一边，或者用"感觉"、"感性认识"之类不能与世界观相对应的概念冲淡"从世界感出发"这一理论原则，都将导致我们认识世界、改造世界思维方式的错误和混乱。要达到认识世界、改造自然、造福人类的目的，还是恩格斯说得好："不妨摘下我们幽蓝色的眼镜，用肉眼来看这个世界。"[1]

---

① 《马克思恩格斯选集》第4卷，人民出版社1972年版，第512页。

第二章

"自然"的内涵

"另一个自然"（德语 andern Natur）是康德美学中的一个重要范畴。
康德说：

> Die Einbildungskraft（als productives Erkenntnisvermögen）sit
> nämlich sehr mächtig in Schffung gleichsam einer andern Natur aus
> dem Stoffe，den ihr die wirkliche giebt. ①

其大意是：想象力，作为一种富有创造性的认识能力，能将真的自然所提
供的材料改造出"另一个自然"来。康德的这一名言在美学界很受重视。
朱光潜先生在《西方美学史》中将其译为：

> 想象力（作为创造性的认识能力）有很强大的力量，去根据现实
> 自然所提供的材料，创造出仿佛是一种第二自然。②

---

① I. Kant，*Kant's Gesammelte Schriften*，*herasgegeben von der königlich preußischen Akademie der Wissenschaften*，BandV. Berlin，1913，S. 314.

② 朱光潜：《西方美学史》下卷，人民文学出版社 1979 年版，第 399 页。

并且解释说：创造性的想象力"根据更高的理性原则，即人的理性要求，来把从自然界所吸取的材料加以改造，使它具有新的生命，成为第二自然，这才是艺术。这样由创造的想象力所造成的形象显现才是审美的意象"①。蒋孔阳先生在《德国古典美学》中译为：

> 想象力，作为一种创造性的认识能力，是一种强有力的力量。它从实际自然所提供的材料中，创造出第二自然来。②

并解释道："我们从自然所取得的材料中，经过加工，创造出完全不同的另外的东西。即'某种超过自然的东西'"；"像这种'超过自然'的表象，也就是想象力所重新创造出来的感性形象，康德称之为'意象'。"③从以上的译文和诠释来看，将"另一个自然"视为"第二自然"是二位先生的共识。那么，"另一个自然"（andern Natur）是否可以翻译理解为"第二自然"呢？

首先，andern Natur 的德文本义是"另一个自然"，而不是"第二自然"；

其次，"第二自然"（德文 Zwite Natur）在康德的《判断力批判》中另有界定。

康德说：

> Einfalt（Kunstlose Zweckmä βigkeit）ist gleichsam der Stil der Natur im Erhabenen und so anch der Sittlickeit, welche eine zweite （übersinnliche）Natur ist…④

① 朱光潜：《西方美学史》下卷，人民文学出版社 1979 年版，第 400 页。

② 蒋孔阳：《德国古典美学》，商务印书馆 1980 年版，第 113 页。

③ 同上。

④ I. Kant, *Kant's Gesammelte Schriften*, *herasgegeben von der königlich preußischen Akademie der Wissenschaften*, BandV. Berlin, 1913, S. 275.

宗白华先生译为："朴素单纯，（无艺术的合目的性）就是自然界在崇高中的，也就是道德性在崇高中的样式，这道德性正是第二个（超感性的）自然……"[①] 康德在这里是将崇高中的"道德性"界定为"第二自然"。康德并且认为，这第二个自然是超感性的、朴素单纯的，具有无人为的合目的性。很显然，具有"无人为的合目的性"的"第二自然"，与通过人的想象力加工而成的"另一个自然"是完全不同的。

第二个自然是崇高中的道德性——这是一个令人费解的命题。要准确理解这个命题，首先必须对康德理论体系中的"崇高"和"道德"范畴有一个深入的洞察。

在《判断力批判·崇高的分析》中，康德说："我们所称呼为崇高的，就是全然伟大的东西。"[②] 不过，康德进而分析，我们单纯地说某物是大的，和我们说某物是全然伟大的，这是完全不同的两回事——因为说某物是大的，要将此判断系于一定的数量和这个数量的尺度；如果说某物是崇高的，这物就是全部的、绝对的，在任何角度都超越一切比较的大。这种绝对大的东西超出了我们感受能力的感觉极限，不能为我们的感觉器官所企及，我们只能在想象力中有一个将此感受进展到无限的企图，而理性却要求我们对对象有一个绝对整体的现实观念，于是我们内心就产生了我们想象力的估计能力与感觉对象不相适应的感受，正是这种不适应性使我们在内心深处唤起了一种超越感性能力的感觉。应该称做崇高的就是这种超感性能力的感觉，是这种使反省判断力活动起来的"表象"，是这种超越任何感官尺度的"心意能力"。

关于"道德"范畴，康德在《道德的形而上学导论》中说得很明确：譬如保存自己的生命是一种义务，人们为了保存生命常常使自己处于小心谨慎的状态，但这种保存生命只是符合自身需要，而不是出于义务心的，因而，不具有任何道德性的意义；如果某人绝望了，失去了对生活的兴趣，想用死来解脱自己，可是出于义务感，尽力维持自己的生命，那么，

---

① 康德：《判断力批判》上卷，商务印书馆 1964 年版，第 117 页。
② 同上书，第 87 页。

他的行为是有道德意义的。然而，这种由于义务感而形成的道德，只是通俗意义上的道德概念。"真正的最高道德原则，无不超越一切经验，并完全以纯粹理性为根据。假如我们要有一种道德的哲学，而不是通俗的道德哲学，那末，我们可以不待作进一步研究，就可以肯定：道德概念，以及从它引申出的原则，都是先于经验（或先天地 a prori）而存在的，并必然具有普遍性或抽象性。"① 因此，哲学意义上的道德概念不是经验的有条件的相对的命令，而是理性的无条件的绝对的命令。康德并且认为这一命令有三种变形：（1）是一种普遍的自然规律；（2）以人为目的，而不是以人为手段；（3）是人的尊严的基础。② 综上所述，道德即是基于人的理性、以人为目的、给人以尊严的普遍自然规律。

如此看来，"崇高"和"道德"在康德那里，既是两个深刻的概念，也是两个游离的概念。破译"第二个自然"的含义，如果表层地或部分表层地理解，即将"崇高中的道德性"理解为全然伟大的东西中的善良意志，或全然伟大的东西中的普遍规则，或心意能力中的善良意志，那仍然是费解的，也是不准确的。只有将"崇高中的道德性"理解为人们心意能力中的普遍规则，更明了一些说，将其视为人们心灵之中的自然属性（规律），那才是正确的，才是符合康德论著本义的。

将心灵的普遍规则视为自然的一部分，是康德一以贯之的观点。在《自然科学的形而上学初步》中，康德说："对自然就可能产生出两种学说，即物体学说和灵魂学说，前者考察的是广延的自然，后者研究的是思维的自然。"③ 在《未来形而上学导论》中，康德也说过："普遍自然科学必须把自然归结为普遍法则，无论是外感官的对象，或者是内感官的对象（是物理学的对象也罢，心理学的对象也罢）。"④ 可见，康德在广义的"自然"的名义之下是放置了心灵自然的地盘的。

---

① 康德：《道德的形而上学基础》，《西方伦理学名著选辑》（周辅成编）下卷，商务印书馆1987年版，第360—361页。

② 同上书，第368—375页。

③ 康德：《自然科学的形而上学初步》，韦卓民译，华中师范大学出版社1991年版，第1页。

④ 康德：《未来形而上学导论》，商务印书馆1978年版，第59页。

"普遍的因果规律，乃是我们所谓的广义的'大自然'的基础。'自然'可定义为受普遍规律所规定的事物的存在……"康德将普遍规律视为自然的基础。人之心灵尽管不能为我们感官所触摸，但它有其思维的基体，其基体在思维的过程中也有其运作的基本规律，它也是一种受普遍规律支配的存在，所以思维着的心灵也理所当然是自然的一部分。正是将自然定义为受普遍规律所规定的事物的存在，康德才在广义的"自然"的名义之下发掘了带有普遍规律性的心灵自然，将自然区分为外在的物理学的自然和内在的心理学的自然。

在《判断力批判》中，康德也明确地区分外在的自然和内在的自然。他说，心灵自然的超感性的基体，"在我们之内一如在我们之外"①。把心灵自然和外在的物理自然放在同等重要的位置。"自然界在崇高中的，也就是道德性在崇高中的样式"，这是康德在界定"第二个自然"时所强调过的。用"崇高中的道德性"直接替换"崇高中的自然界"，将"道德性"视为"自然界"的同义语——其实，"自然界"并不等同"道德性"，因为普遍的自然属性不一定全部存在于人们的心灵之中，它也存在于外在的自然，道德性只是心灵之中的自然规律。但是，崇高之中的"自然界"却可以更准确地概括为"道德性"——因为崇高即是人们的心灵意志，道德性是指在人们心灵之中受理性支配的自然规律。所以，崇高中的自然界，也就是指人们心灵之中的自然规律，也就可以概括为人们内心的"道德性"。用"道德性"替换"自然界"，在这一看似累赘的阐释中，正好凸显了心灵自然（第二自然）的自然属性——在我们之内的心灵自然有其理性原则，有其道德性，也和在我们之外的物理自然一样具有着内在的自然属性。

在对超感性的"第二自然"的补充说明中，康德说："从它我们只知道那些诸规律，而不能通过直观来达到那在我们自己内心里的超感性的机能，这机能是含蕴着这立法的根据的。"② 这一精辟而深刻的说明对心灵自

---

① 康德：《判断力批判》上卷，商务印书馆 1964 年版，第 35 页。
② 同上书，第 117 页。

然描述得再明白不过了。心灵的自然含蕴着认识诸规律的依据，通过它，我们可以认识一切规律；但是，对于它自身则只能通过内省却不能通过直观而达到。

关于"另一个自然"，还是宗白华先生翻译得准确：

> 想象力（作为生产的认识机能）是强有力地从真的自然所提供给它的素材里创造一个像似另一个自然来。[①]

"真的自然"也就是广义的自然，既涵盖外在的第一性的自然，也包括内在的第二自然。具有审美价值的"另一个自然"不仅是对外在自然的改造和加工，也是对内在自然的重塑与建构；否则，是不符合康德论著本意的，也是不符合艺术创作的客观事实的。

将"另一个自然"译为"第二自然"，也并非只有朱先生、蒋先生。由英国 Tomes Greed Meredith 翻译的 Oxford 1952 年版的英译本也有同样的失误。该译本将 Zweite Natur（第二自然）译为 a second Nature，将andern Natur（另一个自然）也译成了 a second Nature。[②]

不能贸然推断二位先生的译文受英译本的影响：朱先生、蒋先生都是精通德文的行家，但可表明将"另一个自然"翻译理解为"第二自然"有其相当大的广泛性。而且这种翻译和误读在学术界影响极其深远：每每论及"另一个自然"，人们总是用"第二自然"代替；每每谈到艺术与自然的关系，学者们既认为是一个值得研究的问题，俄而又王顾左右而言他——对"真的自然"的理解总是停留在外在的自然的层面。

造成"另一个自然"与"第二自然"的误译的原因，恐怕在于忽视了一种关系：区别于"一个自然"的"另一个自然"是"第二自然"，而区别于物理的外在的第一自然和心灵的内在的第二自然的"另一个自然"，恰恰是"第三自然"，而不是"第二自然"。

---

① 康德：《判断力批判》上卷，商务印书馆 1964 年版，第 160 页。

② 康德：《判断力批判》（英译本），Tomes Greed Meredith 译，牛津 1952 年版，第 176 页。

将艺术视为"第三自然"是从柏拉图开始的。柏拉图将艺术视为"摹本的摹本"、"影子的影子",不就是将艺术视为"第三自然"吗?以床为例,柏拉图认为床有三种样式:一种是自然之中本应有的"床之所以为床"的理式,一种是木匠根据床的理式所创造出的那个床,第三种才是画家根据木匠所制造的床画出的关于床的图画。[①] 非常明显,柏拉图三重自然的划分,与康德"另一个自然"的理论有很大的差异:柏拉图将"自然之理"(即理式)视为第一自然,将外在的自然视为第二自然;而康德则将"自然之理"的含义融汇于对自然的理解,将外在的自然视为第一自然,将也具有普遍的自然规律的人们心灵的自然视为"第二自然",拓宽了"自然"的外延。但是,不难看出,柏拉图的思想深刻地影响着康德的理论:其一,柏拉图将艺术视为"影子的影子",康德将艺术界定为"另一个自然",即第三自然,在划分的层次上,柏拉图影响着康德;其二,柏拉图将自然万物归源于理式,将理式理解为"自然之所以为自然"的规律,即将自然之规律性视为自然的本质,而康德认为,心灵自然,我们尽管不能通过直观而达到,但它蕴涵着立法的根据,具有普遍的规律性,是"第二个自然"——如此强调心灵自然的自然属性,也正是康德对柏拉图自然思想的发挥和借鉴。

黑格尔说:"关于自然的理解,我们应该说,自然是被亚里士多德以一种最高最真实的方式表述了的——这种方式只有到了近代,才由康德重新提起,虽然是以主观的形式,这种主观的形式构成了康德哲学的本质,但却也是完全真实的。"[②] 以水的变化为例,亚里士多德认为水蒸气在空中变为雨水,不是为了使庄稼茂盛(外在的目的),而是因为降温(内在的目的)使水蒸气聚积到大气层不能承受的限度而变成雨水,所以自然首先是一个内在的目的性概念;水升温则变成蒸汽,蒸汽降温才变成雨水,只有在外力的作用下,升温或者降温,水才产生内在的运动,达到内在的目的,所以自然又有其外在的必然性。可见,较之柏拉图,亚里士多德对自

① 柏拉图:《理想国》,郭斌和、张竹明译,商务印书馆1986年版,第392页。
② 黑格尔:《哲学史讲演录》第2卷,贺麟、王太庆译,商务印书馆1960年版,第308页。

思与诗的搏击

然有其更深入的理解。

远古的先民们或许对心灵自然领悟得更真切一些：古希腊的（自然）最早就是"本性"的意思。中国古代《老子》说："天之道，损有余而补不足；人之道则不然，损不足而奉有余。"① "人之道"也就是人之心灵的自然。只是到了后来，随着人类思维对狭义自然与人、狭义自然与人类社会的内在联系和本质区别的深入理解，人们才将"自然"仅仅理解为"自然界"——古之先民们关于自然的思想也便逐渐被他们忽视和遗忘了。他们废寝忘食地探究自然与人、自然与社会的奥秘，却不小心地坠入了"忘记自我"的深渊。康德是近代对古之先民自然思想重新提起和充分发挥的一个人。正是在正视自然的规律性，即内在的合目的性和外在的必然性的前提下，康德才将心灵的自然规定为第二自然。

其后，波普尔将外在的物理世界称为"世界1"，将内在的精神世界称为"世界2"，将艺术作品和客观知识称为"世界3"。② 波普尔的"三个世界"的理论也不过是对康德理论的一个注脚。

如果生硬地将"另一个自然"等同于"第二自然"，将"第二自然"视为艺术，那是很难准确阐释艺术与自然之关系的。通常人们将自然与社会、人对立起来。然而，想象力假若仅将与社会和人对立着的自然（即狭义的自然）改造成为艺术，那不是艺术的全部。固然，通过对大自然的改造造就了大量的优秀艺术：音乐中的田园曲，美术中的风景画，文学中的山水诗……大自然是这些艺术形式改造的对象，艺术是从真的大自然改造出来的成品。但是，艺术作品中的自然景观无不凝聚着艺术家心灵的血液；在艺术画廊中，还有艺术对社会历史的描写，也还有艺术家对人生命运的喟叹……如果将艺术的素材理解为广义的"自然"，即既包括外在于我们的感性的自然，也包括内在于我们的超感性的自然，那么，我们对艺术本质的理解恐怕要贴近得多。因此，准确理解康德论著中"自然"的内涵是十分重要的。

---

① 《老子·第七十七章》。
② 参见刘放桐《现代西方哲学》，人民出版社1990年版，第797页。

想象力将真的外在的物理的自然和内在的心灵的自然所提供的材料改造成为艺术，而想象力本身又包含在心灵自然之中，是心灵自然的一个组成部分，那么，想象力这种自然之心灵又是怎样将心灵之自然转化成为艺术的呢？这也是一个复杂的问题。在艺术创作的过程中心灵自然具有二重属性，即既和外在的自然一样被艺术家改造着，具有构成性的功能；又对真的自然（包含外在的物理的自然和内在的心灵的自然）所提供的材料想象着、构造着，具有调节性的机制。艺术创作中的心理因素无非包括情感、意志和想象力。艺术家创造作品，常常将外在的自然和内在的自然融合起来，或是描写枯藤老树，在自然中隐匿情怀，或是抒发离愁别恨，将感情寄托于自然，构成审美意象（另一个自然）。无论是描写外在的自然，还是抒发内在的情感，艺术作品都包含有人们心灵自然的成分——它展示着人们复杂的情感、顽强的意志和瑰丽的想象力。情感、意志和想象力在艺术中和外在的自然一样具有构成性功能。但是，艺术并不等同于自然，更不能等同于心灵的自然；从来没有哪一原生的心灵置之于此而成为艺术的。心灵自然要走进艺术的殿堂，在艺术中得到展示，也需要想象力对其改造和加工。想象力改造人们心灵之中的情感和意志，甚至作为对象的心灵世界的想象力也要得到这种作为创造性认识能力的想象力的观照；想象力在改造心灵自然、物理自然所提供的材料时，常常也伴随着创作主体炽热的情感和刚强的意志。所以，心灵自然在创作过程中又具有调节的功能。

第三章

"人"之何为

　　不同的国度，不同的时代，不同的学派，不同的人，乃至于同一个人在不同的时期，对"人"的范畴的理解是不尽相同的。古希腊的亚里士多德说：人是"二足的"动物①，"人是唯一具有语言的动物"②，人"是一种政治动物"③。文艺复兴时期的莎士比亚说：人是"宇宙的精华！万物的灵长"④！马克思主义经典作家马克思说：人"是一切社会关系的总和"⑤。现代的卡西尔说：人是"符号的动物"⑥，是"文化"的动物⑦。中国春秋时期的管子说："人者，身之本也。"⑧战国时期的荀子说："人有气、有生、有知，亦且有义，故最为天下贵也。"⑨唐代的刘禹锡说："天，有形之大

---

　　①　亚里士多德：《范畴篇》，《亚里士多德全集》第 1 卷，中国人民大学出版社 1990 年版，第 9 页。

　　②　亚里士多德：《政治学》，《亚里士多德全集》第 9 卷，中国人民大学出版社 1994 年版，第 6 页。

　　③　同上。

　　④　莎士比亚：《哈姆莱特》，《莎士比亚全集》第 9 卷，人民文学出版社 1978 年版，第 49 页。

　　⑤　《马克思恩格斯选集》第 1 卷，人民出版社 1972 年版，第 18 页。

　　⑥　卡西尔：《人论》，上海译文出版社 1985 年版，第 35 页。

　　⑦　同上书，第 81 页。

　　⑧　《管子·权修》，《管子校注》上册，中华书局 2004 年版，第 52 页。

　　⑨　《荀子·王制》，《荀子集解》上册，中华书局 1988 年版，第 164 页。

者也；人，动物之尤者也。"① 新文化运动的先驱者李大钊说："今日世界的人人都成了庶民，也就都成了工人。"②

那么，"人"的范畴及其内涵在新中国成立之后的60年文学中有无变化呢？如果有，那又发生过怎样的变化呢？

一 "人民"范畴的两种可能性

第一次文代会（1949年7月2—19日）上，毛泽东、朱德、周恩来、董必武、陆定一、陈伯达、郭沫若、茅盾、周扬等在讲话中都强调了文艺"为人民服务"的政治方针。然而，他们对"人民"范畴的表达与解释却并不一致。陆定一说："解放区的文艺工作者……真正以文艺为我们国家的主人翁——工人、农民、同人民解放军里的指战员们——服务，产生了不少优秀作品。"③ 周恩来说："工农兵是人民的主体。"④ 周扬说："工农兵群众在作品中如在社会中一样取得了真正主人公的地位。"⑤ 从这些表述来看，陆定一、周恩来、周扬是把"工农兵"视为"人民"或者说"人民的主体"的。可是，周恩来又说："人民解放战争的胜利，依靠人民解放军，依靠农民、工人、革命知识分子和一切民主爱国人士所形成的人民民主统一战线。"⑥ 董必武也说："新的人民政权是属于工人阶级、农民、小资产阶级和民族资产阶级，这四大阶级的联盟为我们政权的基础。"⑦ 这

① 刘禹锡：《天论》（上），《刘禹锡全集》，上海古籍出版社1999年版，第40页。

② 守常（李大钊）：《庶民的胜利》，《新青年》第5卷第5期（1918年10月15日）。

③ 《陆定一同志讲话》，《中华全国文学艺术工作者代表大会纪念文集》，新华书店1950年版，第11页。

④ 周恩来：《在中华全国文学艺术工作者代表大会上的政治报告》，《中华全国文学艺术工作者代表大会纪念文集》，新华书店1950年版，第27页。

⑤ 周扬：《新的人民的文艺》，《中华全国文学艺术工作者代表大会纪念文集》，新华书店1950年版，第71页。

⑥ 周恩来：《在中华全国文学艺术工作者代表大会上的政治报告》，《中华全国文学艺术工作者代表大会纪念文集》，新华书店1950年版，第27页。

⑦ 《董必武同志讲话》，《中华全国文学艺术工作者代表大会纪念文集》，新华书店1950年版，第8页。

两则论述却又可以说明，周恩来、董必武对"人民"范畴的理解，在"工农兵"之外还包含有"小资产阶级"、"民族资产阶级"和"一切民主爱国人士"。周恩来、董必武对"人民"范畴的如此解释恐怕不是他们个人随心所欲的即兴发明。此前不久，即1949年6月30日，毛泽东在纪念中国共产党成立28周年会议上所作的报告也说过："人民是什么？在中国，在现阶段，是工人阶级，农民阶级，城市小资产阶级和民族资产阶级。"①

毛泽东的这一回答甚至还可以追溯到他在中国人民政治协商会议筹备会（1949年6月15日）上的讲话。毛泽东说："中国的革命是全民族人民大众的革命，除了帝国主义者，封建主义者，官僚资产阶级，国民党反动派及其帮凶们而外，其余的一切人都是我们的朋友。我们有一个广大的和巩固的革命统一战线。这个统一战线是如此广大，它包含了工人阶级，农民阶级，小资产阶级和民族资产阶级。"② 毛泽东对当时中国社会的"一切的人"的理解与划分，后来还被以"共同纲领"（即《中国人民政治协商会议共同纲领》）的形式确定下来。《共同纲领》说："中国人民民主专政是中国工人阶级、农民阶级、小资产阶级、民族资产阶级及其他爱国民主分子的人民民主统一战线的政权，而以工农联盟为基础，以工人阶级为领导。"③ 周恩来对《共同纲领》的这一表述还作过这样的解释："有一个定义须要说明，就是'人民'与'国民'是有区别的。'人民'是指工人阶级、农民阶级、小资产阶级、民族资产阶级，以及从反动阶级觉悟过来的某些爱国民主分子。而对官僚资产阶级在其财产被没收和地主阶级在其土地被分配之后，消极的是要严厉镇压他们中间的反动活动，积极的是更多地要强迫他们劳动，使他们改造成为新人。在改变之前，他们不属于人民范围，但仍然是中

---

① 毛泽东：《论人民民主专政》，《毛泽东著作选读》下册，人民出版社1986年版，第8页。

② 《毛泽东选集》第4卷，人民出版社1991年版，第1465—1466页。

③ 《中国人民政治协商会议共同纲领》，《中共中央文件选集》第18册，中共中央党校出版社1992年版，第584页。

国的一个国民，暂时不给他们享受人民的权利，却需要使他们遵守国民的义务。"① 可见，在毛泽东、周恩来的"人民"范畴之外，还有官僚资产阶级、地主阶级、国民党反动派及其帮凶的存在，他们不属于人民，甚至是人民的敌人，但他们是"国民"，是"国民"中的一部分。周恩来这里所说的"国民"，实质上就是当时中国社会的人，"一切的人"。

第一次文代会强调文艺为人民服务，显然不是为官僚资产阶级、地主阶级、国民党反动派及其帮凶服务，不是为所有的国民服务，不是为"一切的人"服务。即或是在人民的范畴之内，文艺服务的对象也存在两种不同的解释：如果按照毛泽东、周恩来、董必武对人民民主统一战线的"人民"的理解，文艺就应该为工人、农民、士兵、小资产阶级和民族资产阶级服务；如果按照陆定一、周扬对"人民"的理解，文艺就只能为工农兵服务。人民的范畴之内包含有小资产阶级和民族资产阶级，这是为了适应当时统一战线工作的需要。即使到了1950年6月，毛泽东也还在说："全党都要认真地、谨慎地做好统一战线工作。……我们不要四面出击。"② 强调文艺为工农兵服务，则具有无产阶级的阶级功利性，以达到文艺为革命阶级服务的目的。

二 "人民"内涵的紧缩

第一次文代会结束后不久，即1949年8月22日，《文汇报》的一则新闻报道引爆了"可不可以写小资产阶级"的讨论。报道称剧作家陈白尘讲过这样一番话："文艺为工农兵，而且应以工农兵为主角，所谓也可以写小资产阶级，是指在以工农兵为主角的作品中，可以有小资产阶级、资产阶级的人物出现。"③ 洗群认为这一表述"有讨论一下的必要"④：他在文代

① 《周恩来在人民政协会议上报告共同纲领的特点》，《学习文选》，中共察哈尔省委宣传部1952年8月20日编印，第225页。

② 毛泽东：《不要四面出击》，《毛泽东著作选读》下册，人民出版社1986年版，第696—697页。

③ 《剧影协昨开会欢迎返沪文代》，《文汇报》1949年8月22日。

④ 洗群：《关于"可不可以写小资产阶级"问题》，《文汇报》1949年8月27日。

会上没有听到，也没有见到过类似的报告或决议；文代会上反映小资产阶级生活的节目《民主青年进行曲》，也没有遭受到批评或者否定。文艺工作者服务的对象"主要的应该是工农兵，但是这并不就是说完全不应该或不能够也为了小资产阶级"；写小资产阶级"是'站在无产阶级的立场上'去研究他们、描写他们、引导他们"；"站在无产阶级的立场上，也可以写反动派，也可以写四大家庭，也可以写帝国主义"；"可以写小资产阶级，这并不等于说，鼓励大家只写小资产阶级"。但陈白尘后来却作过这样的澄清：他那天的说话同报上新闻稿摘要"是有出入的"[①]。不管《文汇报》对陈白尘讲话的报道是否有误，总之，他的讲话事实上引起了"可不可以写小资产阶级"的讨论。《文艺报》也参与了这一讨论。《文艺报》的编者在其《读稿随谈》栏目里作出的结论是："写小资产阶级是可以的，但不能把它提到比描写工农兵更重要的地步，而且是只能站在无产阶级和人民大众的立场来写。"[②]

"无产阶级和人民大众的立场"，这是一个弹性系数较大的政治话语。一部具体的作品究竟有没有站在无产阶级立场以及在多大程度上站在了无产阶级的立场上，这是一个说不清道不明的问题。后来的文学批评事实证明了这一点——萧也牧在《人民文学》第 1 卷第 3 期（1950 年 1 月号）上发表短篇小说《我们夫妇之间》，讲述的是"我"（知识分子出身的干部）进城之后小资产阶级情调复发，过起了追求"小资"情调的生活；经过与妻子（工农出身的干部）的一段感情波折之后，"我"和妻子互相帮助，共同进步。这篇小说不能说没有站在无产阶级的立场上，但陈涌却说它"脱离生活"，"依据小资产阶级的观点、趣味来观察生活，表现生活"[③]。李定中（即冯雪峰）更是对萧也牧本人予以了批判："假如作者萧也牧同志真的也是一个小资产阶级分子，那么，他还是一个最坏的小资产阶级分子！"[④] 这之

---

① 陈白尘：《误解之外》，《文汇报》1949 年 9 月 3 日。
② 《能不能写小资产阶级呢？》，《文艺报》第 1 卷第 10 期（1950 年 2 月 10 日）。
③ 陈涌：《萧也牧创作的一些倾向》，《人民日报》1951 年 6 月 10 日。
④ 李定中：《反对玩弄人民的态度，反对新的低级趣味》，《文艺报》第 4 卷第 5 期（1951 年 6 月 25 日）。

后，文艺界对萧也牧的《锻炼》的批判，对碧野的《我们的力量是无穷的》的批判，对卢耀武的《界限》的批判，也都存在类似的"立场"问题。文学体制对这些小说亮出"小资产阶级"的黄牌，这也就用事实否定了"文学作品可以描写小资产阶级"。

文学作品尚且不能描写小资产阶级，那就更不能描写资产阶级了。路翎的四幕剧《祖国在前进》（上海泥土社 1952 年 1 月出版），讲述的是上海某私营纺织厂的经理兼董事会主席郭锡和在政府的帮助下转变成进步人士的经过。《祖国在前进》就被斥责为"一部明目张胆为资本家捧场的作品"[①]。文学艺术在"人民民主统一战线"的"人民"范畴之内不能描写小资产阶级、民族资产阶级，那就只能描写"工农兵"了。而事实上，在当时的报纸、杂志上，"文艺（或者文学、音乐、美术、戏剧等）为工农兵服务"的口号式标题已经是铺天盖地，不绝于目。

正当部分作家、理论家在讨论文艺"能不能写小资产阶级"的时候，陈荒煤几乎同时在《文艺报》（第四卷第一期，1951 年 4 月 25 日）和《长江日报》（1951 年 4 月 22 日）上发表题为《为创造新的英雄的典型而奋斗》的文章；刘白羽、陈荒煤在《解放军文艺》（创刊号）上分别发表了《将部队文艺创作提高一步》和《创造伟大的人民解放军的英雄典型》的论文。陈荒煤、刘白羽都指陈了当时文艺界不能令人满意的状况：其一，文学作品写人物已经成为一种公式——"从落后到转变"，"写落后人物比较生动，表现转变比较无力，而转变后就简直有些概念化"。其二，"很多的作品表现不出新人物的思想感情，有英雄的行为，没有英雄的内心活动，不能表现为有血有肉的生动活泼的人物。"其三，无数的新的英雄人物，是推动和决定斗争胜利的力量，而他们在文学作品中没有占到应有的地位，"不是表现得太多，而是表现得太少了"。所以，陈荒煤说："人民的文艺、革命的文艺，如果主要的不去表现人民中正面积极的人物，革命的新人，新英雄主义的典型，那么，它的教育意义在哪里呢？又如何能表

---

① 企霞：《一部明目张胆为资本家捧场的作品》，《文艺报》1952 年第 5 期。

现新旧斗争中的基本的积极的因素，表现它成为推动与决定斗争胜利的新生力量呢?"[1] 刘白羽说："创造人民解放军伟大先进的英雄形象，应当严肃的把它作为有关创作方针的一个问题来提出。"[2] 从革命的功利主义的角度来看，陈荒煤、刘白羽的立论也不无道理，新中国成立后，文艺不去描写为胜利作过出生入死斗争的英雄，这似乎有些不合情理。然而，从整个文学事业的发展来看，它把文学描写的对象从已经比较狭窄的"工农兵"又挤压到了"英雄人物"，钳制了文学描写对象的空间。

"英雄论"的倡导者们并不是不懂得文学与一般意义上的人的关系。陈荒煤当时也说过："文艺创作的基本内容，是真实地表现人，真实地表现人在社会中的生活。"[3] 只不过是他们把"人"锁定在"革命的新人"、"英雄人物"之上。尽管后来有人发出过"写真实"[4]、写"人与人共同相通的"人情[5]、"写中间人物"[6] 的声音，但这些声音都很快被主流话语"讨论"和扼杀了，未能得到正常的传播与实践。到了 1968 年，由于会泳草拟，姚文元修定的"三突出"，即"在所有人物中突出正面人物；在正面人物中突出英雄人物；在英雄人物中突出主要英雄人物"[7] 的文学观，更是将作为文学描写对象的"人"缩小到了极致，即"主要的英雄人物"。"突出主要的英雄人物"，主要的是突出"主要的英雄人物"的英雄品质和"干革命的业绩"[8]，还不能写他们的私人生活，更不能写他们落后的方面。在"三突出"原则之下创作的英雄人物，如《沙家浜》中的阿庆嫂、《红

---

① 陈荒煤：《为创造新的英雄的典型而努力》，《文艺报》第 4 卷第 1 期（1951 年 4 月 25 日）。
② 刘白羽：《将部队文艺创作提高一步》，《解放军文艺》创刊号（1951 年 6 月 15 日）。
③ 陈荒煤：《创造伟大的人民解放军的英雄典型》，《解放军文艺》创刊号（1951 年 6 月 15 日）。
④ 斯大林在《论党在文学和艺术方面的政策》一文中说："写真实！让作家在生活中学习吧！"胡风 1954 年 7 月向党中央呈交的《意见书》引用并阐释了这句话，因而"写真实"得到了"肯定"和"批判"两种途径的传播。
⑤ 巴人：《论人情》，《新港》1957 年第 1 期。
⑥ 邵荃麟在大连会议上正式提出"写中间人物"的主张，见《文艺报》编辑部的《"写中间人物"是资产阶级的文学主张》一文，《文艺报》1964 年第 8、9 期。
⑦ 上海京剧团《智取威虎山》剧组：《努力塑造无产阶级英雄人物的光辉形象——对塑造杨子荣等英雄形象的一些体会》，《红旗》1969 年第 11 期。
⑧ 古远清：《三突出》，《当代文学关键词》（洪子诚、孟繁华主编），广西师范大学出版社 2002 年版，第 146 页。

灯记》中的李铁梅、《智取威虎山》中的杨子荣、《龙江颂》中的江水英，几乎没有正常的恋爱、夫妻生活。时下学术界有一种比较普泛的说法："十七年"文学的表征是人的"失落"①。这种说法挑明了"人"在"十七年"文学中的生存状态，但"十七年"、"文化大革命"文学并不是"人"的整体坍塌，它有一个"人"的内涵不断地被挤压和掏蚀的过程，直到最后就只剩下"主要的英雄人物"的高大全的外壳了。

三　"人性"的回归与发掘

1977 年后，随着政治形势的转变和毛泽东"各个阶级也有共同的美"②的论断的公布，文学艺术中的人性话语又回到了学术的视野。吴元迈说："在建设社会主义的时期，一切赞成、拥护和参加社会主义建设事业的阶级、阶层和社会集团，都属于人民的范围。"③ 这时作为文艺服务对象的"人民"就已经不仅只是"工农兵"、"新的英雄"、"主要的英雄人物"，而是社会主义建设时期的一切建设者。"人民"的内涵又回到了新中国成立之时的历史起点——"一切的爱国人士"。"人"的实质也已经不只是"阶级性"，它还有"人味"、"生活的气味"、"人间的烟火味"④ 等更为丰富的内容。

其时的文学理论阐释已经失去了之前振臂一呼、应者云集、勇往直前、冲锋陷阵的效应，但其后的文学创作实绩却证实了理论界对当时"人民"内涵的判断。改革开放后的文学笔触已经伸向了工人、农民、士兵、小资产阶级知识分子等社会的各个阶层，甚至于尚关押在监狱里的"反革命分子"也被纳入了文学言说的范围。文学对他们的描写还赋予了他们不同的意义和符码：伤痕文学、反思文学、归来派诗、朦胧诗，揭示人们在

①　丁帆、王世城：《十七年文学："人"与"自我"的失落》，河南大学出版社 1999 年版，第 15 页。

②　何其芳：《毛泽东之歌》，《人民文学》1977 年第 9 期。

③　吴元迈：《略论文艺的人民性》，《文学评论》1979 年第 2 期。

④　阎纲：《神学·人学·文学》，《文学评论》1979 年第 2 期。

"文化大革命"，乃至于"十七年"时期的伤痛与病苦，吁请的是有着人类自然本性的人；改革文学书写新的形势之下的人的困境和出路，展示的是时代的现实的人；寻根文学探寻一个民族的根，呈现的是血液里流淌着民族传统文化精髓的人；新写实小说讲述人们的日常生活，勾勒的是具有本真意义的人；女性私语小说独白自我的内心隐秘，铺展的是有着丰富女性情感体验的人；新世纪涌现出来的"底层写作"，描述的则是在生命线上痛苦挣扎的人。《班主任》发表后，也有人指摘它"没有写英雄人物"①，此即道出了《班主任》中的张俊石，有别于江姐（《红岩》）、欧阳海（《欧阳海之歌》）、李玉和（《红灯记》）、杨子荣的实质所在——张俊石只是普通岗位上的一个知识分子而已，他并没有被冠以"英雄"的称号。据实说来，伤痕文学、反思文学、改革文学、寻根文学中的人物形象，虽然没有披上"英雄人物"的外衣，但他们还是有着英雄的气质。张俊石、李铜钟（《犯人李铜钟的故事》）、乔光朴（《乔厂长上任记》）、王一生（《棋王》），或恪尽职守、乐于奉献，或刚正不阿、为民请命，或锐意进取、大刀阔斧，或谙熟道学、老谋深算，都活灵灵地体现出了英雄气。与伤痕小说、反思小说、改革小说和寻根小说不同的是，新写实小说、女性小说和底层写作，关注的是平凡人的庸常生活。《风景》（方方）中的父亲、《一地鸡毛》（刘震云）中的小林，《一个人的战争》（林白）中的多米、《私人生活》（陈染）中的倪拗拗、《马嘶岭血案》（陈应松）中的九财叔、《那儿》（曹征路）中的杜月梅，整天在那里喝酒、找关系，抵制男女之爱的痛苦、体验同性之爱的相融，为了生存而谋财害命、沦为暗娼，都已经不具有英雄的因子，实现了新时期文学从亚英雄状态的人②向普通平凡人的转变。即便是在 2008 年这样一个特殊的年份，面对冰雪、地震、奥运会、金融风暴，文学界出现了英雄主义回归的暗潮，如秦岭的《透明的废墟》、刘宏伟的《大断裂》、徐坤的《八月狂想曲》等，人物的英雄气质也是通过本

---

① 《为文学创作的健康发展扫清道路》，《文学评论》1978 年第 5 期。

② "亚英雄状态的人"即指有英雄之实而无英雄之形的人物。学术界有人将这种人物称为"大写的人"，而"大写的人"没有将"亚英雄状态的人"与"英雄"区别开来。

职工作中应做的平凡小事表现出来的，他们依然缺少远大的抱负和豪迈的壮举，所呈现的是一种"新英雄主义"的写作姿态。

新时期文学在"写什么"的问题上进行寻觅的时候，在"怎么写"的问题上也进行了广泛的探索。作为早期的伤痕小说，宗璞的《我是谁》不仅在内容上书写了韦弥和孟文起的悲惨命运，而且在形式上还采用了幻觉、联想、回忆、倒错等意识流的表现方式。之后，刘索拉、残雪、徐星、马原、余华、格非等，以及时下尚在艰难选择的人们[①]，都在文学的语言与技巧上作过广泛的探索，即所谓文学的"实验性"。而这种"实验性"正彰显了作家、艺术家在文学活动中作为创造性创作主体的人的存在。

王国维说过："一代有一代之文学。"[②]"一代有一代之文学"的命题背后也还潜隐着这样一个命题：一代有一代之人的心理结构。只有首先有了一个时代的人的心理结构，才有可能出现一个时代的文学。进入 21 世纪后，经济运作资本化程度不断提高，社会成员流通的速度已经加快，数字信息技术大大地缩短了人们之间的距离。在这种新的生存环境之下，人们的心理还保留着我们民族传统的哪些本性？他们的哪些方面已经发生了变化？又发生了怎样的变化？新的技术手段为作家提供了怎样的创作机缘？——亦即时代赋予了普泛的人怎样的新的品质？这些都是当下的文学艺术工作者们应该关注和探究的课题。

① 谢有顺说："90 年代叙事革命停顿"之后，"文学内在的品质，尤其是在叙事空间的拓展上，并无多少进展"（见《当代小说的叙事前景》一文，《文学评论》2009 年第 1 期）。而细心的研究者不难发现，当前的部分叙事作品在叙事的语言和体式方面也有新的探索。

② 王国维：《宋元戏曲考》，《王国维文集》第 1 卷，中国文史出版社 1997 年版，第 307 页。

第四章

"文学"与"人学"

作为文学领域的一个知识要点，"文学是人学"几乎是大多数文学爱好者、文学研究者都耳熟能详和津津乐道的。钱谷融早在 1980 年 9 月说过："从报刊的文章中和讨论会的发言中，常常可以见到或听到这句话。"①即便到了现在，人们对"文学是人学"命题的喜好也历久不衰——翻开时下关涉文学的报纸或期刊、论文或专著，"文学是人学"或者"文学即人学"的引证也比比皆是；近年来，学术界还出版了不少讨论文学与人学关系的专著。然而，关于"文学是人学"的准确出处，学术界至今尚未达成一致的意见；关于"文学是人学"对中国文学的影响，学术界也缺乏深入的研究；关于"文学是人学"的合法性，学术界也还存在一定的争议。

一　谁首先提出了"文学是人学"的命题

言及"文学是人学"，人们自然会联想起钱谷融完成于"1957 年 2 月 8 日"，发表于《文艺月报》1957 年第 5 期的《论"文学是人学"》一文。文章开宗明义地说："高尔基曾经作过这样的建议：把文学叫做'人学'。"②

① 钱谷融：《关于〈论"文学是人学"〉——三点说明》，《新文学论丛》1981 年第 1 期。
② 钱谷融：《论"文学是人学"》，《文艺月报》1957 年第 5 期。

那么，高尔基是否真的作过把文学叫做"人学"的建议，或者提出过"文学是人学"的命题呢？

对于这一知识的甄别，中国的学术界曾经有过两轮影响并不太大的驳议。吴泰昌 1962 年 6 月撰文指出："文学是'人学'，把文学叫作'人学'均非高尔基的原话，而是引用者的转述。"① 既然高尔基未曾把文学叫做"人学"，那是什么原因导致钱谷融将这一命题挂在了高尔基的名下呢？钱谷融说："我不懂俄文，我只知道高尔基有过把文学当做'人学'的意见，最初是从季摩菲耶夫的《文学原理》中来的。"② 季摩菲耶夫的《文学原理》1948 年由莫斯科教育—教学书籍出版局出版，并被苏联高等教育部批准为大学语文学系教材。查良铮（即诗人穆旦）将其翻译成中文，1953 年由平明出版社出版。《文学原理》多处提及，高尔基称文学是"人学"，如："高尔基并且提议把文学叫做'人学'。"③ 再如："文学的特征在于——用高尔基的话说——它是'人学'。"④ 这就难怪钱谷融称，高尔基把文学叫做"人学"了。1948 年版的季氏《文学原理》对"高尔基把文学叫做人学"这一提法并未注明出处，直到 1959 年，季摩菲耶夫出版其修订本《文学理论基础》时才注释这一提法出自高尔基的《论手艺》⑤："Не следует думать, что я низвожу художественную литературу до « краеведения », кстати сказать, дела глубоко важного, —нет, я считаю эту литературу превосходным источником « народоведения » —человековедения."⑥ 这段俄文，孟昌翻译为："不要以为我把文学贬低成了'方志学'，（顺便说一句，'方志学'也是非常重要的事情）不，我认为这种文学是'民学'，即人学的

---

① 吴泰昌：《高尔基的文学是"人学"辨》，《文汇报》（上海）1962 年 7 月 18 日。

② 钱谷融：《关于〈论"文学是人学"〉——三点说明》，《新文学论丛》1981 年第 1 期。

③ 季摩菲耶夫：《文学原理》，查良铮译，平民出版社 1955 年版，第 22 页。

④ 同上书，第 415 页。

⑤ 季摩菲耶夫：《文学理论基础》，莫斯科教育—教学书籍出版局 1959 年版，第 27 页。

⑥ Горький Алексей Максимович. Беседы о ремесле. // О литературе（Литературно—критические статьи）. Редактор И. Т. Козлов. М. , издательство « Советский писатель ». 1955. стр. 484.

最好的源泉。"① 对于这一论述，吴泰昌在做了语法分析后说："文学是'人学'或'民学'的源泉比文学是'人学'的涵义确定、具体。"② 吴泰昌的意思是，依据高尔基的这段论述，是"人学"者乃"民学"也，而不是"文学"。

不过，许之乔却认为：既然"民学"即"人学"，二而一焉，又何必"人学"、"民学"的呢？"这在逻辑上很难言之成理，在'涵义'上，不但不'比文学是人学的涵义确定、具体'，而且是既费解，从而也就会引起混乱的。"③ 于是，许之乔又引述高尔基 1928 年 6 月 12 日在苏联方志学中央委员会会议上所作的"答词"作为旁证："Прежде всего, уважаемые товарищи, благодарю вас за честь, что вы выбрали меня членом вашей огромной краеведческой семьи. Благодарю вас. Я всё—таки думаю, что основной моей работой, работой всей моей жизни, было не краеведение, а человековедение."④ 这段文字的大概意思是：尊敬的同志们，首先，感谢各位给我这个荣誉，把我选为"方志学"大家庭的一员。非常感谢！但我仍然认为，我的主要的工作，一生的主要工作，是人学，而不是方志学。许之乔根据这一表述推论："高尔基的主要工作，他一生的工作，谁都知道：是文学。而他却说：'是人学'。因此，说'高尔基曾把文学叫做人学'，'把文学称为人学'，或者说：高尔基说'文学是人学'，是确切的，有根据的。"⑤

或许是因为政治环境的原因，吴、许二位先生的讨论没有得到延续和展开。时隔十八年之后，刘保端再度挑起了这一讨论。刘保端说："高尔基说的是：'文学'是'最好的文献'，是人种志学的，也就是人学的最好

---

① 高尔基：《论技艺》，《论文学续集》，人民文学出版社 1979 年版，第 285 页。

② 吴泰昌：《高尔基的文学是"人学"辨》，《文汇报》（上海）1962 年 7 月 18 日。

③ 许之乔：《"人学"短笺》，《文艺报》1962 年第 8 期。

④ Горький Алексей Максимович. Ответное слово ［на торжественном заседании центрального бюро краеведения］ // Собрания сочинений в 30 - ти томах. М., изд. ГИХЛ（Государственное издательство художественной литературы），1949—1956. том 24, стр. 373.

⑤ 许之乔：《"人学"短笺》，《文艺报》1962 年第 8 期。

上篇 哲理的沉思

的文献。……所以按照高尔基的原意，并不是'文学'是'人学'，而是'人种志学'是'人学'。"① 至于高尔基说"我的主要工作，我一生的主要工作，是人学，而不是方志学"，刘保端认为："不能把高尔基的'主要的工作'、'毕生的工作'代之以'文学'，因为高尔基不止一次地说过，他不仅是个文学家，而且是个社会活动家。"② 刘保端得出的结论是："'文学即人学'这句话并不出自高尔基之口，因此说'高尔基把文学（或艺术）叫人学'这一命题是不存在的。"③

针对刘保端的质疑，钱谷融这次是自己为自己辩护了。钱谷融说："大家读了这段话以后，都会产生一个共同的印象，都会承认高尔基确是把文学当做'人学'的。但是刘保端同志却不肯承认。"④ 关于高尔基的身份，钱谷融说："高尔基的社会活动家的身份也是统一于他的文学家的身份，而且是通过他的文学家的活动而表现出来的。为什么要把他的社会活动家的身份和他的文学家的身份对立起来，用前者来削弱和贬低后者，以致不承认他所从事的主要工作是文学呢？"⑤ 但刘保端也予以了反驳："高尔基是针对有人把他的现实主义叫做'人种志学'，把他本人叫做'描写日常生活的作家'而提出'人学'一词的。自从高尔基创造了'人学'一词，到他逝世，当中经过了八年。在这八年当中，高尔基写过许多文学论文，发表过很多有关文学问题的讲话。在这些文章和讲话中，我们还没有发现高尔基亲口说过'文学是人学'。这一现象也是值得深思的。他自己创造了一个词，如果这个词能够如此简洁、深刻、全面而又明白无误地概括文学的特点，高尔基为什么不用这一断语呢？这一事实本身就说明高尔基并不认为能用'人学'来说明'文学'。""在找到高尔基的'文学是人学'的原话以前，最好不要把高尔基所不曾说过的话，挂在高

① 刘保端：《高尔基如是说——"文学即人学"考》，《新文学论丛》1980年第1期。
② 同上。
③ 同上。
④ 钱谷融：《关于〈论"文学是人学"〉——三点说明》，《新文学论丛》1981年第1期。
⑤ 同上。

尔基的名下。这件事虽然不大，却牵涉到一个科学、严肃的研究态度问题。"①

对于"文学是人学"在知识谱系中的存在，钱谷融的认知也有一个渐进的过程。应该说，钱谷融在撰写《论"文学是人学"》一文时受季摩菲耶夫的影响，是确信高尔基有过把文学叫做"人学"的意见的。即便到了与刘保端发生争执的时候，钱谷融也还说过："高尔基压根儿就并无把文学当做'人学'的意思。事实果真是如此吗？我看不见得。"② 但后来，钱谷融的立场似乎慢慢地有些松动了。到了 1983 年，也就是与刘保端讨论问题之后的第三年，钱谷融又说："高尔基可能没有说过'文学是人学'这样的话，但要说他连把文学当做'人学'的意思也没有，这却恐怕未必。……刘保端同志又在今年《文学评论》第三期上写了《关于"文学是人学"》一文，主要意见同我并无分歧，只是认为高尔基既然并未明确说过'文学是人学'这样的话，那么，在引用高尔基的意见时，引号只应该打在'人学'上，而不应该打在'文学是人学'上，他（应为'她'——笔者注）的这一意见当然是对的。"③ 钱谷融还一度有过将论文题目改为《论文学是"人学"》的想法，只是考虑到"文学是人学"这一观点已经为文艺界所接受，才没有去作这一修改。不仅如此，进入 21世纪后，钱谷融对"文学是人学"的出处还作过进一步的考证。2003 年7 月，钱谷融在致李岭的信中说："记得还是在九十年代的某一天，我偶然翻阅了泰纳（Hippolyte Adolphe Taine，一译丹纳）所写的英文版的《英国文学史》一书，在该书的序言中，泰纳用直白的语言说：'Literature，it is the study of man'。泰纳生于 1828 年，比高尔基要早出生 40年，'文学是人学'这句话的发明权，不应该属于高尔基，而是应该属于泰纳。"④

---

① 刘保端：《关于"文学是人学"问题》，《文学评论》1982 年第 3 期。
② 钱谷融：《关于〈论"文学是人学"〉——三点说明》，《新文学论丛》1981 年第 1 期。
③ 钱谷融：《〈论"文学是人学"〉发表的前前后后》，《书林》1983 年第 3 期。
④ 钱谷融：《以简代文——致李岭同志的一封信》，《文艺理论研究》2003 年第 4 期。

那么，泰纳又是否完整地陈述过"文学是人学"的命题呢？据考证，泰纳撰写《英国文学史》的原创版本是法文，而不是钱谷融所说的"英文"。钱谷融所见到的是英文"Literature，it is the study of man"，这就说明，钱谷融所阅读的不是《英国文学史》的原创版本，而是它的英文译本。泰纳《英国文学史》的比较通行的英文译本是由 Henri Van Laun 翻译的。一个令人诧异的事实是，笔者反复地阅读了这个译本的"序言"，却未能找到"Literature，it is the study of man"的字样。或许钱谷融所珍藏的不是 Henri Van Laun 翻译的版本。但笔者又查阅《英国文学史》的原创版本——法文文本，也未找到诸如"La littérature，c'est l'étude de l'homme"，或者"La littérature est effectivement les sciences humaines"一类的文字。泰纳《英国文学史》的"序言"中比较接近"文学即人学"的句子是："On en a conclu qu'on pouvait，d'après les monuments littéraires，retrouver la fa? on dont les hommes avaient senti et pensé il y a plusieurs siècles. On l'a essayé et on a réussi."[①] 这句话的大意为：经典的文学作品能够引起人们对人的思想和情感的永久的回味。但这句话毕竟不是"文学即人学"的精准表达，更何况这句话与"文学是人学"的含义还存在一定的差异！

即便钱谷融所收藏的译本有"Literature，it is the study of man"的译文，这也未必一定就是"文学是人学"最原初的表达。正如钱谷融自己所说："这句话也并不是高尔基一个人的新发明，过去许许多多的哲人，许许多多的文学大师都曾表示过类似的意见。"[②] 如柏拉图就说过："为了对自己有益，要任用较为严肃较为正派的诗人或讲故事的人，模仿好人的语言，按照我们开始立法时所定的规范来说唱故事以教育战士们。"[③] 模仿好人也罢，模仿坏人也罢，在柏拉图的眼里，诗人是以人作为模仿的对象

① Hippolyte Adolphe Taine, *Histoire de la Littérature Anglaise*, Deuxième? dition Revue et Augmentée, Paris?：Librairie de L. Hachette et Cie, 1866, Introduction p. III.

② 钱谷融：《论"文学是人学"》，《文艺月报》1957 年第 5 期。

③ 柏拉图：《理想国》，郭斌和、张竹明译，商务印书馆 1986 年版，第 102 页。

的。亚里士多德说得更具体："摹仿者摹仿处于活动中的人，而这些人必然是高尚的或者是鄙劣的。"[①] 这也就是说，诗以人作为描写对象的观点在古希腊早已有之。刘保端说，高尔基1928年"第一次使用了'人学'这一词汇"[②]。那么，在整个斯拉夫语系、拉丁语系中，乃至在世界范围内，"人学"一词又是否为高尔基所首创呢？据程代熙考证："早在高尔基之前，马克思在一八四四年写的《经济学—哲学手稿》里就提出了'人学'。马克思用的是德文'Wissenschaft von dem menschen'…译成汉语则是'关于人的科学'。"[③] 马克思"人的科学"[④] 的提法，又是否是"人学"一词的最早出处呢？凭笔者所知，中世纪的欧洲就已经有了"神学"的概念，如意大利经院派哲学家托马斯·阿奎那在13世纪中期就著有《神学大全》一书，而在古希腊的文献中，"人"就已经被视为与"神"相对应的存在；那么，在人本主义精神高涨的文艺复兴时期，人们不经意地道出"人学"这一范畴，是极有可能的。在新旧交替时期的意大利，但丁致康·格朗德的信，帕屈拉克致癸那多的信，薄迦丘在《神谱》和《但丁传》等著作中，都表达过"诗学即神学"的观点。诚如朱光潜所说："意大利文艺复兴运动巨大先驱者关于诗即寓言亦即神学的看法，简直如同从一个鼻孔出气。"[⑤] 进入文艺复兴时期后，欧洲社会随着人文主义精神的张扬，明确提出"文学是人学"的命题，也是有可能的。但是，至于"文学是人学"这一命题在文艺复兴时期的欧洲到底出现过没有，究竟出现在谁的名下，这些都还需要我们作进一步的证实，我们在未找到其准确的出处之前，也是不能妄作论断的。

① 亚里士多德：《诗学》，《亚里士多德全集》第9卷，中国人民大学出版社1994年版，第643页。

② 刘保端：《高尔基如是说——"文学即人学"考》，《新文学论丛》1980年第1期。

③ 程代熙：《人学·人性·文学》，《光明日报》1980年1月9日。

④ 马克思：《1884年经济学哲学手稿》，《马克思恩格斯全集》第42卷，人民出版社1979年版，第128页。

⑤ 朱光潜：《西方美学史》上卷，人民文学出版社1979年版，第153页。

二 "文学是人学"命题的价值与命运

不管是谁最先提出了"文学是人学"的命题,但在中国 20 世纪 50 年代的政治生态中,大胆地阐释文学的"人性"品格,这是需要常人难以想象的学术勇气的,因为当时视文学为阶级斗争的工具,视"人性"为文学艺术的禁区。当然,《论"文学是人学"》一文的产生有其特定的学术背景。据钱谷融介绍①,这篇论文是应华东师范大学主办的大型学术研讨会的要求而撰写的。文章写成之后,送交许杰(时为华东师范大学中文系主任)审阅,许杰建议将文题改得醒目一些,因而题目也就成了现在的样子——起初的题目就是《文学是人学》,"既没有加什么引号,前面也没有'论'字"。论文在大会上宣读后当即就引起了反响,很多与会者提出了不同的意见,只有陈伯海(当时是华东师范大学中文系毕业班的学生)最后作了一点声援。时过不久,这篇论文便在《文艺月报》发表出来。

《论"文学是人学"》一文的产生,还有其复杂的历史机缘。1956 年 4 月 25 日,毛泽东在中央政治局扩大会议上说:"在文艺上'百花齐放',学术上'百家争鸣'(春秋战国时百家争鸣),应作为我们的方针,这是两千年以前人民的意见。"②毛泽东的讲话尽管当时只在小范围内传达,没有及时地对外公布,但这一精神一经陆定一宣讲③,很快便演绎成了后来的"双百"方针,促成了随之而来的"百花"时期。也正是"百花齐放、百家争鸣"的特殊氛围孵育了《论"文学是人学"》一文的写作。钱谷融自己就说过:"当时正是'双百方针'提出不久,我那时也不懂得什么顾虑,只求能把自己的一些想法写出来就是了。如果没有'双百方针',我即使

---

① 钱谷融:《〈论"文学是人学"〉发表的前前后后》,《书林》1983 年第 3 期;《以简代文——致李岭同志的一封信》,《文艺理论研究》2003 年第 4 期;《文学是人学——钱谷融先生访谈录》,www. literature. org. cn,2005 年 5 月 10 日。
② 毛泽东:《在中央政治局扩大会议上的发言》,《战无不胜的毛泽东思想万岁》,新湖临时革委会宣传部(武汉),1967 年 8 月内部印刷,第 3 册,第 44 页。
③ 陆定一:《百花齐放,百家争鸣》,《人民日报》1956 年 6 月 13 日。

思 与 诗 的 搏 击

写，文章的面貌，可能也会有很大的不同。"①

"百花齐放"时期为《论"文学是人学"》的写作提供了适宜的政治气候，20 世纪 50 年代特殊的政治生态也为《论"文学是人学"》的写作预设了赖以生存而必须挣脱的脐带。1949 年新中国成立后，文学艺术工作者，不管是来自解放区还是国统区，不管过去是生活在国内还是国外，他们中的绝大多数人对共产党、毛泽东的歌颂是由衷的、真诚的。试想：一个战争频仍、支离破碎的国度一下子实现了和平与统一，这对于长期处于动荡之中的国人能不是一件盛事吗？他们对共和国的诞生能不欢欣鼓舞吗？他们对共和国的缔造者能不怀有敬意吗？诗人绿原近日还在回忆："怀着解放的喜悦，我还写作了《中国，一九四九年》、《五月速写》、《"九一八"，第十八年》、《党日》、《为重庆〈新华日报〉复刊而作》等诗篇。"② 可想，文学艺术工作者当时有着怎样的情怀。

其实，钱谷融版的"文学是人学"在中国文坛的登场，也不是一桩孤立的事件。1957 年 1 月，即钱谷融完成《论"文学是人学"》写作的前一个月，发表《论"文学是人学"》的前四个月，时任人民文学出版社副社长兼副总编辑的巴人在天津的文学期刊《新港》上就发表过《论人情》一文。在钱谷融之后，徐懋庸在 1957 年 6 月 7—8 日的《文汇报》上发表论文《过了时的纪念》，其中也列有《关于人性》一节。巴人、徐懋庸虽然没有明确提出"文学是人学"的命题，但他们讨论的也都是文学中的"人情"或"人性"一类的问题。巴人认为：当时的文学"政治气味太浓，人情味太少"，我们的文学作品"应该有更多的人情味"。③ 徐懋庸也认为："根本否定人性存在的阶级性论，在理论上，是歪曲的，它解释不了社会生活中的许多实际问题。"④

《论"文学是人学"》发表后，首先亮出批判利器的是吴调公，他的

上篇 哲理的沉思

---

① 《文学是人学——钱谷融先生访谈录》，www. literature. org. cn，2005 年 5 月 10 日。
② 绿原：《我在长江日报的两次政治学习》，《应用新闻》2009 年第 5 期。
③ 巴人：《论人情》，《新港》1957 年第 1 期。
④ 徐懋庸：《过了时的纪念》，《文汇报》1957 年 6 月 7—8 日。

《论"人学"与人道主义》一文，发表于《文艺月报》1957 年第 8 期。吴调公指陈了钱谷融用描写人代替描写"整体的现实"，"用直觉代替思维"的偏差。《论"人学"与人道主义》与其他批判文章和钱谷融被作为批判对象的原作一起于 1958 年 4 月由新文艺出版社结集为《"论'文学是人学'"批判集》（第一集）。《文艺月报》编辑部 1958 年 2 月 5 日就《论"文学是人学"》一文还召开过专题座谈会。① 钱谷融近年回忆说："就在上海文艺界召开的座谈会上，以群同志虽然不赞成我文章的观点，但他是坚持把它作为学术问题来处理的。当会上有同志在发言中说到我的某些观点与胡风很相类似这样的话时，以群同志连忙叮嘱各报记者在报道中不要提这句话，说这太可怕了。"② 钱谷融每每提到这一细节都是称"有同志在发言中说"，而至于这位同志是谁，他却语焉不详。不过从可资查阅的文献来看，的确有人发表过这种观点："严格说来，钱谷融先生的'新'的典型论，其实并没有什么'新'的东西，他不过把我们刚扑灭不久的胡风的'典型论'，用另一种方式再加复活罢了。"③

巴人的《论人情》刊出之后，也有人指责巴人的"人情论"是超阶级的人性论④。但巴人的观点却得到了王淑明的支持。王淑明说："就因为这些意见，巴人同志受到许多人的反驳。他们之中，有一个论点是共同的，就是不承认人情有共同相通的东西。以为在人情方面，也是只有阶级性，没有什么共通的东西。……我以为这样来理解人情与人性，是有些过于简单化……"⑤ 徐懋庸所倡导的"共同的人性"和攻击党的领导干部的言论，也遭遇了"批判徐懋庸"⑥ 的尴尬。

巴人、钱谷融和徐懋庸的"人情"、"人学"、"共同的人性"，与此前胡

---

① 《批判"论'文学是人学'"，开展文艺思想大辩论》，《文艺月报》1958 年第 3 期。

② 《文学是人学——钱谷融先生访谈录》，www. literature. org. cn，2005 年 5 月 10 日。

③ 箭鸣：《批判钱谷融的典型论》，《文艺月报》1958 年第 3 期。

④ 张学新：《"人情论"还是"人性论"——评巴人的"论人情"》，《新港》1957 年第 3 期。

⑤ 王淑明：《论人情与人性》，《新港》1957 年第 7 期。

⑥ 马铁丁：（即陈笑雨、张铁夫、郭小川共同的笔名）：《批判徐懋庸》，《文艺报》1957 年第 33 期。

风，当年王实味、梁实秋的"谬论"有一定的区别，但在本质上是一致的——它们都是积极地倡导文学艺术中的人道主义，都是对文学"阶级性"的反动，都是对新文化运动启蒙精神的传承。胡适在《文学改良刍议》中强调，"须言之有物"，而他在解释他所说的"物"时，则说"约有二事"："情感"与"思想"。可见，新文化运动一开始便把表现人的思想、情感作为文学的正宗。鲁迅在《狂人日记》中痛斥封建社会是"吃人"的社会，周作人更是直接将新文学界定为"人的文学"、"平民的文学"。一个匪夷所思的事实是，"人"、"人性"、"人道主义"，这些五四前驱者反抗封建主义的利器，却与后来的"革命"、"斗争"，"革命文学"、"斗争文学"发生了碰撞。中国早期的阶级论者甚至连鲁迅也不曾放过，将鲁迅斥责为"资产阶级"、"小资产阶级"和"封建余孽"。梁实秋也被痛骂为"资本家的走狗"，王实味、胡风则被打成"反革命"。在 1928—1930 年期间，鲁迅几乎同时与革命文学和新月派展开论争。比较有意味的是鲁迅在论争中所阐发的关于文学的阶级性，关于文学的人性的观点，却成了后来对立着的"阶级"论者和"人性"论者立论或攻击对方的根据。应该说，鲁迅在文学的"阶级—人性"问题上的立场是明确的、一贯的。首先，鲁迅肯定文学具有阶级性。鲁迅说："文学不借人，也无以表示'性'，一用人，而且还在阶级社会里，即断不能免掉所属的阶级性，无需加以'束缚'，实乃出于必然。"[①] 其次，鲁迅也认为文学"都带"阶级性，"而非"只有阶级性。鲁迅明确地说过："不相信有一切超乎阶级，文章如日月的永久的大文豪，也不相信住洋房，喝咖啡，却道'唯我把握住了无产阶级意识，所以我是真的无产者'的革命文学者。"[②] 关于对文学的人性与阶级性的探讨，鲁迅还有过这样一个建议：译出"几部世界上已有定评的关于唯物史观的书"，"一部简单浅显的"，"两部精密的"，"一两本反对的"，"那么，论争起来，可以省说许多话"。

巴人、钱谷融、徐懋庸克服了革命文学片面强调文学的阶级性，新月

---

① 鲁迅：《"硬译"与"文学的阶级性"》，《萌芽月刊》第 1 卷第 3 期（1930 年 3 月）。
② 鲁迅：《文学的阶级性》，《语丝》第 4 卷第 34 期（1928 年 8 月 20 日）。

派片面强调文学的人性的弊端，在充分肯定文学的阶级性的基础上，有针对性地阐释文学艺术中的人道主义精神，但是，他们在反右运动中都受到了批判。更滑稽的一点是，1960 年 1 月，也就是反右运动结束将近二年后，《文艺报》、《文学评论》、《人民文学》、《文艺月报》等刊物几乎同时登载文章，再次发起对巴人、钱谷融的批判①。针对钱谷融等人，中国作家协会上海分会于 1960 年 2 月 25 日至 4 月 13 日还召开过专题批判会议，这也就是钱谷融后来所说的"四十九天会议"。巴人的"人情论"、钱谷融的"人学"，是 1957 年初提出的；那么，何以时隔二年之后他们再次成了全国性批判的对象呢？从大量的批判文字中我们可以嗅到这样一种气味：这些文章几乎无一例外地将巴人的"人情论"、钱谷融的"人学"，冠之以"修正主义文艺观"，并不时地与"南共纲领"、"国际修正主义"，匈牙利文学理论家卢卡契、南斯拉夫作家维德马尔的文艺观进行比附。这就可以证明，对巴人、钱谷融等人的再度批判与当时的国际共产主义运动有关，是文学艺术界对政治上批判"国际修正主义"的响应——命运之神给巴人、钱谷融开了一个"国际玩笑"。

中国对国际（现代）修正主义的批判，起因是南斯拉夫共产主义者联盟第七次代表大会 1958 年 4 月通过的"南斯拉夫共产主义者联盟纲领草案"（通常简称为"南共纲领"）。"南共纲领"的核心是在本国内部充分地尊重人民的民主权利，在国际关系中不结盟保持中立地位；其表现形式是模糊阶级界限，放弃阶级斗争。"南共纲领"在社会主义国家共产党和工人党代表会议（莫斯科，1957 年 11 月）上征求意见时，受到了前苏联、中国等社会主义国家的一致反对，不过前苏联所作的只是"同志式"的批评，而中国"可没有表现出这种克制"，《人民日报》发表了题为《现代修正主义必须批判》（1958 年 5 月 5 日）的社论。有学者认为中国持这种态

---

① 何其芳：《更高地举起毛泽东文艺思想的旗帜》，《文艺报》1960 年第 1 期；姚文元：《批判巴人的"人性论"》（并附有巴人的《论人情》），《文艺报》1960 年第 2 期；洁泯：《论"人类本性的人道主义"》，《文学评论》1960 年第 1 期；杨耳：《极简单但是极重要的真理》《人民文学》1960 年第 1 期；王道乾：《"人学"辨》，《文艺月报》1960 年第 1 期。

度有两个动机："首先，加强集团的团结，反对中立主义或贝尔格莱德提出的不同意识形态，以便更有力地对付帝国主义；其次，通过攻击南斯拉夫在和平共处与缓和东西方紧张关系上的观点，阻止赫鲁晓夫同西方搞缓和的意向。"① 中国在国际共产主义运动中对修正主义的强硬立场，在国内很自然地就演化成了批判现代修正主义的政治运动。《南共纲领》说："工厂、合作社、公社、学校、人民团体以及家庭的新的基本社会作用在于发扬新的人道主义关系，真诚、信任、仁爱、谅解、忍让的关系，一句话，人与人之间的人性的同情和友爱。"② 巴人所倡导的"人和人之间共同相通"的"人情"、钱谷融所倡导的"人道主义"，与《南共纲领》又有什么二致呢？对巴人、钱谷融等人的再批判，与对其他"反动"文艺观的批判有所不同的是，为了配合国际共产主义运动中的思想斗争，为了扫清国内的"修正主义"思想障碍。

在政治上受到了批判，在学术上也自然被列为"禁区"——"十七年"出版的中国当代文学史教材就是将"人情论"、"人学"指称为"修正主义文艺思想"③——这一禁区被划定之后，封锁了长达十七年之久，直到 1977 年何其芳发表《毛泽东之歌》的回忆文章（遗作），刘心武发表小说《班主任》，"共同的人性"问题才得以重新引起学术界的关注。何其芳回忆——1961 年 1 月 23 日，毛泽东在接见何其芳等人时说："各个阶级有各个阶级的美。各个阶级也有共同的美。"④ "各个阶级也有共同的美"的命题并不能等同于"各个阶级有共同的人性"的命题，但"各个阶级也有共同的美"的命题能够说明各个阶级有共同的情感、共同的心理结构，能够从心理的角度折射出"各个阶级有共同的人性"；逆论之，"各个阶级有共同的人性"的命题却隐含着"各个阶级也有共同的美"。毛泽东关于

---

① 艾伦·S. 惠廷：《中苏分裂》，费正清主编《剑桥中华人民共和国史》，中国社会科学出版社 1998 年版，第 515 页。

② 《南斯拉夫共产主义者联盟纲领草案》，世界知识出版社 1958 年版，第 154 页。

③ 华中师范学院中国语言文学系编著：《中国当代文学史稿》，科学出版社 1962 年版，第 502、513 页。

④ 何其芳：《毛泽东之歌》，《人民文学》1977 年第 9 期。

"共同美"的论断公布之后，邱明正在《复旦学报》上发表了《试论共同美》一文，高克地、张锡坤在《社会科学战线》上发表了《美、美感和艺术美、不同阶级也有共同的美》一文，毛星在《文学评论》上发表了《论文学的阶级性》一文，朱光潜在《文艺研究》上发表了《关于人性、人道主义、人情味和共同美问题》一文，再次开启了"共同美"、"共同的人性"问题的讨论。其时，钱谷融也发表过《〈论"文学是人学"〉一文的自我批判提纲》等一系列讨论人性问题的学术论文，重申自己二十多年前的"文学是人学"的主张。新时期的文学理论阐释尽管失去了"十七年"、"文革"时期立竿见影的效应，但它也已经向文学理论界、文学创作界，乃至于整个社会昭示，文学回到了"人"的，而不是"主要的英雄人物"的时代。在新的历史时期，作家、艺术家们在充分尊重人、重视人的基础上，广泛地汲取西方的、中国古代的理论资源，对人进行了深入而卓有成效的发掘，而且取得了为人们所公认的成就。

三 "文学"等于"人学"吗

不能将新中国成立以来，人性问题探讨的功绩全然归结在钱谷融的名下，但不可否认的事实是，钱谷融自始至终参与了这一讨论，而且还是这一讨论的发起人之一，更何况钱谷融版的"文学是人学"在中国学术史上有着如下特别的意义：其一，钱谷融在文艺要"为工农兵服务"，文学要"塑造新的英雄典型"的特定语境之下，强调文学"必须从人出发，必须以人为注意的中心"[①]，为新中国的文学理念回到正常的轨道提供了理论保障。其二，钱谷融版的"文学是人学"，以及与之同时出现的其他关涉"人性"的论述，在新时期促进了文学对人性的发掘与探索。新时期诞生的伤痕文学、反思文学、归来派诗、朦胧诗，呼请的是自然本性的人，改革文学反映的是时代现实的人，寻根文学展示的是黏附着传统文化内涵的

---

① 钱谷融：《论"文学是人学"》，《文艺月报》1957 年第 5 期。

人，新写实小说描写的是平凡的庸常的人，女性私语小说呈现的是有着丰富女性情感体验的人，底层写作描绘的是在生命线上挣扎的人，它们都无不体现出以人为关怀中心的人本主义情怀。其三，钱谷融在阐释"文学是人学"命题的同时还不经意地推动了一门新兴学科——"人学"的形成。哲学界一般认为，"当代中国的人学研究萌发于 1979 年"，"从 1988 年起就有学者开始对人学进行思考，但真正全面深入展开研究的，却始于 1990 年"①。而客观事实是，1953 年平明出版社出版的季摩菲耶夫的《文学原理》（中译本）就已经使"人学"一词在中国的出版物中出现，其后钱谷融的《论"文学是人学"》一文更是促进了"人学"一词在中国的传播，在"十七年"的文学期刊上就已经能够见到文学界对"人学"一词的理解与诠释。严格地说来，作为一门学科的"人学"在中国是发轫于文学界，而形成于哲学界。

既然"文学是人学"这一命题无论是对中国的文学创作，还是对中国的学术研究都产生过如此重大的影响，那么，当这一命题在中国传播了半个多世纪之后，我们重新审视这一命题的合法性也不禁设问：文学是否就一定等同于人学呢？

要厘清"文学"与"人学"的关系，还得从"文学"和"人学"这两个基本范畴以及它们的形态入手。对"文学"的界定，繁复的文学辞典和文学理论著作都作过殚精竭虑的努力。不过，文学理论家韦勒克、沃伦对这个范畴却有着深切的体认："这些问题（也包括'什么是文学'——笔者注）看似简单，可是难以有明晰的解答。"② 以中国文学为例，现代意义上的小说、诗歌、散文和戏剧是在新文化运动之后建立起来的，在新文化运动以前小说、戏剧、自由体诗都没有被纳入文学的范围。时下，网络的传递正在代替印刷机的运转，印刷文学正在逐步为影视图像文学、网络数字文学所替代。这即可说明，"文学"具有

---

① 韩庆祥、邹诗鹏：《人学——人的问题的当代阐释》，云南人民出版社 2001 年版，第 15—22 页。

② 韦勒克、沃伦：《文学理论》，刘象愚等译，江苏教育出版社 2005 年版，第 9 页。

"世俗魅法"①，它本身就是一个游离的概念。但不管文学的形态发生怎样的变化，作为一个有机整体的"文学"范畴，它都要归结到"写什么"和"怎么写"②的问题。古人尝云："言之无文，行而不远。"③ 近人又说："须言之有物"，"言之无物，又何用文为乎。"④ 文学首先要有言说的对象，要有它所反映的具体内容，要解决"写什么"的问题；但是，文学仅有描写的对象，也是不够的，它还应该有表现其对象的艺术形式，即解决"怎么写"的问题。

从"写什么"的角度来看，文学描写的中心应该是人，因为人是现实社会的中心；但文学描写的对象在人之外，也还有"自然"的存在。单个的文学作品可以描写人，描写人的善良，描写人的邪恶；可是，单个的文学作品也可以描写外在于人的大自然，描写大自然之中的花草山川，描写大自然之中的飞禽走兽；单个的文学作品还可以同时展示现实世界的人和物，进而达到"天人合一"的境界。单个的文学作品可以只写人，而不涉足大自然；而由单个的文学作品所构成的整体的文学世界，其描写和表现的对象则不可避免地包含着"人"与"自然"两种不同的成分。荷马笔下的那条狗阿尔戈斯（《奥德赛》），托尔斯泰笔下的那匹马（《马的故事》），骆宾王笔下的那只鹅（《咏鹅》），马致远笔下的枯藤、老树、昏鸦（《天净沙·秋思》），无不给人留下难以释怀的记忆，我们能说这不是文学对自然的描写吗？

关于文学对自然的描写，钱谷融也有一个说法："即使写的是动物，是自然界吧，也必是人化了的动物，人化了的自然界；必定是具有人的思想感情的动物，具有人的思想感情的自然界。"⑤ 的确如此，进入了作家写

① 米勒：《文学死了吗》，秦立彦译，广西师范大学出版社 2007 年版，第 32 页。
② 鲁迅：《怎么写》，《鲁迅全集》第 4 卷，人民文学出版社 1981 年版，第 18 页。
③ 《左传·襄公二十年》。据赵辉考证："文"（含"章"、"文学"）在先秦不仅包含富于"文采"的文学形式，也应包含反映礼乐道德的文学内容。（见赵辉的《唯有"文采"不成"文"》，《中南民族大学学报》2007 年第 3 期）
④ 胡适：《文学改良刍议》，《新青年》第 2 卷第 5 号（1917 年 1 月 1 日）。
⑤ 钱谷融：《关于〈论"文学即人学"〉——三点说明》，《新文学论丛》1981 年第 1 期。

作范围的自然之物，作家对它们进行改造，赋予了它们艺术的形式，它们凝聚了作家的艺术劳动，黏附了作家的情感和理性。但它们包含了作家的情感和思维，它们就应该隶属于"人学"的范畴吗？按照钱谷融的理解——包含了人的思想情感的自然之物，就应该隶属于"人学"的范畴；那么，科学家从含有铀的物质中提取核原料，将核原料制作成核武器，也在自然之物上注入了人类的情感与理性，也是自然的"人化"，试问人化的自然之物——核武器也应该隶属于"人学"的范畴吗？还是季摩菲耶夫说得好，文学作品中的自然之物，尽管凝聚了作家的艺术劳动，但它的属性却"不丧失其独立的意义和趣味"①。我们在欣赏文学作品中的自然之物时，要辨别作品中的自然之物，哪些成分是自然之物的本质属性，哪些成分是自然之物的外在形式，哪些成分是作家赋予它的艺术形态，否则，就会导致对知识本质的歪曲，对马克思"人化自然"的误读。

康德就艺术与自然的关系有过一段于我们颇有启发意义的论述："Die Einbildungskraft（als productives Erkenntnisvermögen）sit nämlich sehr mächtig in Schffung gleichsam einer andern Natur aus dem Stoffe，den ihr die wirkliche giebt."② 宗白华翻译为："想象力（作为生产的认识机能）是强有力地从真的自然所提供给它的素材里创造一个像似另一自然来。"③ 康德的这一论述已经为很多美学家、文学理论家所注意，钱谷融在文章中也间接地引用过——"能够征服第一自然而创造'第二自然'"④。康德这里所说的"真的自然"，曾经就被国内外的美学家们错误地理解为不包含人的第一性的自然⑤，即大自然。而在康德的整个哲学体系中，"第一自然"是指外在于人的大自然，"第二自然"则是指人的内在的心灵的自然。康德说："Einfalt（Kunstlose Zweckmä βigkeit）ist gleichsam der Stil der

① 季摩菲耶夫：《文学原理》，查良铮译，平明出版社 1955 年版，第 26 页。

② I. Kant，Kant's Gesammelte Schriften，herasgegeben von der königlich preußischen Akademie der Wissenschaften，BandV. Berlin，1913，S. 314.

③ 康德：《判断力批判》上册，宗白华译，商务印书馆 1964 年版，第 160 页。

④ 钱谷融：《论"文学是人学"》，《文艺月报》1957 年第 5 期。

⑤ 参考刘为钦《"另一个自然"》，《哲学研究》1998 年第 3 期。

Natur im Erhabenen und so anch der Sittlickeit，welche eine zweite（übersinnliche）Natur ist …"① 宗白华翻译为："朴素单纯，（无艺术的合目的性）就是自然界在崇高中的，也就是道德性在崇高中的样式，这道德性正是第二个（超感性的）自然……"② 这里的"第二个自然"即是指人的"道德性"、人的"心意能力"、人的内心世界。康德用以指称艺术的是"另一个自然"，而不是"第二个自然"，为艺术（即"另一个自然"）提供材料的"真的自然"实际上包含着外在的"物理的自然"（即第一性的"大自然"）和内在的"心灵的自然"（即第二性的"人"）两个方面的内容。而这"物理的自然"理应属于一般意义上的"自然"的范畴，"心灵的自然"则隶属于"人学"的范围。

从"怎么写"的角度来看，文学作品的形式也含有两个方面的元素：一种是作家赋予作品的形式，一种是自然之物（含物理的自然和心灵的自然）的外形伴随着进入作品的自然之物的实质赐予作品的形式。以鲁迅的《狂人日记》为例，作品的主要内容是封建制度压迫之下的知识分子的生存状态；可是，作家赋予作品的形式是 1 段文言的楔子和 13 则白话的日记，物理的自然之物赐予作品的形式是狗眼的怪异、月华的皎好等，人的心灵的自然赐予作品的形式是精神抑郁症患者的特殊心理。物理的自然为文本的叙述设置了场景和空间，它应该隶属于自然科学的范围；心灵的自然为文本的叙述提供了人的心理运作的规律，它应该隶属于"人学"，而且是"人学"之中的生理学、心理学的范围；作家赋予作品的形式是作家作为创作主体的艺术创造，体现了作家的价值取向、审美理想和艺术品位，它理应属于"人学"之中的文学理论或艺术学的范畴。

长期以来，人们在文学创作与鉴赏的过程中，关注于作家所赋予的形式多，而关注于自然之物所赐予的形式少，甚而至于将自然之物所赐予的形式与作品的内容等同起来，忽略了自然之物所赐予形式的存在。无视作

---

① I. Kant，*Kant's Gesammelte Schriften*，*herasgegeben von der königlich preußischen Akademie der Wissenschaften*，BandV. Berlin，1913，S. 275.

② 康德：《判断力批判》上册，宗白华译，商务印书馆 1964 年版，第 117 页。

家所赋予的形式，则容易制造出缺少文学情味的纪实性文本。但过分地夸张和彰显作家所赋予的形式，诸如一段时间出现的解构、颠覆、操作、拼贴等手法的滥用，而忽视自然之物所赐予的形式的存在，也容易使文学创作钻进为形式而形式的形式主义的象牙塔或死胡同。作家所赋予的形式与自然之物所赐予的形式并不是一对完全对立的范畴：第一，自然之物的美的形式，即车尔尼雪夫斯基所说的"美的生活"①，可以直接进入创作的程序转化为作品的形式。第二，自然之物的某些形式尽管不能直接进入文学作品，但它能够激起作家的审美情绪，使作家产生创作的冲动和灵感，从而使作家创造出美的文学形态。第三，作家作为创作主体创造出来的文学形式，还需要接受自然形式的检阅与考验。作家创造的文学形式只有符合自然之物的形式规律，甚而至于成为一种看起来无人为痕迹的自然浑成的形式，那才是作品的最高形式；相反的，无视自然之物的形式规律的一切主观创造的形式，不管它是多么奇妙，那都是徒劳无益的。自然太伟大了！人类要尊重自然，自然科学家要尊重自然，文学家也应该尊重自然。

如此说来，文学的内容和文学的形式都含有"自然"的成分，都在"人学"的范围之外还有自己的领地。同样的，"人学"的内涵也不仅只存在于"文学"的范畴之内。

广义的"人学"概念，专门从事人学研究的学者普遍认为，"是关于人的学问和科学"②，或者说，是"指研究人的一切科学"③，它包含着人的存在、人的需要、人的活动、人的能力、人的环境、人的活动尺度、人的本质、人的价值和人的发展等方面的内容。这也正如刘保端所说："所有的社会科学都是研究人的，研究人的生活，研究人和人的关系的。甚至于

上篇　哲理的沉思

---

① 车尔尼雪夫斯基说："任何事物，我们在那里面看得见依照我们的理解应当如此的生活，那就是美的……"见《艺术与现实的审美关系》一文，《西方美学史资料选编》（马奇主编）下卷，上海人民出版社 1987 年版，第 607 页。

② 王双桥：《人学概论》，湖南大学出版社 2004 年版，第 1 页。

③ 转引自韩庆祥、邹诗鹏《人学——人的问题的当代阐释》，云南人民出版社 2001 年版，第 26 页。

心理学、生理学乃至医学也都是研究人的。"① 文学和其他与"人学"有关联的科学一样，也曾涉足过人学领域的具体内容，诸如书写人对生命的体悟，书写人自身的发展历程，书写人的情感体验，书写人与人的社会关系，书写人的生理状况，书写人的生老病死，等等，但人学的关于人的知识并没有全部进入文学的视野，也无须全部进入文学的视野，在文学的范围之外也还游离着人学的部分关于人的信息和学问。因此，"文学"与"人学"不是谁包含谁，谁隶属谁的两个集合，也不是两个全等的符号，而是两个相互交叉的系统：

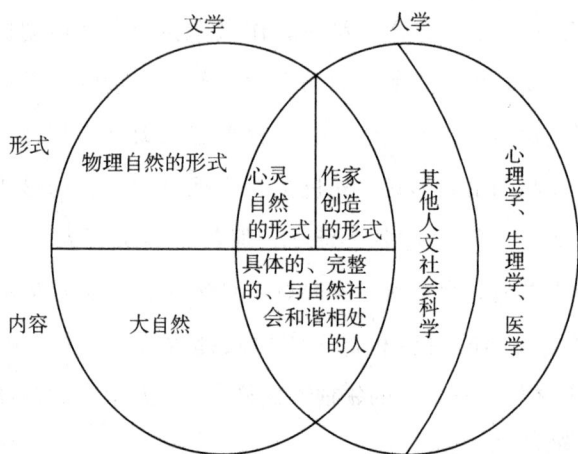

文学触及了人学的部分内容，而在文学与人学关系的背后也还潜隐着一个作为文学表现对象的"人"到底是一个怎样的人的问题。在中外文学史上，"人"也仿佛是一个任人打扮的小姑娘：阶级论者说他是阶级的人，人性论者说他是有着共同人性的人；社会论者说他是社会的人，个人主义者说他是个体的人；政治论者说他是政治的人，无政府主义者说他是自我的人；理性论者说他是理性的人，非理性论者说他是非理性的人……真有点印度民间故事"盲人摸象"的意味。从不同的角度阐释人的存在，有利于将对人的认识引向深入，但文学对人的表现仅仅停留在某一角度或者某一层面，也容易使文学走上歧途。比如在阶级斗争语境下塑造的战斗标

---

① 刘保端：《关于"文学是人学"问题》，《文学评论》1982 年第 3 期。

兵，与天斗与地斗与人斗，彰显了人的斗争精神，却散失了人之为人的自然品格；以完成"根本任务"为目的的"三突出"文学观，张扬了文学的宣传教化功能，却将人压缩到了"主要的英雄人物"，使文学作品中的人成为一个空洞的人的外壳；前一段时间出现的"身体写作"尽管拓展了文学的言说空间，但它只关注人的身体的外部感官，忽视了人的心灵的存在，结果也是只写出了一个扭曲的与时代脱离联系的没有精神内涵的人。无视人在文学作品中的存在，或者歪曲人在文学作品中的存在，都是不利于文学的正常发展的，文学所要表现的人应该是一个具体的、完整的、与自然和社会和睦相处的人，只有体现着活性的人的品格的人才是文学所要表现的对象。

言"文学是人学"，是以人作为文学描写的中心，是以人作为评估文学的尺度。而人类文明史上以人作为评价事物的尺度，并非自"文学是人学"这一命题始。古希腊哲学家普罗泰戈拉说过："人是万物的尺度，是存在的事物存在的尺度，也是不存在的事物不存在的尺度。"[①] "文学是人学"不过是"人是万物的尺度"在文学领域的翻版。推而广之，人也可以成为一切"关于人的科学"的尺度，比如哲学领域曾经也有人说过"哲学是人学"，但心智清明的哲人对此却有清醒的认识——"人学不等于哲学"[②]。文学作为一个体现人的精神生活的艺术门类，理所当然要以人作为表现的中心，要以人作为评价的尺度。况且，人在文学创作中还有其区别于在其他一切"关于人的科学"中的特殊地位：一方面人作为被表现的对象，或者以个体的形式，或者以群体的形式，或者以外在的运动的形式，或者以内在的自省的形式，出现在文学作品中，成为文学描写对象的一部分；另一方面又作为创作的主体，以诗人、小说家、散文家、剧作家，在数字网络时代还以网络文学写手的身份，活跃在文学创作活动中。但是，文学除了以人为描写的对象外，还应该有包含着"大自然"的更广阔的领地；文学除了要按照心理的法则去描写人的心理，还要按照自然的法则去

---

① 柏拉图：《泰阿泰德篇》，《柏拉图全集》第 2 卷，人民出版社 2003 年版，第 664 页。
② 熊芳、雍涛：《毛泽东眼中的人》，人民出版社 2003 年版，第 5 页。

描写自然，按照文学自身的规律，建构文学的语言和形式，并且使文学作品的内容和形式达到完美的统一。既然人只是文学描写对象的一个部分，"人学"只是考察"文学"的一个维度，那么，"文学"就不能等同于"人学"，"文学是人学"这一命题就不存在"过时"与"不过时"① 的问题，就不能作为文学创作与文学批评的金科玉律，我们在征引"文学是人学"这一命题时就要谨慎地对待其试用的范围和空间。

---

① 朱立元：《"文学是人学"的命题永远不会过时》，http://www.literature.org.cn，2008年12月28日。

中　篇

诗性的探索

第五章

诗的起源

诗歌起源，历来众说纷纭：诸如诗起源于人类善于模仿的天性、起源于巫术、起源于游戏、起源于劳动……本文试图在这方面作一点新的探讨。

一 "啊"、"哦"之类是最原始的诗

要探讨诗的起源，首先必须明确什么是最原始的诗。

在我们历史悠久、文化灿烂的中华民族，《诗经》是最早的诗歌总集；但它仅是最早的诗歌总集，毕竟不是最早的诗。《吴越春秋·勾践阴谋外传》中的《弹歌》；有人认为是黄帝时代的歌谣；《礼记·郊特牲》中的《腊辞》，有人认为是神农时代的歌谣；《文心雕龙·祝盟》中的《祠田》，有人认为是舜帝时代的歌谣。这些诗作的作者尽管只是传说，但从诗的内容和形式来看，这些诗作是远在《诗经》之前的先民的歌谣，应是确切无疑的。汉代郑玄根据《尚书·虞书》"诗言志"说，也以为诗始于虞舜[①]；唐代孔颖达根据《六艺论》："唐虞始造其初，至周分为六诗"句，认为诗

---

① 《毛诗正义》，《十三经注疏》上册，中华书局 1980 年版，第 262 页。

始于唐尧①。无论是引证古代关于诗歌创作的文献，还是寻找更古的诗歌篇什，朱光潜先生对这样探求诗歌起源的方法都很不以为然。他说："这种搜罗古佚的方法永远不能寻出诗的起源。"② 他甚至认为："诗的起源不是一个历史的问题，而是一个心理学的问题。"③

西方诗歌，传统的观念认为，荷马史诗是其始祖。但是，近代西方学者发现的很多资料证明：在荷马史诗之前早就有许多民间传说和叙事体诗，甚至荷马史诗也不过是更古的叙事诗和民间传说的融合。

那么，最原始的诗到底是什么呢？

鲁迅、闻一多关于原始诗歌的论述极其精辟。鲁迅说："我们的祖先的原始人，原是连话也不会说的，为了共同劳作，必需发表意见，才渐渐地练出复杂的声音来，假如那时大家抬木头，都觉得吃力了，都想不到发表，其中有一个叫道'杭育杭育'，那么，这就是创作。"④ 闻一多说："原始人最初因感情的激荡而发出有如'啊''哦''唉'或'呜呼''噫''嘻'一类的声音……便是歌的起源。"⑤ 真正地说，"啊"、"哦"之类才是最原始的诗。

二　分音节语的产生是诗歌起源的前提条件

至于《诗经》、荷马史诗，都不过是在"啊"、"哦"之类原始诗歌的基础上发展起来的产物。远古的先民们或者为了协调劳动动作，或者为了呼伴结侣，发出了"啊"、"哦"之类的声音。同时，为了玩味自己获得的成果，或者为了向同伴转述自己在谋求生存过程中努力的情景，他们也开始用一定的图画描摹对象的形状和数目。随着人类思维的发展，原始人的声音也开始由单音节发展成为双音节，甚至多音节；原始的图画一方面形

---

① 《毛诗正义》，《十三经注疏》上册，中华书局 1980 年版，第 262 页。
② 朱光潜：《诗论》，《朱光潜全集》第 3 卷，安徽教育出版社 1987 年版，第 9 页。
③ 同上书，第 11 页。
④ 鲁迅：《门外文谈》，《鲁迅全集》第 6 卷，人民文学出版社 1981 年版，第 94 页。
⑤ 闻一多：《神话与诗》，《闻一多全集》，古籍出版社 1956 年版，第 181 页。

成一定规范变成图画文字；另一方面赋予宗教内涵，成为某种崇拜的偶像。图画符号促进着言语的进化，言语也要求着图画符号形成合乎言语的稳定范式；言语和符号在其矛盾运动中日趋成熟，具有社会属性，成为人类所共有的语言。人类语言一旦涉及人类创造世纪的内容，最早的叙事体诗和民间传说也便产生了。它们不断丰富完善，并且被记录下来，也便成了饱含审美趣味，闪烁艺术光芒的精品。

诗歌起源，分音节语的产生是其不可或缺的前提条件。当初，类人猿和动物一样，不会思维，没有意识，不能制造和使用工具；他们发出的声音也不过是号叫和嘶鸣。在集体劳动中，在氏族交往中，类人猿开始直立行走，变成类猿人。人的直立行走不仅使猿的前爪变成人手，使猿的大脑日益发达，而且也使猿的发声器官得到解放。据考古发现，在猿转化为人的时候，人的口腔明显缩短，喉头明显下降，舌根和软腭的活动空间开始拓宽。应该承认，分音节语正是在这时才得以产生的。

毫无疑问，原始人要创造音乐，必须有能够运用乐器的手指；原始人要表演舞蹈，必须有轻巧灵活的身躯原始人要制造塑像，必须有对事物构成形象的思维。同样地，原始人要创作诗歌，也必须要有能够发出清晰音节的发声器官。在动物转化为人的时候，人们过的是衣不蔽体、食不果腹、刀耕火种、茹毛饮血的生活。尽管生活在如此低劣的条件下，但是，他们已经能够发出清晰明朗的声音，诚如恩格斯所说："分音节语的产生是这一时期的主要成就。"[①] 能够发出"杭育杭育"、"啊"、"哦"之类的音节，孕而未化的诗也就产生了。

三　不自觉的思维是诗歌起源的内在动力

诚然，鹦鹉经过训练也能背诵诗歌，猩猩经过训练也能发出"爸爸"、"妈妈"、"床"、"茶杯"一类的声音；但是，鹦鹉和猩猩不过是对人类诗

① 《马克思恩格斯选集》第 4 卷，人民出版社 1972 年版，第 18 页。

歌和语言的单纯而机械地模仿，没有灌注观念意识，排斥着创造性的品格。思维是不为动物所具有的，即使是比较高级的类人猿也和动物一样，不具有思维能力。只有在谋求生存的活动中，随着大脑容量的增大，人才开始慢慢意识到握着木棒和石头有助于征服野兽，发出"啊"、"哦"之类的声音有益于协调动作和呼伴结侣。

不过，值得注意的是原始人的思维和现代人的思维是绝然不同的。

现代人借助概念、判断、推理思维着对象，并且常常必须付出百般努力；他们思维的成果对自己，甚至对人类都将产生深远的影响。而原始人的思维却是浅近的、不自觉的。他们不会企求有一个庄园，也不会奢望有百万臣民的朝拜；他们思考的是实实在在的生计。没有食物，饥饿的危险促使他们寻求捕捉野兽的方法；夕阳西下，劳动之余，煎熬他们身躯的性的冲动，也催促他们寻找得到异性的途径。正是这实在而严肃的命题产生了"啊"、"哦"、"杭育杭育"之类的诗歌。

四　性爱意识也是起源时期诗歌的重要内容

诗歌起源与集体劳动有着紧密的联系。恩格斯在《劳动在从猿到人转化过程中的作用》中指出："语言是从劳动中并和劳动一起产生出来的。"[1]普列汉诺夫在《没有地址的信》中进一步发展了恩格斯的观点，他认为艺术起源于劳动。不可否认，原始劳动产生了最早的诗的冲动，原始劳动培养了原始人创造诗的能力。原始劳动是原始诗歌的重要内容。

然而，如果对原始诗歌作更深入的考察，我们也不难发现，原始的诗的激情也与人类性的冲动有着密切的联系，原始人对性爱的呼唤也是起源时期诗的主要内容。

据希腊神话诗人赫西俄德的《神谱》记载，爱与美之神阿芙洛狄忒（Aphrodite）也是性爱之神。Aphrodite 是"aphrodite"（催欲剂）的词源，

---

① 恩格斯：《自然辩证法》，《马克思恩格斯选集》第 3 卷，人民出版社 1972 年版，第 511 页。

本身就含有"催欲剂"的意思。众神之王宙斯爱上了阿芙洛狄忒，但阿芙洛狄忒却爱上了剽悍的战神阿瑞斯；宙斯为了惩罚阿芙洛狄忒将她嫁给驼背跛足的工匠之神赫淮斯托斯；一次，阿芙洛狄忒与阿瑞斯私混，被赫淮斯托斯发现，赫淮斯托斯将他们用铁丝网住，示以众神。原始神话不仅反映了人类对性爱的渴求，而且还深刻地揭示着原始人类以性爱为中心的矛盾复杂的社会现实。中国也有类似的传说。炎帝的母亲任姒登临山丘，漫游华阳，与神龙感应而生炎帝①。一个乌云密布的傍晚，黄帝的母亲附宝在祁地的旷野与天神感应而生黄帝②。这些神话和传说尽管是后人加工整理的产品，在流传过程中有很多窜改和变动，但我们从中仍然能见出原始人类生命意识的影子。

《周易》中的卦爻，一般认为是伏羲首创：伏羲作八卦，文王演为六十四卦。其实，"— —"（阴爻）、"—"（阳爻）与其说是卦爻，倒不如说是一组符号；并且这组符号应该是产生在史前遥远的年代。近代发现的洞窟壁画和雕塑，据考古确证，距今 3 万年以上的也不少。"— —"、"—"作为符号，不知比壁画中的野兽和人物简单多少。所以，这两种符号至少应该算是与壁画和雕塑同时产生的产品。至于伏羲作八卦、文王演周易则是以后很远的事了。现代越来越多的学者认为，"— —"、"—"分别是两性生殖器的记录符号③。在《易》中，"— —"、"—"不仅代表阴与阳、地与天、坤与乾、柔与刚，而且还代表着男和女；这一观点应该说有一定的道理。如果承认"啊"、"哦"是起源时期的诗，那么，"— —"、"—"也应该是起源时期的诗行。因为它们也具有一定的意识，也是创造性的成果设想在占卜的过程中，当得到好的或坏的征兆时他们未必不发出"嘻"、"噫"之类的惊叹。而且，"— —"、"—"比作为推臆的诗更具有可靠的品

---

① 《史记》第 1 卷，中华书局 1959 年版，第 4 页（注）。
② 同上书，第 2 页（注）。
③ 钱玄同在《答顾颉刚先生书》中说："乾"、"坤"二卦即是两性底生殖器底记号；《周予同经学史记著选集》（上海人民出版社 1983 年版，第 86 页）中谈道："一表示男性的性器官"，"— —表示女性的性器官"；《郭沫若全集·历史编》第 1 卷（人民出版社 1982 年版，第 33 页）中指出："画一以象男根，分而为二以象女阴。"

质。同样地，这也能说明诗的起源与性的意识有着密切的联系。

诗与性紧密联系。我们从其他艺术门类也能找到旁证材料。据格罗塞的《艺术的起源》记载，原始澳洲的《卡罗舞》就是一群男子在月夜大醉大饱后围着一个类似女性生殖器的土坑狂歌劲舞的舞蹈，《考劳伯芮舞》展示的是全身裸露的澳洲男女围绕篝火欢快歌舞的情景。它们十分鲜明地昭示着原始人类对生殖的崇拜和对性爱的向往。在奥地利发现的"威冷道夫的维纳斯"、在法国上加罗纳发现的"莱斯皮格女性裸像"和在法国劳塞尔发现的"持角杯女王浮雕"，据考证，距今都是 3 万年以上[①]；中国辽宁红山文化遗址发现的几尊女性裸体浮雕距今也有约 0.7 万年的历史[②]。固然，舞蹈和雕塑的起源不能替代诗歌的缘起，但是，性爱意识早已灌注于原始艺术精神之中，这是不可否认的。诗歌是与音乐、舞蹈、雕塑、绘画同时产生的原始艺术之一，大概它不会固执地拒绝性爱意识作为表现的内容吧！

五　诗歌起源于人类的生存意识

还是恩格斯说得好："生产本身又有两种。一方面是生活资料即食物、衣服、住房以及为此所必需的工具的生产；另一方面是人类自身的生产，即种的繁衍。"[③] 其实，早在恩格斯之前英国哲学家博克也说过，人的生存有两种需要，一种是维持自身生命的需要，一种是维持种族生命的需要[④]。说得更明白一些，维持自身生命的需要也就是物的需要，维持种族生命的需要也就是性的需要。

诚然，动物也有这两种需要；但是，动物的这两种需要不过是本能的冲动，它们没有对这两种需要的意识，只有在猿转化为人的时候，才开始

① 朱伯雄：《世界美术鉴赏词典》，浙江文艺出版社 1991 年版，第 4 页。
② 孙振华：《中国雕塑史》，中国美术出版社 1994 年版，第 19 页。
③ 《马克思恩格斯选集》第 4 卷，人民出版社 1972 年版，第 2 页。
④ 转引自朱光潜《西方美学史》上卷，人民文学出版社 1979 年版，第 236 页。

思与诗的搏击

建立起这种意识。至于人的游戏的需要是早在动物时代就具有的，譬如：凶猛的老虎也要在空旷的山谷佯装捕捉其他动物，贪婪的小猫在吞吃老鼠之前还要将老鼠嬉戏一番。然而，游戏体现在"人的时代"后的人身上，则成为有意识的活动：他们三五成群，或歌唱，或舞蹈，有时甚至且歌且舞。不过，人的游戏活动不是人类生存的根本需要。人在生活中可以缺少游戏，但人在生存中不能缺少食物、御寒的树皮和洞穴、满足性的需要的行为。甚至游戏也不过是对劳动和求爱活动的模仿。

至于人们从事的巫术活动以及对宗教的信仰，也是在人们物与性的需要的基础上产生的。捕捉来的野牛，可以解除他们的饥饿之苦，于是他们将牛角悬挂起来，作为崇拜的对象；野兽的毛和皮可以用作抵御寒冷的工具，于是他们对兽皮也怀有无限的敬意，以致现在还有很多民族将画有兽纹的布匹作为治恶辟邪的法衣；两性生殖器是延伸种族生命的根本，近代发现的很多资料表明，原始人对它们也是顶礼膜拜的。人们对上帝的信仰，也无非是渴求上天保佑自己和种族生命的虔诚愿望，应该说，物与性的需要才是人类生存的根本需要。

正是在这种不自觉的生存意识的驱使之下，人类才开始在无知的心灵闪烁想象的火花，迸发诗的激情，发出"杭育杭育"作为协调动作的号子。发出"啊"、"哦"之类作为向异性求爱的信号。毋庸讳言，"啊"、"哦"之类的诗只是一种猜臆，没有足够的文字根据，诚如鲁迅所说："有史以前的人们。虽然劳动也唱歌，求爱也唱歌，他却并不起草，或者留稿子，因为他做梦也想不到卖稿子，编全集。而且那时的社会也没有报馆和书铺子，文字毫无用处。"[①] 但是，物欲意识和性欲意识是诗歌起源的内在动力，这是应该承认的。所以，我们认为诗歌最早应该是起源于人类的生存意识。

① 鲁迅：《门外文谈》，《鲁迅全集》第 6 卷，人民文学出版社 1981 年版，第 86 页。

第六章

叙事的本质

何为叙事（narrative）——这也是一个为叙事学家们煞费苦心的话题。美国叙事文学研究会前主席、现任《叙事》杂志主编、俄亥俄州大学英语系主任詹姆斯·费伦说："叙事就是修辞。"① 为了论证自己的观点，费伦选取凯瑟琳·安·波特的短篇小说《魔法》作为例证。对于这样一个故事，费伦说："《魔法》是一篇修辞的叙事。"② 那么，《魔法》究竟是一种作为"修辞"的叙事，还是一种作为"表达"的叙事呢？

不可否认，"修辞"一词在费伦那里有着特殊的含义。费伦在《作为修辞的叙事》一书中说："'作为修辞的叙事'这个说法不仅仅意味着叙事使用修辞，或具有一个修辞维度。相反，它意味着叙事不仅仅是故事，而且也是行动，某人在某个场合出于某种目的对某人讲一个故事。"③ 在给《作为修辞的叙事》的中译者陈永国的信中也说："Narrative refers to a whole text in which somebody tells somebody else something happens, the synthesis of story and discourse, whereas narration refers a narrative dis-

---

① 詹姆斯·费伦：《作为修辞的叙事》，陈永国译，北京大学出版社 2002 年版，第 27 页。
② 同上书，第 11 页。
③ 同上书，第 14 页。

course, the way in which the story is told."① （叙事是一个人对另一个人讲述某件事情发生的文本，是故事和话语体系；而叙述则是讲述故事的话语方式——笔者译）也就是说，在费伦那里"修辞"一词有着两层含义：即作为修辞维度的叙事技巧和作为讲述方式的叙事行为。基于将叙事行为视为"修辞"的一个组成部分，费伦对叙事文本的叙述作过这样有益的分析："首先是叙述者向他的读者讲故事，然后是作者向作者的读者讲述的叙述者的讲述。结果，叙述者的讲述成了作者的整个叙事结构的组成部分，在这个意义上，在一个层面的讲述，在另一个层面上变成了被讲述的内容。"② 以《魔法》为例，有一个讲述者在向讲述者的听众或读者讲述"我"（女佣）与布兰查德夫人的互动，还有一个潜在的作者波特在讲述讲述者的讲述。费伦把讲述者的讲述、作者的讲述以及这两种讲述之间的界限和关联都看作成了叙事文本的修辞方式。

其实，无论是讲述者的讲述，还是潜在作者的讲述，都与其说是一种"修辞"，倒不如说是一种"表达"。讲述者向讲述者的听众或读者讲述一个故事的细枝末节，实质上是向他的听众或读者表达他自己所拥有的信息和经验；文本的作者向作者的听众或读者讲述文本中所发生的事件，也是向他的听众或读者表达他所具有的能够营造一个谐和的叙事性作品的能力以及作品所蕴涵的审美理想。那么，什么是表达呢？我们认为，表达是一种向他人传递思想、情感、经验、信息的心理机能和意志活动。人们在日常生活中既要作用于外在于我们的大自然，也要自省于内在于我们的小宇宙，无论是外在于我们的大自然，还是内在于我们的小宇宙，一旦与我们的大脑皮层发生联系，就会在我们的大脑皮层中形成某种"图式"（也有人叫着"符号"）。这种储存于我们大脑皮层中的"图式"每每遭遇适当的情境，就会被有选择性地表达出来，体现出人之所以为人的主体属性。

关于作为人的意志活动方式之一的"表达"，何其芳的散文《独语》

---

① 詹姆斯·费伦：《作为修辞的叙事》，陈永国译，北京大学出版社 2002 年版，第 172 页。
② 同上书，第 14 页。

有深刻的体悟。何其芳说："绝顶登高，谁不悲慨的一长啸呢？是想以他的声音填满宇宙的寥廓吗？等到追问时怕又只有沉默的低首了。"① 人们的绝顶长啸，也是一种表达——他们是企图将自己的本质力量作用于蓝天白云、青松翠柏和重峦叠嶂。也以费伦的《魔法》为例，费伦说："《魔法》是具有三个相关层面的一个叙事。"② 费伦所说的《魔法》的三个层面是：作为作者的波特所讲述的外部层面、叙述者所讲述的中间层面和女佣所讲述的内部层面。但如果对叙述的内在结构进行盘剥，《魔法》却是一个具有更多层次的叙事。《魔法》的叙述至少有以下 4 个层面，即作为作者的波特的故事、叙述者讲述的女佣与布兰查德夫人对话的故事、女佣讲述的尼内特的故事和厨师讲述的新奥尔良黑人妇女的故事；至少有 5 个叙述者：即潜在的作者波特、叙述者、女佣、布兰查德夫人和厨师。仔细推敲起来，文本每一个层面的叙事都充盈着表达的况味。《魔法》的五个叙述者，建构有五套叙事话语，也分别向不同的受事者施与了五种不同的表达，因而文本也赋予了"魔法"五个不同的能指，即召回丈夫的魔法、褪却颜色的魔法、制约主人的魔法、讲述故事的魔法和构建一种叙事理想的魔法。

然而，费伦却说："在分析《魔法》的技巧时，首先要注意的不是三个不同层面，而是要注意到波特的表现手法模糊了这些层面之间的界限，尤其是尼内特的故事与女佣的故事之间的界限。"③ 设置故事的不同层次，模糊故事与故事之间的界限，固然是一种"修辞"策略，但文本叙事的"修辞"维度并不只是讲述故事的技艺，讲述故事可以使用某些修辞手法，可以讲究一些叙述技巧，也可以不使用修辞手法，不讲究叙述技巧，修辞只是叙事的一种增添情趣的手段，而并不是叙事的全部。费伦将"叙事"锁定为"修辞"，这主要是受了小说修辞学家韦伯和布斯的影响，也正如费伦自己所说："如许多读者已经认识到的，我的方法深受诸如肯尼思·

---

① 何其芳：《独语》，《何其芳文集》第 2 卷，人民文学出版社 1982 年版，第 13 页。
② 詹姆斯·费伦：《作为修辞的叙事》，陈永国译，北京大学出版社 2002 年版，第 11 页。
③ 同上。

伯克和韦恩·C. 布思等修辞理论家的影响。"[①] 然而，叙事的本质，还是一种表达。比如荷马史诗《伊利亚特》和《奥德赛》至少表达的是古希腊的政治、军事、经济和文化生活的图景，《哈姆莱特》至少表达的是欧洲社会文艺复兴时期日益兴起的人文主义精神，《李娃传》至少表达了李娃与某生曲折的爱情过程，《红楼梦》至少表达了一个封建士大夫家族贾府的没落（当然，其深层精神意蕴一言难尽）。

表达有两种基本的样式：一种是没有被物化的样式，另一种是被物化了的样式。没有被物化的表达样式，如口头的语言、表意的动作、随便哼出的小调等，是没有凝聚于具体的物质之上的表达。物质化了的表达，如绘画、雕塑、文字和乐谱等，是已经凝聚于物质之上的表达。没有被物化的表达样式是表达的初始形态，被物化了的表达样式是表达的高级形式，没有被物化的表达样式与被物化了的表达样式有着内在的联系，被物化了的表达样式依然黏附着没有被物化的表达样式的部分因子或信息。在物化的或没有被物化的表达样式中，不同职业的表达人员又有着不同的表达方式，如音乐家用声音和旋律，美术家用色彩和线条，运动员用体能和形体，建筑师用结构和造型，政治家用对社会的美好设计，演说家用极富煽动性的口头语言，文学家用书面语言。

究其实质，语言的表达方式还有着不同的表达样式。盘点起来，语言的表达样式，含口头的和书面的，至少有抒情、议论、说明和叙事等几种形式。其中，抒情是抒发自我感情的表达形式，如英国诗人彭斯的《一朵红红的玫瑰》：

> 呵，我的爱人像朵红红的玫瑰，
>
> 　六月里迎风初开；
>
> 呵，我的爱人像支甜甜的曲子，
>
> 　奏得合拍又和谐。

---

① 詹姆斯·费伦：《作为修辞的叙事》，陈永国译，北京大学出版社 2002 年版，第 23 页。

我的好姑娘，你有多么美，
　　我的情也有多么深。
我将永远爱你，亲爱的，
　　直到大海干枯水流尽。

直到大海干枯水流尽，
　　太阳把岩石烧作灰尘，
我也永远爱你，亲爱的，
　　只要我一息犹存。

珍重吧，我唯一的爱人，
　　珍重吧，让我们暂时别离，
我准定回来，亲爱的，
　　哪怕跋涉千万里。①

这首诗就表达了诗人对恋人的强烈而炽热的爱慕之情。再如匈牙利诗人裴多菲的《谷子熟了》：

谷子成熟了，
天天都很热，
到了明天早晨，
我就去收割。
我的爱也成熟了，
很热的是我的心；
但愿你，亲爱的，
就是收割的人！②

---

① 《彭斯诗选》，王佐良译，人民文学出版社 1985 年版，第 56 页。
② 《裴多菲诗选》，孙用译，作家出版社 1954 年版，第 11 页。

作者用比兴的手法，坦诚地向恋人表白了对恋人的成熟而忠贞的爱情。一般来说，真挚而炽烈的情感是抒情表达方式的核心。议论是对生活中的人、事、物所做出的评价或判断。毛泽东在《纪念白求恩》一文中说：

> 我们大家要学习他毫无自私自利之心的精神。从这点出发，就可以变为大有利于人民的人。一个人能力有大小，但只要有这点精神，就是一个高尚的人，一个纯粹的人，一个有道德的人，一个脱离了低级趣味的人，一个有益于人民的人。①

这里的五个"一个……的人"可以说是毛泽东对一个加拿大共产党人的极高评价，还可以说是充分地表达了毛泽东的道德理想。再如美国前总统西奥多·罗斯福1907年12月3日在国会作的《自然资源的保护》的演讲中说：

> 作为一个国家，我们不但要想到目前享受极大的繁荣，同时要考虑到这种繁荣是建立在合理运用的基础上，以保证未来的更大成功。远见将为我们带来丰厚的和显而易见的报酬。但是我们必须未雨绸缪，必须了解一个事实，那就是如果浪费与破坏我们的资源，滥用和耗尽我们的地利，而不是善加利用以增加其效用，其结果终将损害我们子孙应享有的繁荣，而这种繁荣是我们原应将之扩大与发展以留传给他们的。②

时间即使过去了一个世纪，西奥多·罗斯福关于资源要合理开发和有效利用的观点，直到今天都还具有不可动摇的生命力。说明是对生活中的人、事、物的介绍和阐释。如澳大利亚前驻华大使理查德·坎贝尔·史密

---

① 《毛泽东著作选读》上册，人民出版社1986年版，第346页。
② 《西方经典演讲辞》，西苑出版社2005年版，第3页。

斯 1999 年 9 月 24 日在北京大学演讲时说：

> 首先让我简单介绍一下世纪之交的澳大利亚。基本的情况我想大家可能都了解，澳大利亚有两千万人口，大约相当于中国人口的 1/60；其国土面积是 700 万平方公里，相当于中国的 2/3；澳大利亚四面环海；澳洲大陆是唯一一块只有一个国家的大陆，这跟中国有 14—15 个邻国很不相同，也正因为如此，我们对自身在世界上所处的位置的看法也有所不同。还有一件事或许你们不太清楚，那就是 2001 年澳大利亚将庆祝建国 100 周年，因此，澳大利亚比中国年轻得多。[①]

寥寥数语，却向中国的学生，向中国人民清晰地介绍了澳大利亚的基本情况。再如晓苏的《金米》的一段文字：

> 金米是油菜坡这个地方特有的一种米，比稻米大，比麦米圆，比玉米黄，通体是透明的，闪烁着金子般的光芒。尤其是用金米煮成的金米饭，更是金光闪闪，即使在漆黑的夜晚，它也是光芒四射。而且，金米特别香。[②]

这里介绍了金米的产地、大小、形状、颜色和质感，也介绍了金米饭的特征和香味。准确而真实是说明表达方式的要义。叙事则是对人物外在行为和内在心理的描述。如池莉的《不谈爱情》中有这样一段叙述：

> "你这几天吃的什么？"吉玲问。
> 庄建非说："胡乱凑合呗。"
> 吉玲噢的一声又伤心了。庄建非很轻柔地按在吉玲的小腹上向小生命道歉。

---

① 《西方经典演讲辞》，西苑出版社 2005 年版，第 184 页。
② 晓苏：《金米》，百花文艺出版社 2005 年版，第 1—2 页。

"我的儿子，爸爸对不起你。"

吉玲说："是女儿。"一边流泪，一边笑了。

　　夫妻俩依偎着，絮絮叨叨把他们两边的状况合成了一个完整的故事。一会儿互相责怪，一会儿又争着检讨自己，哭哪笑哪吃醋哪憧憬将来哪，五味俱全。[①]

　　这是庄建非与吉玲闹了一段情感波折之后，二人见面重归于好的情境：吉玲关心庄建非近期的生活状况，庄建非开始关注吉玲腹中的胎儿，他们一问一答，悲喜交加，其外在行为的动感和内在心理的变化都跃然纸上。再如法国小说家居斯达夫·福楼拜的《包法利夫人》的一段文字：

　　夏尔上楼去向鲁奥老头告别，当他离去前又走进客厅来的时候，他看到她站着，前额顶在窗格上，正望着外面的院子，院子里的菜豆架被风刮倒了。她转过身来。

　　"您找什么东西吗？"她问道。

　　"对不起，找我的鞭子。"他答道。

　　说着，他在床上，门背后，椅子底下寻找起来。鞭子掉在地下，小麦袋和墙壁之间。爱玛小姐发现了，她伏在小麦口袋上去捡。夏尔出于对女性的礼貌，抢上一步，也伸长手臂去捡，他感到自己的胸口轻轻地擦过俯身在地下面的姑娘的背部。她满脸通红挺起身来，侧过头望了他一眼，把他的牛筋鞭递给了他。[②]

　　夏尔要去捡马鞭，爱玛帮夏尔捡起马鞭，递给夏尔，但她的脸上却变得通红，这是夏尔和爱玛第一次见面的情景。文本的叙述尽管没有明说他们内心有着怎样的冲动，但字里行间却蕴涵着夏尔与爱玛干柴烈火般的情感体验，为《包法利夫人》的情节铺展埋下了伏笔。

---

①　池莉：《不谈爱情》，《太阳出世》，长江文艺出版社 1992 年版，第 50 页。
②　福楼拜：《包法利夫人》，周国强译，长江文艺出版社 2006 年版，第 15—16 页。

与抒情、议论、说明和叙事四种语言表达方式相对应的体裁是诗歌、议论文、说明文和叙述性文学作品。诗歌、议论文、说明文和叙述性文学作品分别采取抒情、议论、说明和叙事等相对应的话语方式从事表达活动，但诗歌中并非只有抒情，以叙事为主要表达方式的诗歌，便是叙事诗；议论文中并非只有议论，议论文中也常夹杂着抒情、说明和叙事；说明文中并非只有说明，说明文中也常融合有叙述和议论；叙述性文学作品中并不只有叙事，在叙述性文学作品中，也常出现抒情、议论和说明。高尔基认为，"叙述体文学"包含着"戏剧、长篇小说、中篇小说和短篇小说"。① 其实，叙述性文学中还应该包含古代的英雄史诗英雄传奇，现代逐步兴盛起来的电影、电视中的故事片和电视剧等。相比之下，叙事和抒情更能凸显表达者的主体特征，不同民族、不同地区、不同时代的表达者常常有着不同的表达心理，这也就是法国艺术史家丹纳所说的："艺术品的产生取决于时代精神和周围的风俗。"②

———————————

① 高尔基：《和青年作家的谈话》，《论文学》，人民文学出版社 1978 年版，第 335 页。
② 丹纳：《艺术哲学》，安徽文艺出版社 1991 年版，第 112 页。

第七章

叙事作品的类型

　　"长篇小说"的长度，亦称篇幅，是一个人们经常提及，而又不愿深究的话题。如《中国大百科全书》称："长篇小说指篇幅长、描写错综复杂的事件和众多的人物，反映比较广阔的社会历史画面的作品。"① 它就没有详尽地说明，小说的篇幅到底有多长才能称得上"长篇小说"？

　　孙家富先生主编的《文学辞典》在"长篇小说"词条里也是含糊其辞，不过，它对"中篇小说"的界定却清楚明白："一般在十五万字左右。"② 中篇小说"在十五万字左右"，那么，长篇小说在他们看来就至少在"十五万字以上"了。孙家富先生的观点应该说也有一定的代表性。在笔者所涉及的出版物中，将十五万字以上的小说视为中篇小说的，并不少见。司汀的《竹妮》③、张长弓的《青春》④、陈大斌的《奔腾的东流河》⑤，都是 20 万字以上的作品，而它们的"内容说明"却称其为"中篇小说"。

　　但郭启宗先生主编的《中国小说提要》，在其"当代部分"称，它收

---

① 《中国大百科全书·中国文学》，中国大百科全书出版社 1986 年版，第 1085 页。
② 孙家富、张广明主编：《文学辞典》，湖北人民出版社 1983 年版，第 37 页。
③ 《竹妮》，司汀著，中国青年出版社 1957 年版。
④ 《青春》，张长弓著，内蒙古人民出版社 1973 年版。
⑤ 《奔腾的东流河》，陈大斌著，天津人民出版社 1975 年版。

录的长篇小说"至少要十万字以上"①；在其"现代部分"称，它收录的长篇小说一般在"八万字以上"②。也就是说，郭启宗先生关于长篇小说篇幅的看法，是一种游离的不确定的观念。更有甚者，文学刊物《大家》在2001年第1期的"编者按语"中说："热忱欢迎6万—16万字的小长篇"。比较明显，《大家》杂志将6万字的小说也纳入了"长篇小说"的范围，只不过是视为"小长篇"而已。

然而，朱寨先生却说："字数和形式不是长篇小说最主要的条件。"③朱寨先生认为，《阿Q正传》虽然在字数上够不上规定的长篇小说，但它却是"谁也不能否定的巨制"；《镜花缘》虽然是用小说形式写成的长篇，但不能列入"长篇名著之内"。为了证明自己观点的正确，朱寨先生还引用了鲁迅先生评价《儒林外史》的名句"虽云长篇，颇同短制"作为旁证。看来朱寨先生是主张以内容作为判断小说是否是"长篇"的标准。那么，小说具有怎样的内容才是"长篇"呢？朱寨先生的回答是，要"反映时代"，"创造典型"④。

"反映时代"和"创造典型"是否可以作为判断一个作品是长篇小说的标准呢？笔者隐约地感觉到，这似乎并没有搔到长篇小说标准问题的痒处。鲁迅先生的《孔乙己》书写的是一个受封建科举制度戕害的读书人的迂腐与麻木，叶圣陶先生的《潘先生在难中》叙述的是一个小学教员在逃亡过程中的畏缩与自私，张天翼先生的《华威先生》揭露的是抗战后方贪恋权势无所事事的官场现实；马克·吐温的《竞选州长》暴露的是美国社会造谣中伤尔虞我诈的虚假民主，莫泊桑的《我的叔叔于勒》描写的是法国社会金钱至上人情冷漠的变异心理，都德的《最后一课》表达的是法国

① 郭启宗、杨聪凤主编：《中国小说提要（当代部分）》（上），百花洲文艺出版社1990年版，第4页。

② 郭启宗、杨聪凤主编：《中国小说提要（现代部分）》（上），江西人民出版社1985年版，第2页。

③ 朱寨：《长篇小说与现代主义》，《走向新世纪的中国文学——理论批评文选》（下卷），作家出版社2002年版，第527页。

④ 同上书，第526页。

民众在普法战争中所表现出来的爱国情怀，应该说它们都反映了时代，塑造了典型；那么，它们是否能够称得上"长篇小说"呢？显然不能，因为不管它们怎样反映了时代，怎样塑造了典型，它们的篇幅决定了它们是怎么也称不上"长篇小说"的。"反映时代"、"创造典型"，的确是评价小说作品的尺度。俄国文学理论家巴赫金也说："小说应是时代的充分而全面的反映。"① 但"反映时代"、"创造典型"，是评价小说文本内含的标准，不是用以区别孰为长篇小说，孰为中篇小说，孰为短篇小说，孰为小小说的标准，因为任何篇幅的小说文本，包括长篇小说、中篇小说、短篇小说和小小说，本质上都要求它们必须反映时代和塑造典型。指称一个作品是长篇、中篇、短篇，抑或是小小说，是对作品的外在形式——篇幅——的判断；一个作品隶属于哪一种类型的小说，它就要有，也只能有它所应该达到的字数和篇幅。至于它是否反映了时代的风貌，是否塑造了典型环境中的典型人物，那则是对文本内涵的判断，是从较高层次的文学批评的视角对文本所进行的考察。对文本篇幅的考察，和对文本内涵的判断，是完全不同的两回事情。

鲁迅先生称《儒林外史》"虽云长篇，颇同短制"，就是对《儒林外史》的内在结构所作的评价。鲁迅先生说："敬梓之所描写者即此曹，既多据自所闻见，而笔又足以达之，故能烛幽索隐，物无遁形，凡官师，儒者，名士，山人，间亦有市井细民，皆现身纸上，声态并作，使彼世相，如在目前，惟全书无主干，仅驱使各种人物，行列而来，事与其来俱起，亦与其去俱讫，虽云长篇，颇同短制；但如集诸碎锦，合为帖子，虽非巨幅，而时见珍异，因亦娱心，使人刮目矣。"② 鲁迅先生指摘《儒林外史》"颇同短制"，是否就一定否定了《儒林外史》作为长篇小说的存在呢？我看未必。《儒林外史》作为长篇小说的不足是："全书无主干"、"如集诸碎锦，合为帖子"，也就是说，其情节没有一条贯穿始终的主线，情节与情节之间没有必然的联系，全篇仿佛由众多单个的短篇组合而成，即"颇同

① 巴赫金：《小说理论》，白春仁译，河北教育出版社 1998 年版，第 202 页。
② 鲁迅：《中国小说史略》，《鲁迅全集》第 9 卷，人民文学出版社 1981 年版，第 221 页。

中篇 诗性的探索

短制"。但"虽云长篇"还是承认了《儒林外史》作为长篇小说的文本形态，只不过是它的结构"颇同短制"而已。

从鲁迅先生对《儒林外史》的批评，我们也能得到一点启示：评价一个叙事作品，只有在篇幅上确认了它是属于哪一种类型的文本之后，才能以与之适应的艺术标准对其从事审美的判断。在艺术的殿堂里，没有无内容的形式，也没有无形式的内容，完美的艺术恰恰是形式与内容的巧妙结合和高度统一。如前所述，小说是一定社会历史生活的反映。那么，长篇小说是怎样反映社会生活的呢？巴赫金说：长篇小说"是艺术散文极其极端的表现形态"[①]。俄国文学批评家别林斯基也说："也许，长篇小说更适合于诗情地表现生活吧。的确，它底容量，它底界限，是广阔无边的；它比戏剧更不矜持，更不苛刻，因为它用以吸引人的不是局部和片断，而是整体，包容着这样的细节，这样的琐事，分开看时似乎是不足道的，但和整体联系起来看，在作品底全盘性上看时，却有着深刻的意义和无边的诗情；……这样，长篇小说底形式和条件，用来诗情地表现一个从其对社会生活的关系中所看到的人，是更方便的，我以为它的异常的成功，它的无条件的支配权底秘密，便在这儿。"[②] 也就是说，长篇小说是能够让作者尽情发挥自己的创造性才能，生活容量较大的叙事文本，它能够比较充分地展示某一时期某一特定的社会生活的图景。关于短篇小说，鲁迅先生说："在巍峨灿烂的巨大的纪念碑底的文学之旁，短篇小说也依然有着存在的充足的权利。不但巨细高低，相依为命，也譬如身入大伽蓝中，但见全体非常宏丽，眩人眼睛，令观者心神飞越，而细看一雕阑一画础，虽然细小，所得却更为分明，再以此推及全体，感受遂愈加切实，因此那些终于为人所注重了。"[③] 也就是说，短篇小说是通过"一雕阑"，"一画础"，一个断面，来影射现实生活的整体与全貌。

---

① 巴赫金：《小说理论》，白春仁译，河北教育出版社1998年版，第46页。
② 别林斯基：《论俄国中篇小说与果戈里君底中篇小说》，满涛译，《别林斯基选集》第1卷，时代出版社1952年版，第198页。
③ 鲁迅：《〈近代世界短篇小说集〉小引》，《鲁迅全集》第4卷，人民文学出版社1981年版，第131页。

同样是书写 20 世纪 30 年代中国经济的衰败，茅盾先生的长篇小说《子夜》所展示的是上海十里洋场民族资本家联合与对抗、协作与倾轧、狂妄与空虚、投机与破产的繁复而生动的商贸关系，而短篇小说《林家铺子》叙述的则是江南小镇一家百货商店倒闭前的衰落景象。《子夜》中的吴荪甫曾经游历过欧美，拥有雄厚的资本，具有超人的胆识。他回国后做起创办民族工业的美梦，与几个朋友成立了益中公司，收购了几家濒临破产的工厂，还加入了赵伯韬经营公债的秘密公司。但是，半封建半殖民的社会现实严重地限制了他的事业的发展。在工厂的管理上，他缺乏能够帮助他经营运作的管理人员；在封建文化沉积的家庭中，他没有能够为他排解忧愁的家庭成员；在市场营销中，他的产品受到了国外倾销商品的挤压；在同行的竞争中，他受到了来自赵伯韬之流买办资本家的排斥；在工厂里，因为克扣工人的工资，他遭受了工人们的强烈反抗。最后，他不得不铤而走险，将全部资产投放到公债市场，结果一败涂地。赵伯韬是一个公债场上的魔王，既与美国人一起合伙做生意，又和政界军界要人有着密切的往来。在两军对峙的情况下，他能够花钱买通军队撤退三十里。在公债场上，他使用手腕让财政部的官员发出危害吴荪甫的命令，自己大把大把地捞到好处，而使吴荪甫陷入绝境。冯云卿是一位前清的举人。他本来可以到乡下过着放债收租的生活，但他也来到上海，经营起公债的买卖。为了追逐利益，他指使自己的女儿去勾引赵伯韬，企图从赵伯韬那里刺探到公债投机的秘密，结果他还是陷入了赵伯韬为他所设下的圈套。《子夜》就这样人物错综事件交织地描绘出了一幅上海十里洋场险象环生的"清明上河图"。《林家铺子》中的林老板从父亲那里继承了一家百货商店，在乡村经济极不景气的情况下，他的商铺也变得风雨飘摇：一群一群走过来的乡下人，篮子里都空无一物；过去经常来小店做生意的熟识人，现在烟茶相待也做不成几笔生意；将几个小钱放在林家铺子吃息的老街坊，也担心起铺子的倒闭，叫着喊着要回了本息。出于维护个人的利益，林老板反对抵制日货；"一·二八淞沪战争"的爆发，林老板也感到漠然。然而，正是这场战争，加速了林家铺子的倒闭。

同样是书写冀中平原的抗日斗争，孙犁先生的长篇小说《风云初记》叙述的是滹沱河畔五龙堂镇和子午镇的人民自"卢沟桥事件"到"百团大战"期间与日本军队、国民党军队进行斗争的史实，而短篇小说《荷花淀》讲述的则是小苇庄游击队长水生报名参军和在白洋淀与鬼子进行一次小规模战斗的经历。高庆山是曾经参加过高蠡暴动的农民领袖。他后来到江西井冈山革命根据地参加了反围剿的斗争，参加过二万五千里长征。"卢沟桥事件"后，他回到子午镇，在吕正操的领导下组织起了人民自卫军。正在这时，临阵溃逃的国民党军队也回到子午镇，策动具有土匪性质的高疤叛变。高庆山领导自卫队打击敌人，壮大了抗战队伍，轰轰烈烈地将抗日队伍开到了抗日前线。春儿和芒种自小就青梅竹马两小无猜，高庆山回到午子镇后，春儿鼓励芒种参加了高庆山领导的抗日队伍。春儿自己也组织妇救会，为前线的战士做军鞋，参加遏止敌人的毁路拆城工作。李佩钟是一个地主家庭出生的女性，在抗日的浪潮中也加入了抗战的队伍，并且还成长为了一名抗日政府的县长。她审讯殴打干部的公公田大瞎子，拘捕破坏抗日的父亲李菊人，传讯与人民作对的丈夫田耀武，这些都是她在抗日斗争中的惊人之举。《风云初记》就这样呈现出了一个滹沱河流域波澜壮阔的抗日斗争的画面。在一个月明风清的夜晚，水生嫂子正在院子里编织芦苇，水生回到家里，告诉水生嫂子自己参加了八路军的事情，水生嫂子对水生说：你要理解家里的困难，你干的是光荣的事情，我不拦你。水生带领八路军战士在白洋淀与鬼子遭遇上了，他们几颗手榴弹炸翻了敌人的汽艇。水生嫂子和几位妇女借口去给丈夫送衣服，观看了这场战斗。水生发现她们几个妇女之后，向她们投来了一盒包装精致的日本饼干。《荷花淀》所选择的仅仅是现实生活中的两个场景。

至于中篇小说，别林斯基也说："中篇小说便是分解成许多部分的长篇小说；是从长篇小说中摘取出来的一章。""有一些事件，一些境遇，不够拿来写戏剧、长篇小说，但却是深刻的，在一瞬间集中了这么多的生活，在一个世纪里也过不完；中篇小说抓住它们、把它们容纳在自己底狭

思与诗的搏击

74

隘的框子里。"[①] 这就是说，中篇小说是比短篇小说容量大，比长篇小说容量小的作品，它所反映的是生活中的有一定深刻性的某个"插曲"。桑提亚哥一生一世不知经历过多少事情，但海明威的《老人与海》只选择了他在大海中与鲨鱼搏斗的人生体验。通过讲述桑提亚哥与鲨鱼搏斗的经历，《老人与海》赞美了桑提亚哥敢于面对失败，敢于挑战自我的不屈精神。湘西茶桐白塔渡口从古到今不知经历了多少事件，然而，《边城》选取的却是老艄公的外孙女翠翠与青年水手傩送的一段恋情。翠翠在端午节看龙舟的时候见到傩送，在心灵深处对他产生了好感，但最先向翠翠提亲的是傩送的亲生哥哥天保。外祖父尊重翠翠的心愿，让他们兄弟俩在溪边唱歌，由翠翠选择。天保知道自己唱不过傩送，于是，乘船远行，不幸葬身到了河里的旋涡之中；傩送没有寻找到哥哥的尸体，也坐船去了桃源。外祖父因为为翠翠的命运担忧，日渐衰老，在一个风雨交加的夜晚溘然去世。翠翠守着外祖父的坟墓，仍然在溪边以摆渡为生。望着潺潺的溪涧流水，翠翠还在做着上山采虎耳的美梦，思念着昔日的恋人。《边城》通过这一叙事讴歌了湘西山地青年男女之间淳朴的爱情。

微型小说对现实生活的依存关系相对于长篇小说而言，就更加不具有可比性了，它不过是现实生活中的一朵浪花，契诃夫的《一个官员的死》捕捉到的就是俄国沙皇社会的一个"喷嚏"，汪曾祺的《陈小手》捕捉到的就是中国社会 20 世纪 30 年代军阀混战时期的一声枪响。

微型小说是通过现实生活中的一粒浪花来折射生活，短篇小说是通过一个断面来影射生活，中篇小说是通过一个局部画面来反映生活，长篇小说是通过一个比较宽阔的图景来呈现生活，这才是长篇小说区别于中篇小说、短篇小说和小小说的本质特征。那么，多长的小说才能比较充分地展示某一特定的社会历史生活的图景，才能称得上"长篇小说"呢？要说出长篇小说所应该达到的一个准确的长度，这也是一个难以准确回答的问题，一如要回答到底多长为"长"，多短为"短"；多高为"高"，多矮为

---

① 别林斯基：《论俄国中篇小说与果戈里君底中篇小说》，满涛译，《别林斯基选集》第 1 卷，时代出版社 1952 年版，第 199 页。

"矮"一样。更何况"短的中篇和长的短篇之间、长的中篇和短的长篇之间，并没有绝对的界限"①。不过，英国小说家佛斯特说过："我们能够很快地完成了散文小说的建立，并将超过五万字的称为长篇小说。"② 汉语语系与英语语系有所不同，正如姚雪垠先生所说："《牛全德与红萝卜》在英文里只有三个字，在中文里却有七个字。"③ 五万字的小说在汉语语系中是绝对称不上"长篇小说"的。在汉语语系中，要比较充分地呈现某一特定的生活图景，其下限篇幅，笔者认为，十万字是一个比较适中的长度。

———————

① 《中国大百科全书·中国文学》，中国大百科全书出版社 1986 年版，第 1085 页。

② 佛斯特：《小说面面观》，花城出版社 1981 年版，第 146 页。

③ 姚雪垠：《〈牛全德与红萝卜〉的写作过程及其他》，南京师范学院中文系编：《中国当代文学研究资料·姚雪垠专集》（内部资料），1979 年 11 月印刷，第 43 页。

第八章

人物与情节的关系

　　叙事作品中的人物与情节的关系一直是人们关注的问题。比较常见的观念是："情节是由一组以能显示人物与人物、人物与环境之间的错综复杂的关系的具体事件和矛盾冲突所构成，用以展示人物性格和表现主题。"也就是说，他们认为"情节就是人物性格发展史"①。刘再复在《论文学的主体性》一文中更是将人物的主导性推到极致。他说："作家要允许笔下的人物超越自己的意图，允许他们突破自己一切先验的安排，只有当笔下的人物有充分的独立活动的权利，非常自由地按自己行动逻辑展开自己的行动时，这种人物才是活生生的。"② 这也是告诉我们，人物在叙事作品中有其自主的功能，起着主导的作用，享有支配和控制文本叙事程序的权利。那么，人物在叙事作品中到底处于一个什么样的地位，人物与情节到底存在着怎样的关系呢？

　　如果撇开叙事文学发展的历史，无视不同叙事文本的具体情况，仅仅站在人本主义的角度观察问题，那么，我们很自然会推导出"人物是情节的主导"的结论。然而，叙事文学发展的历史告诉我们，在叙述性文学作

---

① 陆梅林主编：《马克思主义文艺学大辞典》，河南人民出版社 1994 年版，第 172 页。
② 刘再复：《论文学的主体性》，《文学评论》1985 年第 6 期。

品中人物和情节的关系并不是如此简单。国外叙事文学自有文字记载到 14 世纪初期，经历了神话—史诗—戏剧—罗马史诗—诸国中世纪史诗—骑士传奇—城市文学等不同的阶段。人类在有文字记载以前就已经有了系在绳子上的"绳结"、刻在石板上的"图案"等记事、表情、达意的形式，但真正叙述一个比较完整的事件则开始于神话。公元前 12 世纪左右，爱琴海上的克里特岛、希腊半岛的迈锡尼地区、中东的巴勒斯坦地区等，即产生了讲述神和英雄事迹的神话。如希腊神普罗米修斯从天宫中盗取火种，带到人间，宙斯发现后把他钉在高加索山上，让恶鹰啄食他的内脏；大力士赫剌克勒斯杀死了九个头的毒龙和长蛇头发的女妖，打败了冥王哈得斯，把被囚的忒修斯救赎出来，让他们夫妻团圆；希伯来人的祖先摩西制定法律解决内部纷争，带领希伯来人从埃及迁回巴勒斯坦。公元前 10 世纪初，印度产生了史诗《摩柯婆罗多》，叙述古印度班度和俱卢两个家族争夺王位的斗争。公元前 9 世纪至公元前 8 世纪，诗人荷马根据小亚细亚流传的史诗短歌汇编成《伊利亚特》和《奥德赛》，《伊利亚特》讲述特洛伊战争的战事，《奥德赛》讲述俄底修斯在特洛伊战争之后返回故乡的历程。公元前 560 年，雅典国王庇西士特拉妥将农村的酒神祭典搬到雅典城；公元前 534 年前后，诗人忒斯庇斯把酒神颂改造成为悲剧；嗣后，古希腊诞生了一批悲剧诗人和他们的悲剧。其中，埃斯库罗斯的《被缚的普罗米修斯》讲述普罗米修斯盗取天火的神话，索福克勒斯的《俄狄浦斯王》讲述俄狄浦斯弑父娶母的故事，欧里庇得斯的《美狄亚》讲述科尔喀斯公主美狄亚对伊阿宋由爱转恨到报复的过程。公元前 487 年，雅典在酒神节庆典上正式增加了喜剧竞赛的项目，随之出现了一批喜剧诗人，阿里斯托芬的《阿卡奈人》即叙述农民狄开俄波利斯为和平而奔走的经过。罗马时期的叙事文学继承了希腊文学的传统，也以史诗为其正宗，诗人维吉尔的《伊尼德》叙述特洛伊王子伊尼亚斯在城邦覆灭之后的流离生活。进入中世纪后，世界范围的叙事文学表现为两种形式：一种是民族英雄史诗，如英格兰民族的《贝奥武甫》、日耳曼民族的《希尔德布兰特之歌》（残篇）、芬兰民族的《英雄国》、法兰西民族的《罗兰之歌》、西班牙民族的《熙德》、德意志民族的《尼伯龙根之歌》、俄罗斯民族的《伊戈尔远征记》；另一种是短篇故事集，如冰岛的《老埃达》和《萨迦》、波斯的《蔷薇集》（萨迪）、日本的《源氏物语》（紫式部）、阿拉伯民族的《一千零一夜》等。《贝奥武甫》讲述耶阿特族青年贝奥武甫为丹麦人消灭巨妖为本族人勇斗火龙而牺牲的事迹，《希尔德布兰特之歌》讲述随东哥特国王出征的希尔德布兰特三十年后返回故乡又与自己的儿子展开的战斗，《英雄国》讲述卡列瓦拉与波约拉两个部落争夺"三宝"的斗争，《罗兰之歌》讲述查理大帝率领法兰克人民在西班牙抵御阿拉伯人入侵的史实，《熙德》讲述西班牙民族英雄征战外族保护儿女的壮举，《尼伯龙根之歌》讲述尼德兰和勃艮第两个王国联合与斗争的历史，《伊戈尔远征记》讲述伊戈尔为俄罗斯民族的一次远征；《老埃达》讲述北部欧洲的神话和英雄传说，《萨迦》讲述北部欧洲的家庭史话，《蔷薇集》讲述波斯民族的寓言，《源氏物语》讲述光源氏与众多女子的悲欢离合，《一千零一夜》讲述来自西亚不同国家的民间传说。公元 12 世纪初，欧洲西部随着骑士阶层的形成出现了"骑士传奇"，骑士传奇通常讲述的是骑士为了爱情、荣誉和信仰而不惜冒险的经历。如法国诗人克雷缔安·德·特洛亚的《郎斯洛》，叙述骑士郎斯洛为了追求王后耶尼爱佛，不惜牺牲骑士的尊严，不骑高马而改坐小车；为了寻找耶尼爱佛，冒险爬过一座剑一样锋利的桥；在比武场上，唯耶尼爱佛的命令是听，表现出绝对的忠诚。随着城市的兴起也产生了以满足市民文化娱乐需要的"城市文学"，如民间流传的《列那狐传奇》，就是写列那狐与依桑格兰狼的个人恩怨和互相仇害。

亚里士多德在对古希腊悲剧进行深入审视后给悲剧下的定义是："对于一个严肃、完整、有一定长度的行为的摹仿……"[①] 可见，亚里士多德是将悲剧视为摹仿人的"行为"的文体。不仅如此，亚里士多德还进一步地指出："情节乃悲剧的基础，有似悲剧的灵魂，'性格'则占第二位。悲剧是行动的摹仿，主要是为了摹仿行动，才去摹仿在行动中

① 亚里士多德：《诗学》，《西方美学史资料选编》（马奇主编）上卷，上海人民出版社 1987 年版，第 95 页。

的人。"① 亚里士多德把"情节"放到了悲剧的首要地位,而把人物或人物的性格则放到了从属的位置。究其实质而言,13 世纪之前的神话、史诗、戏剧、传奇和城市文学都是以讲述情节为主的文学样式。西方叙事文学真正将人物提升为叙述的主体应该从意大利诗人但丁算起。但丁在《神曲》中突出了作为主体的"我"的形象和地位。"我"在古罗马诗人维吉尔和女友贝亚特丽奇的带领之下,游历了地狱、炼狱和天堂,在游历的过程中与古代的先哲进行了广泛的探讨和对话,也彰显了"我"的富于沉思的个性。《神曲》尽管还存在着诸如将人类的希望寄托在天主教改革等观念意识上的缺陷,但它在叙述中突出人的主体地位,体现了中世纪末期"人"的自我觉醒。这也就是马克思所评价的:"他是中世纪的最后一位诗人,同时又是新时代的最初一位诗人。"② 《神曲》在人类历史上的诞生不是一个偶然的事件。13 世纪末期,大量古希腊罗马时期的文献和艺术品的发现使古希腊罗马时期的民主意识和唯物主义得以重放光芒,十字军的东征引入了中东乃至远东地区的先进技术和辩证思想,正是这种古代与现时、东方与西方文明的交融,使人们意识到了封建神学的危害和人类自我的尊严,也正是人的自我意识的觉醒使一股人文主义的春风在欧洲大地骤然而起。《神曲》对人的主体地位的凸现也是人文主义思想在叙事文学上的反映。这种在多元文化影响之下形成的人文主义思潮很快成了整个欧洲的文化时尚,渗透到了文学艺术的各个门类。如达·芬奇的油画《最后的晚餐》,尽管取材于《圣经》中的神话故事,但它在构图和描绘上却活泼生动地再现了人物的神态和心理。莎士比亚的戏剧《哈姆莱特》发出了这样的吼声:"人类是一件多么了不得的杰作!多么高贵的理性!多么伟大的力量!多么优美的仪表!多么文雅的举动!在行动上多么像一个天使!在智慧上多么像一个天神!宇宙的精华!万物的灵长!"③ 塞万提斯的小说

① 亚里士多德:《诗学》,《西方美学史资料选编》(马奇主编)上卷,上海人民出版社 1987 年版,第 98—99 页。

② 马克思:《共产党宣言·1893 年意大利文版序言》,《马克思恩格斯选集》第 1 卷,人民出版社 1972 年版,第 248 页。

③ 莎士比亚:《哈姆莱特》,《莎士比亚全集》第 9 卷,人民文学出版社 1978 年版,第 49 页。

《堂吉诃德》中的堂吉诃德把铜盆当作头盔，把旅店当作城堡，把羊群当作军队，把风车当作巨人，不顾一切地与之搏斗，也张扬了人的个性。叙事文本对人及人物的倚重自文艺复兴以来也有一个渐进的演变过程，法国的福楼拜，俄国的陀斯妥耶夫斯基、托尔斯泰等在描写人物的策略上都作出过自己的努力和贡献。19世纪末期，随着弗洛伊德精神分析学说的产生，叙事文学将叙述的触角伸到了人的潜意识本能，催生出了以书写人的潜意识和性本能为特征的意识流小说。

中国古代的叙事文学也经历了类似的演变过程：先秦至隋朝的小说—唐代的传奇—宋代的话本—明清的章回小说。隋朝以前的小说见于经史子集，《山海经》、《穆天子传》、《西京杂记》、《搜神记》（干宝著）、《神仙传》（葛洪著）和《世说新语》（刘义庆著），其形态一般是神话（含鬼怪故事）、寓言和史实。如西汉刘向所辑的《百家》有这样一则故事：

> 宋城门失火，汲取池中水以沃灌之。池中空竭，鱼悉露见，但就取之。①

这就是后来"城门失火，殃及池鱼"典故的出处。再如晋代干宝所辑的《搜神记》中的一段叙述：

> 魏郡张奋者，家本巨富，忽衰老财散，遂卖宅与程应，应入居，举家病疾，转卖邻人阿文。文先独持大刀，暮入北堂中梁上。至三更竟，忽有一人，长丈余，高冠，黄衣，升堂呼曰："细腰！"细腰应喏。曰："舍中何以有生人气也？"答曰："无之。"便去。须史，有一高冠青衣者，次之，又有高冠白衣者；问答并如前。及将曙，文乃下堂中，如向法呼之，问曰："黄衣者为谁？"曰："金也。在西堂壁下。""青衣者为谁？"曰："钱也。在堂前井边五步。""白衣者为谁？"

---

① 转引自胡怀琛的《中国小说概论》，《中国文学八论》，中国书店（北京）1985年影印版，第9页。

曰："银也。在墙东北角柱下。""汝复为谁?"曰："我杵也，今在灶下。"及晓，文按次掘之。得金银五百斤，钱十万贯。仍取杵焚之，由此大富，宅遂清宁。[①]

　　叙述的是一个有着怪异色彩的事件。隋以前的小说一般比较短小；到了唐朝，一种新的文学样式——传奇——就变得比较繁复了。如李朝威的《柳毅传》写洞庭龙君的女儿在泾川遭受丈夫的虐待，托书生柳毅捎信给洞庭龙君，洞庭龙君把女儿救赎出来，几经周折，柳毅与洞庭龙君的女儿结为夫妻。白行简的《李娃传》写妓女李娃与荥阳公子相爱，遭到老鸨的反对，荥阳公子为了寻找李娃四处奔走，沦为乞丐，李娃救了荥阳公子，并与荥阳公子结婚。它们的情节曲折完整，已经具备了短篇小说的规模。随着商贸业的发展，中小城镇的出现，市民阶层的产生，宋代社会孕育了一种以满足市民生活需要的娱乐形式：说书。与说书相伴随的是一种作为说书底本的文学样式"话本"。说书由于在宋朝不被视为文学艺术的正宗，所以，保存下来的宋代话本并不多见，据说现存的宋代话本只有四种：即《大宋宣和遗事》、《新编五代史平话》、《京本通俗小说》和《大唐三藏取经诗话》[②]。但这种文学样式却为元末之后的章回体小说的形成奠定了基础。元末明初，先后出现了《三国志通俗演义》、《残唐五代史演义》、《平妖传》、《水浒传》等；明朝中叶，出现了《西游记》、《封神榜演义》、《金瓶梅》等；清朝乾隆、嘉庆年间，又出现了《儒林外史》、《红楼梦》等。《金瓶梅》、《红楼梦》尽管已经露出描写人物情感生活的端倪，但它们仍然保持着章回体小说的格局，也是以讲故事情节取胜的叙事文体。

　　叙事文学在中国只是到了五四时期，才开始出现以突出人的地位为主要目的的文本形态。鲁迅说："古之小说，主角是勇将策士，侠盗赃客，妖怪神仙，佳人才子，后来则有妓女嫖客，无赖奴才之流。'五四'以后

---

① 转引自胡怀琛的《中国小说概论》，《中国文学八论》，中国书店（北京）1985 年版，第 12 页。

② 胡怀琛：《中国小说概论》，《中国文学八论》，中国书店（北京）1985 年版，第 33 页。

的短篇里却大抵是新的智识者登了场，因为他们是首先觉到了在'欧风美雨'中的飘摇的，然而总还不脱古之英雄和才子气。"① 钱理群也认为："五四时期对于妇女、儿童，以农民为主体的下层人民的'发现'，是一种全面的'人'的'发现'……"② 其实，五四时期的叙事文学不只是发现了几类下层的民众，它的关键是把对人的发现内化成了文本的叙事结构，即把作为叙事"手段"的人提升成了作为叙事"目的"的人。鲁迅的《狂人日记》自然是开其先河者。它以日记体形式讲述了一个迫害狂患者的心理过程，被叙述者成了叙述人，突出了被叙述者在叙述中的生存地位，使"人"再也不是文本叙述的附庸。继鲁迅之后，出现了一批人文主义作家；步《狂人日记》的后尘，产生了一批以写人为目的的叙事文本。五四以来，叙事作品中的人的主体性不断地得到了提升，但有时也出现过一些波折，所谓"三突出"的创作方针，即"在所有人物中突出正面人物，在正面人物中突出英雄人物，在英雄人物中突出中心人物"③，就是错误地把单个的、抽象的人当作了整体的、具体的人。

历览中外叙事文学发展的历史，不难发现，人文主义理想给叙事文学注入了新鲜的血液，使叙事文学实现了从"叙事"到"写人"的转变，也就是说，将言说的目的从叙述情节调整到了描写人物，给叙事文学增添了一股强劲的活力。刘再复的文学主体性正是人本主义思想在叙事文学领域的进一步深化。不过，刘再复的立论却有其明显的缺陷：

首先，刘再复的文学主体论具有神秘主义色彩。刘再复在讨论文学的主体性时进而把人物的主体性推演到了作家的不由自主性。刘再复说："愈有才华的作家，愈能赋予人物以主体能力，他笔下的人物的自主性就愈强，而作家在自己的笔下人物面前，就愈显得无能为力。"④ 刘再复用以作为理论支持的是法国作家弗朗索瓦·莫里亚克的观点。莫里亚克说过：

---

① 鲁迅：《〈总退却〉序》，《鲁迅全集》第 4 卷，第 621 页。
② 钱理群：《试论五四时期"人的觉醒"》，《文学评论》1989 年第 3 期。
③ 转引自王庆生主编的《中国当代文学辞典》，武汉出版社 1996 年版，第 49 页。
④ 刘再复：《论文学的主体性》，《文学评论》1985 年第 6 期。

中篇 诗性的探索

83

"我们笔下的人物的生命力越强,那么他们就越不顺从我们。"① 其实,英国小说家佛斯特也有类似的说法:"小说家本身就是由这些天性组成的。小说家提起笔,在一种异常,可以便于称之为'灵感'的状态之下,创造人物。"② 追根溯源,柏拉图的"神灵凭附说"乃是这一理论的滥觞。柏拉图在《伊安篇》中借用苏格拉底的话说:"凡是高明的诗人,无论在史诗或抒情诗方面,都不是凭技艺来做成他们的优美的诗歌,而是因为他们得到灵感,有神力凭附着。……诗人是一种轻飘的长着羽翼的神明的东西,不得到灵感,不失去平常理智而进入迷狂,就没有能力创造,就不能做诗或代神说话。"③ 假使作一个比较,我们一定会发现,刘再复的理论与柏拉图的学说几乎如出一辙,所不同的只是刘再复把"神灵"的凭附改成了"人物"的凭附,把叙事作品的"人物"的主导地位神化了,开展了一个现代版的造神运动。

其次,过分地强调非理性因素,忽视了理性在文学创作中的地位和作用。刘再复在打造"人物神"的过程中,所彰显的是作家在创作活动中的非理性思维。刘再复举例道:"王蒙曾说,他笔下的人物出现的情况,不仅出乎读者的意料之外,也往往出乎自己的意料之外。安娜·卡列尼娜的卧轨自杀,达吉亚娜的出嫁,阿 Q 的被枪毙,就是作家尊重笔下人物,服从笔下人物灵魂自主性的结果。"④ 然而,刘再复的举例却受到过质疑。张国民说:"阿 Q 的被枪毙"、"安娜的卧轨自杀",都是作家在意识的支配之下写出来的,刘再复"曲解了作家的创作实际"。⑤ 即使刘再复所列举的事实是真实的,可以支持非理性因素在文学创作中的作用,但理性的魔力在叙事文本的产生过程中发挥作用的史实也比比皆是,如哥德创作《浮士

---

① 转引自刘再复《论文学的主体性》,《文学评论》1985 年第 6 期。

② 佛斯特:《小说面面观》,花城出版社 1981 年版,第 41 页。

③ 柏拉图:《伊安篇》,《西方美学史资料选编》(马奇主编)上卷,上海人民出版社 1987 年版,第 45—46 页。

④ 刘再复:《论文学的主体性》,《文学评论》1985 年第 6 期。

⑤ 张国民:《论人的主体性和文学中的主体性问题——评刘再复的"主体论"兼及李泽厚的"主体性实践哲学"》,《文学评论》1991 年第 4 期。

德》前后历时六十年之久，罗曼·罗兰书写《约翰·克利斯朵夫》花了二十年的工夫，曹雪芹撰写《红楼梦》"披阅十载，增删五次"，其理性思维在文学创作中的作用也显而易见。我们认为，创作活动中既有理性的成分也有感性的成分，文学创作是理性与感性（或者说非理性）、知觉与直觉结合的产物；如果固守一隅，只会导致偏差和谬误。

再次，突出人物在文本叙述中的主体地位，却远离了叙事文学的本体特性。刘再复说："只有人，才是文学的根本对象。"① 那么，"人"是否是文学的唯一对象呢？王蒙说："'文学是人学'在文学对人的关注，在文学表达人的思想、情感、内心世界和经验方面不失为一个很好的说法，而且这种说法与目前还没有过时的人本主义、人道主义思潮相呼应。但是，我也常常对这个定义感到不满意，可能我这个想法太可笑，从经验的角度来讨论'文学是人学'这个问题。我觉得体育更是人学，体育体现人的健康、素质、灵敏、反应，这是绝对的人学，而心理学作为人学来说要比文学'学'得多，你看许多许多的文学作品，你的脑子里可能会搞得四分五裂，被片断和各种互相冲突的记忆使你不知道对人有多少认识，而你要认真读完一本心理学著作，总会有相当的收获。"② 王蒙还认为，政治学、医学也是人学，不过兽医排除在外。但如果从文学本体论的角度来考察，文学除了描写人物，描写人物的心灵世界之外，还可以书写人的社会关系，书写人的发展历史，书写与人有着千丝万缕联系的大自然。这也诚如刘再复自己所说："文学对象包括自然、历史、社会，但根本的是人。"③ 叙事文学发展的历史还告诉我们，叙事文学有以描写人物为主的体式，也有以叙述情节为主的体式。刘再复显然忽略了叙事文学"叙事"的本体属性。

或许有人站在人本主义的立场会对以叙述情节为主的叙事作品的艺术性持一种怀疑的态度。而对于古希腊的艺术和史诗，马克思却说过：它们"仍然能够给我们以艺术享受"，"就某方面说还是一种规范和高不可及的

① 刘再复：《论文学的主体性》，《文学评论》1985 年第 6 期。
② 王蒙、王十：《文学这个魔方》，《文学评论》1989 年第 3 期。
③ 刘再复：《论文学的主体性》，《文学评论》1985 年第 6 期。

范本"。① 高尔基也说过："荷马时代的文学经过世世代代人的千锤百炼，是古希腊人民集体的创造天才的结晶，后世的个人著作很难和它媲美。"② 各国英雄史诗的瑰丽想象，以及它们对相应国家文学艺术的影响，都是令世人瞩目的。中国古代的长篇章回体小说《三国演义》、《水浒传》、《西游记》、《金瓶梅》和《红楼梦》，其穿插情节的能力和构建故事的严整性也是值得今天的叙事文本效法的。这里的确潜隐着一个什么是叙事文学、什么是小说的问题。据伊恩·P. 瓦特考证："小说"在英语中，原文为 novel，原意是"新颖的，新奇的"。③ 在汉语中，据胡怀琛考证："'小'就是不重要的意思。'说'字，在那时候和'悦'字是不分的。所以有时候'说'字就等于'悦'字，用在此处，'说'字至少涵有'悦'字的意思。'小说'就是讲些无关紧要的话，或是讲些笑话，供给听者的娱乐，给听者消遣无聊的光阴，或者讨听者的欢喜。这就叫做小说。当时不称为'小语'，不称为'小言'，不称为'小记'，而称为'小说'，就是这个意思。"④ 如此看来，"小说"无论在英语中，还是在汉语中，其字面含义都是指取悦于人的一种表达方式。小说源于民间，开始是以讲故事为正宗，这也几乎是不争的事实，中外叙事文学发展的历史可以作为佐证，难怪亚里士多德把"情节"视为叙事文学的第一要素。随着时序的变更，欧洲到了中世纪末期，中国到了 20 世纪初期，人本主义思想渗透到叙事文本中，形成了以写人为主要目的的文学样式，推动了叙事文学的发展。那么，我们现在是否可以在人本主义的名义之下无视叙事作品叙事的本体属性呢？俄国形式主义有着与人本主义不同的见解。鲍里斯·托马舍夫斯基就彰明较著地说："主人公绝非情节的必要属性。情节作为细节的系统也完全可以没有主人公及其性格描写。主人公是把材料形成情节分布的结果，他一

① 马克思：《〈政治经济学批判〉导言》，《马克思恩格斯选集》第 2 卷，人民出版社 1972 年版，第 114 页。

② 高尔基：《个性的毁灭》，转引自《欧洲文学史》（杨周翰主编）上卷，人民文学出版社 1979 年版，第 26 页。

③ 伊恩·P. 瓦特：《小说的兴起》，三联书店 1992 年版，第 6 页。

④ 胡怀琛：《中国小说概论》，《中国文学八论》，中国书店（北京）1985 年影印版，第 3 页。

方面是连贯细节的手段，另一方面又是对细节联系生动的、拟人化的细节印证。"① 托马舍夫斯基还列举过这样一个例子：一个传教士到一个村子里布道，他对教民说，你们知道我要讲的是什么吗？教民们说不知道，传教士说，你们不知道的东西，我就没有必要和你们讲了。第二次，他同样去问大家，教民们回答知道，传教士说，既然你们知道了，那我就没有什么好讲的了。第三次，他还是那样问教民们，一部分教民说知道，另一部分教民说不知道，传教士说，那就让那些知道的人去给那些不知道的人讲好了。托马舍夫斯基认为，这个主人公之所以需要，不是要去描写这个人，"是为了使笑话组成"。俄国形式主义将人物降到从属地位的举措，在法国结构主义那里得到了进一步的发展，布雷蒙把人物不过是作为叙事序列的"施动者"，托多洛夫把人物不过视为情节中的一个"叙述性名词"，格雷马斯把人物不过看作情节中各种对立关系的"行动者"。俄国形式主义和法国结构主义都回到了叙事文学的叙述本体。受西方叙事理论和思潮的影响，崛起于 20 世纪 80 年代中期的中国"先锋派文学"也开始重视文本的情节结构；不管其成功与否，他们在叙事的策略上都做过有益的尝试。所有这些都可以说明，叙事文学有描写人物的自由，也有讲述情节的自由，人物并不是叙述性文学作品的唯一主体。

---

① 托马舍夫斯基：《主题》，《俄国形式主义文论选》，三联书店 1989 年版，第 138 页。

第九章

人物的类型

关于人物的类型，英国小说家佛斯特提出了"扁平人物"和"圆形人物"的二分法。佛斯特说："我们可以将人物分成扁平的和圆形的两种"，扁平人物是"依循着一个单纯的理念或性质而被创造出来"，圆形人物"可以适合任何情节的要求"。[①] 北京大学教授申丹提出了"功能性人物"和"心理性人物"的二分法。申丹说："叙述学的人物观为'功能性'的。这种人物观与传统批评中'心理性'的人物观形成了鲜明对照。""功能性"人物是"从属于情节或行动的'行动者'或'行动素'"，"心理性"人物是"具有心理可信性或心理实质的（逼真的）'人'"。[②] 比较明显，佛斯特是根据人物自身所包含个性特质的多少来划分人物的类型，但佛斯特忽视了人物在情节中的作用和地位；申丹尽管注意到了人物在情节中的功能，但她的归纳并没有囊括叙事文本中的人物形态的全部，如鲁迅作品中的孔乙己（《孔乙己》）、高晓声作品中的陈奂生（《陈奂生上城》）、契诃夫作品中的切尔维亚科夫（《一个官员的死》）等质地单一，个性鲜明的人物就很难在申丹所规定的人物类型中找到自己的归宿。我们根据人物在叙述文本中的作用和形态，则将人物划分为"功能性人物"和"审美性人物"。

---

① 佛斯特：《小说面面观》，李文彬译，花城出版社 1981 年版，第 55—61 页。

② 申丹：《叙述学与小说文体学研究》，北京大学出版社 2004 年版，第 55—65 页。

功能性人物是指在文本的叙述中起着一定调节或控制作用的人物，一般存在于古希腊戏剧（含悲剧、喜剧和正剧）、古希腊史诗、中世纪骑士传奇和其他侧重于叙述情节的叙事文本中。法国叙事学家格雷马斯（A. J. Greimas）说："行动元结构似乎越来越能够说明作为集体或个人领域投射的人类想象的组织方式。"[①] 其大意是说，叙事文本中的行动元结构，一部分是艺术想象中的集体的组织方式，另一部分是艺术想象中的个体的组织方式。根据叙事文本中的行动元结构是个体行为的组织方式，还是集体行为的组织方式，我们将"功能性人物"区分为情节结构中的功能性人物和人物关系中的功能性人物。

情节结构中的功能性人物是指在文本的叙述中可以推进或滞缓情节发展的人物，这种人物所操持的行动尽管是个人的行为，但这种行为却能够牵动文本的叙事结构。《红楼梦》第四回中，门子的一个眼色、一个提示和他所出示的一份护官符，就影响了整部《红楼梦》的组织方式：因为那个眼色引出了那个提示——不叫发签，由那个提示引出了护官符，由护官符引出了金陵贾、王、史、薛四大家庭，由四大家族引出了对四大家族之间的关系和四大家族中的人物的叙述。对这段叙述，我们可以做出很多假设：如果没有门子，没有门子的眼色、提示和护官符，护官符中有五大家族或者只有三大家族，《红楼梦》的结构就要做出很大的调整。再如契诃夫的《装在套子里的人》中的布尔金，别里科夫的故事就是由他讲述出来。布尔金是一个中学教师，有一天去打猎误了时辰，不能赶回城里，与一个叫伊凡·伊凡尼奇的兽医一起留宿在村长家的堆房里，他们没有什么事可做，就在一起聊天，见到村长的老婆玛芙拉来了，就谈论村长的老婆如何没有走出过这个村子，如何没有见过世面，由这个话题引出了布尔金讲述的别里科夫的故事。对这篇小说，我们也可以做这样的假设：如果没有布尔金的存在，没有布尔金的观念意识，没有布尔金的话语方式，《装在套子里的人》肯定就是另一副面孔。作为一个人物，门子在《红楼梦》

———————

① 格雷马斯：《行动元、角色和形象》，《叙述学研究》，中国社会科学出版社 1989 年版，第120 页。

中篇 诗性的探索

89

中的意义不在于他善于见风使舵，布尔金在《装在套子里的人》中的意义不在他熟知校园掌故，他们的意义在于他们能够调节叙事情节发展的功能①，正因为如此，门子和布尔金分别是《红楼梦》、《装在套子里的人》的情节结构中的功能性人物。

门子和布尔金还只是《红楼梦》和《装在套子里的人》的次要人物，他们能够调节文本的叙事，那么，文本中的主人公或主要的人物对叙事的制约作用就更加明显了。主人公或主要的人物对文本的影响有两种情况：一种是直接调节文本的情节，另一种是依靠控制文本中的集体行为的组织方式来影响文本的叙事。我们把文本中的依靠调节人际关系来影响文本叙述的人物称为人物关系中的功能性人物。马克思说过：人"是一切社会关系的总和。"② 叙事文本反映现实生活，很自然地要反映社会生活中的集体行为的组织方式，要反映社会生活中的人与人之间的关系。那么，人与人之间在叙事作品中到底构成了怎样的关系呢？——这也是古往今来的哲人们孜孜不倦探讨的一个问题。亚里士多德说："较为严肃的诗人摹仿高尚的行为或高尚的人的行为，而较为平庸粗俗之辈则摹仿那些鄙劣的人的行为……"③ 亚里士多德将悲剧中的人物区分为"高尚的人"和"鄙劣的人"，多少带有人类初始时期认识能力的烙印。俄罗斯民俗学家普洛普则将俄罗斯民间故事中的人物归纳为七种类型：即反面人物、帮助者、魔力行为者、寻找者、委托者、主人公以及假主人公。普洛普对俄罗斯民间故事的人物的分类，既是对人物类型的总结，也是对人物关系的揭示。不过，格雷马斯对普洛普的七种类型人物的分类并不满足，在《结构语义

① 亚里士多德说："两者（历史和诗——笔者注）的真正差别在于一个叙述了已经发生的事，另一个谈论了可能发生的事。"（亚里士多德：《论诗》，《亚里士多德全集》第 9 卷，中国人民大学出版社 1994 年 3 月版，第 654 页）因而，历史是不能假设的；某一事件一旦被假设，它就已经不是历史。而在虚构性叙事作品中，每个人物、每个场景、每个道具、每个细节、人物的精神状态，都是可以假设的，因为文学作品是写"可能发生"的事情；通过对人物、场景、道具和细节的假设，我们可以充分体认人物、场景、道具和细节在文本叙事中的作用和功能。

② 《马克思恩格斯选集》第 1 卷，人民出版社 1972 年版，第 18 页。

③ 亚里士多德：《论诗》，《亚里士多德全集》第 9 卷，中国人民大学出版社 1994 年版，第 646 页。

学》（1966）中将其改造为由三组二元对立的"行动素"组成人物结构：

发送者—客体—接受者

帮助者—主体—反对者①

其中接受者也有可能就是行动的主体。在随后的《论意义：符号学论文集》（1970）中，格雷马斯又作过如下的提炼：

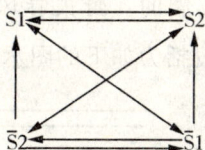

$$S1 \longleftrightarrow S2$$
$$\overline{S2} \longleftrightarrow \overline{S1}$$

格雷马斯对这一符号模式作过这样的解释："这范畴的两项之间是反对关系，每一项又能投射出一个新项——它的矛盾项，两个矛盾项又能和对应的反对项产生前提关系。"② 基于对叙事作品中的符号关系的分析，格雷马斯进一步地认识到："在具有严格的二元说教性质的民族文学里，肯定和否定的对立具有'好'与'坏'的内容，并产生'英雄'与'坏人'、'促进者'与'反对者'等组对立。"③ 以民族冲突为书写对象的叙事文本，其人物关系的确如此，如古希腊英雄史诗《伊利亚特》的人物关系就可以绘制成以下的图形：

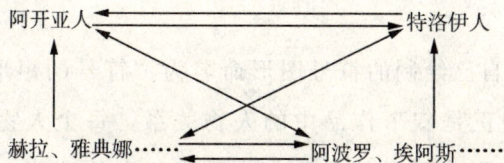

阿开亚人 ←——————→ 特洛伊人

赫拉、雅典娜…… ←——————→ 阿波罗、埃阿斯……

①　转引自申丹《叙述学与小说文体学研究》，北京大学出版社2004年版，第41页。
②　格雷马斯：《叙述语法的组成部分》，王国卿译，《叙述学研究》，中国社会科学出版社1989年版，第98页。
③　格雷马斯：《行动元、角色和形象》，王国卿译，《叙述学研究》，中国社会科学出版社1989年版，第121页。

特洛伊王子帕里斯骗走了斯巴达国王墨涅拉俄斯的妻子海伦，墨涅拉俄斯要夺回自己的妻子，带领阿开亚人与帕里斯的军队在特洛伊城展开激战，形成对立关系；众神之中赫拉、雅典娜是墨涅拉俄斯的前导，阿波罗、埃阿斯成为帕里斯的后盾，他们也展开了明争暗斗。这也正如《伊利亚特》的中译者陈中梅所感受的："俄林波斯众神分作两派，一派支持阿开亚人，以赫拉和雅典娜为骨干；另一派帮助特洛伊人，以阿波罗和埃阿斯为核心。宙斯时而偏袒这一方，时而放纵那一方，从中享受权势带来的喜悦。"[①] 同样，我国抗日战争题材的叙事文本，特别是长篇叙事文本，如知侠的《铁道游击队》、李英儒的《野火春风斗古城》、刘流的《烈火金刚》等，其人物关系也可以概括为如下的图示：

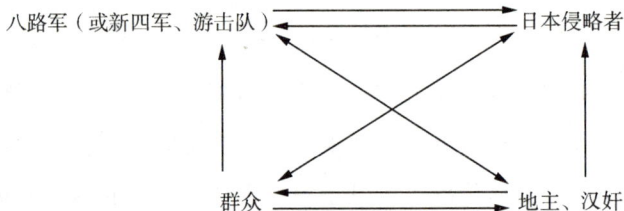

八路军（或新四军、游击队）————————→日本侵略者

群众————————地主、汉奸

共产党领导的八路军、新四军和游击队与日本侵略者形成二元对立的关系。普通群众是八路军、新四军和游击队的基础，地主和汉奸是日本侵略者的走卒，群众和地主、汉奸也形成了对立与斗争的关系。共产党领导的八路军、新四军、游击队和普通群众属于肯定指示维度，日本侵略者、汉奸和地主属于否定指示维度，他们形成了抗战叙事作品中的人物关系模式。

格雷马斯将自己绘制的符号图形命名为"符号的矩形"[②]，"符号的矩形"所揭示的正是叙事作品中的人物关系，每个人物或符码在这一符号体系中都扮演着不同的角色，承载着各自的功能。这也正如美国杜克大学教授詹姆逊（Fredric Jameson）所说："格雷马斯叙事分析的关键，就是要在有意义的现象下找到构成意义的微观原子和分子，并

---

① 陈中梅：《伊利亚特·前言》，《伊利亚特》，花城出版社 1994 年版，第 16 页。
② 詹姆逊：《后现代主义与文化理论》，北京大学出版社 1997 年版，第 119 页。

思与诗的搏击

指出其作用。"① 詹姆逊在北京大学作学术讲座时就用"符号的矩形"理论分析过《聊斋志异》中《鸲鹆》②。《鸲鹆》的情节是这样的：有人养了一只鸲鹆（即"八哥"），和鸲鹆一起去游玩。游历到绛州的时候，主人的手头没有钱了，非常愁苦。鸲鹆说，你怎么不把我卖到王府里去呢，卖了我你不就有钱了吗？主人说，我不忍心。鸲鹆说，你把我卖了，得了钱，就在城西二十里外的那棵大树下等我。主人带着鸲鹆来到城里，将鸲鹆卖给了绛州王，就离开了绛州城。绛州王把鸲鹆带到王府，给它喂食。吃饱后，鸲鹆说，我要洗澡。绛州王把鸲鹆放出来洗澡。鸲鹆洗完澡，等羽毛干了，对绛州王说臣去矣，就飞走了。绛州王和他的仆人寻找鸟的主人，可是已经找不到了。后来，有人在西安看到鸟的主人带着鸲鹆在集市上游玩。这个故事中比较明显的行动素只有三个，即主人、绛州王和鸲鹆，詹姆逊用"符号的矩形"理论进行解读，找出了另外一个元素：金钱——这可以说是詹姆逊的一个发现。在分析中，詹姆逊对会说话的鸟充满了浓厚的兴趣。詹姆逊说："这只八哥作为一个符号就是个很好的例子：它身上有两个符号素，作为自然界的动物和具有说话的能力，实际上也就是自然和文化这两种符号素，因为语言从来就是文化的第一标志。"③ 詹姆逊对会说话的鸲鹆津津乐道，我们却不以为然，因为中国人养八哥，让八哥说人话，是一件常见的事情，它与《伊索寓言》中的会讲话的狼、狐狸和山羊不同，伊索寓言中的狼、狐狸和山羊会讲话，是讲述者赋予的。由于东西方文化的差异，詹姆逊的分析比较混乱。根据我们对《鸲鹆》的理解，故事中的符码可以构成如下的关系：

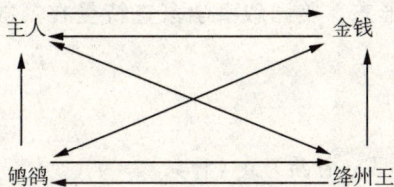

---

① 詹姆逊：《后现代主义与文化理论》，北京大学出版社 1997 年版，第 121 页。
② 同上书，第 119—124 页。
③ 同上书，第 121 页。

故事的核心结构是主人与金钱的对立关系，但文本叙述的笔触并没有落到主人和金钱的关系上，而是位移到了鸲鹆和绛州王身上，它讲述了鸲鹆克服困难帮助主人的过程，反映了中国农耕社会饲养八哥的习俗和人们的闲情逸致。

华中师范大学教授胡亚敏也用"符号的矩形"理论分析过鲁迅的小说。胡亚敏发现：鲁迅的小说，如《祝福》、《孔乙己》和《阿Q正传》，都存在着"帮助者"缺位的现象，主体人物都面对着一个庞大的敌对阵营，从而陷入了一个无助无望的境地。[①] 从詹姆逊和胡亚敏对"符号的矩形"模式的运用，我们可以得到这样的启示：人物在人物关系中的地位一定程度上影响着叙事文本中集体行为的组织方式，也制约着叙述情节的发展和叙述意韵的形成；通过对叙事作品中的人物功能的解码，我们能够更准确地理解叙事作品中的深层韵味。

与"功能性人物"相对应的"审美性人物"是指文本在叙述中凸现其审美形态和审美价值的人物。审美性人物主要存在于欧洲文艺复兴之后，中国五四新文化运动之后，以写人为主的叙事文本中。欧洲自 14 世纪初期之后，中国自 20 世纪 20 年代之后，叙事文学一改过去讲故事，写情节的风气，出现了一批以书写人物为主要目的的叙事文本。这种以写人为目的的文本在叙述中再也不是对事件的简单言说，其侧重点则是对所述人物从事价值判断，这种判断尽管含有对人物所进行的善的道德的判断、真的实在性的判断，但其主要的方面还是从事着美的特质性的审视，即审美的判断，所以，我们将这类人物称为"审美性人物"。

关于人物的审美形态，美国叙事学家查特曼在《故事与话语》（1978）一书中用公式表示为：

C（人物）＝T（特质）n（种数）。

① 胡亚敏：《叙事学》，华中师范大学出版社 1994 年版，第 149 页。

C是指叙事作品中的角色（character），如《西游记》中的孙悟空、《阿Q正传》中的阿Q、《堂吉诃德》中的堂吉诃德、《老人与海》中的桑提亚哥等；T是指人物所具有的特质（trait），相当于"叙述形容词"，如美丽、英俊、勇敢、迂腐、吝啬和狠毒等；n是指人物身上包含特质的数量，能够体现出人物性格的丰满程度。假如当 $n=1$ 时，人物的审美特性是一个单质，这个人物就是"扁平人物"。佛斯特说："真正的扁平人物可以用一个句子描述殆尽。"[①] 如鲁迅笔下的孔乙己（《孔乙己》），是咸亨酒店"站着喝酒的唯一的人"，用一句话来概括，他是受封建科举制度残害的麻木的读书人。契诃夫笔下的别里科夫（《装在套子里的人》），不管天晴下雨，都穿着一双套鞋带着一把雨伞，无论什么东西都用一个套子装着，他是一个思想顽固的人。福楼拜笔下的包法利（《包法利夫人》），不敢管妻子与别人的约会，不敢过问妻子的支出，见到害死妻子的罗多尔夫还说不怪罪于他，他是一个懦弱的人。值得指出的是，确认某一人物是"扁平人物"，需要特别慎重。假如一个文本是一个低劣的作品，它所描写的人物连一种特质也没有塑造出来，这时的n就处于小于1的状态，这个人物还不能算是我们所界定的"扁平人物"。而在优秀的或比较优秀的作品中，人物审美特质的数量（n）往往是一个大于1的常数，如果将这种人物指认为"扁平人物"，就会导致对人物的误读。譬如胡亚敏说："我国的关羽也是此种类型，他的一举一动都与'义勇'连在一起，无论是为保护二位嫂夫人过五关斩六将，还是华容道上放曹操，都体现了'义勇'二字。"[②] 关云长对曹操而言是"重义气"，而对刘备而言是"有忠心"，在战场上"英勇顽强"，相对于张飞而言还是一个"细心"的人，所以，如果指认关云长是一个"扁平人物"，那还有值得商榷的余地。而事实上，说某个人物有而且只有一种审美特质，那只是一种想象的状态。

当 $n>1$ 时，人物的审美特性是多质的，这个人物就是"圆形人物"。如福楼拜笔下的爱玛（《包法利夫人》），她是贝尔托一个富裕家庭的女儿，

① 佛斯特：《小说面面观》，花城出版社 1981 年版，第 55 页。
② 胡亚敏：《叙事学》，华中师范大学出版社 1994 年版，第 142 页。

中篇 诗性的探索

包法利自从第一次见到她，就对她产生了爱慕之情，以致包法利的第一任妻子产生了醋意；爱玛与包法利结婚后搬到永镇去开诊所，爱玛与小书记员列翁第一次见面时，爱玛的容貌就吸引了列翁，以致列翁说出忽明忽暗的话来；农场主罗多尔夫带仆人到包法利家治病，爱玛的夏裙撒在方砖上，上身膨胀起来的几个地方绷得紧紧的，显露出了她的曲线，罗多尔夫的一双眼睛一直停留在爱玛的身上，罗多尔夫离去后走在路上还在想，爱玛无论是牙齿、眸子、双脚，还是身段，都赶得上巴黎的女郎——这些不能不说明爱玛美丽动人。面对一个丧了偶的医师包法利的求婚，爱玛却爽快地答应了；结婚之后，不满足于平静的生活，列翁几句煽情的话和几首抒情的诗、罗多尔夫的几只野味和几竹篮水果，就把她吸引到了他们的怀抱——这不能不说明爱玛天真单纯。列翁从卢昂给爱玛买来一盆仙人掌，爱玛请人在窗户边钉一个搁板，将仙人掌放在搁板上，以暗示对列翁所送物品的珍视，列翁也在窗口建起一个空中花园，他们在浇花的时候遥遥相望，暗送秋波；爱玛与罗多尔夫频频约会，受到包法利母亲的监视，于是爱玛与罗多尔夫约定暗号，一旦出了什么事，爱玛就在窗口挂上一片小白纸，罗多尔夫就来她屋后的小巷里与她会面——这不能不说明爱玛聪明伶俐。但爱玛万万没有想到罗多尔夫是一个感情骗子——罗多尔夫与爱玛约好一起私奔，在动身的前一天，罗多尔夫却突然反悔，说自己有事不能与爱玛同行，还在送给爱玛的信笺上滴了一点水，仿佛自己为这件事曾经哭泣过。爱玛万万没有想到列翁是一个没有能力的懦夫——列翁后来到城里去进修法律，爱玛借口到城里去学钢琴，往返于城里与永镇之间，与列翁约会，背负了沉重的债务，列翁却不能为她分担半点忧愁。这些不能不说明爱玛的追求脱离了生活实际，显得轻浮。爱玛第二次见到列翁，就约列翁与自己一起散步；爱玛不惜代价到罗多尔夫的农场去，与罗多尔夫见面，这些都体现出爱玛敢于大胆追求幸福的精神。但爱玛坠入了一个法国社会给她编织的让她不能自拔的罗网，当列翁不能帮助她，她又求助于罗多尔夫，罗多尔夫坚决地拒绝了她的求助，她最后走上了自杀的道路。爱玛美丽而又单纯、聪明而又轻浮、大胆而又孱弱，她就是一个含有多种审美特质的圆形人物。

再如陈忠实笔下的白嘉轩（《白鹿原》），他是白、鹿两姓的族长，还是拥有丰厚家产的地主。尽管拥有广阔的田产和生意兴隆的药材店，但他从来不享受锦衣玉食的生活，有时他还亲自到农田里去耕地除草，这说明白嘉轩生活俭朴。在死了第六个女人之后，白嘉轩几乎失去了对生活的信心，于是去请阴阳先生给他看风水；当得知鹿子霖的那块慢坡地是一方宝地时，他果断地用自己天字号的地换取鹿子霖的这块地字号地，按照文本的叙事逻辑，白嘉轩的家庭因此人财两旺，这说明了白嘉轩精明干练。有一个小伙子向白嘉轩吐露出想将半亩水田卖给他的意向，白嘉轩爽快地在小伙子的要价上加了三斗。村里的李家寡妇托人要将六分水田卖给白家，白嘉轩也是在李寡妇的要价上再加五斗；李寡妇的这六分地还引出了白嘉轩与鹿子霖的一场纠纷，原来这寡妇在将地卖给白嘉轩之前就答应过卖给鹿子霖，寡妇还收了鹿家的钱和粮食，白嘉轩和鹿子霖经历了一番折腾之后，突发奇想，不仅把这六分地退给了李寡妇，还给寡妇追加了一些钱和粮食。这些都说明了白嘉轩乐善好施。为了加强对子女的教育，白嘉轩在白鹿村办起了书院；在对子女的教育问题上，他男女一视同仁，也将女儿白灵送到学校里去读书；他的妻子要给白灵缠脚，白嘉轩坚决反对，把缠脚的布片扔到了炕洞里。这些都说明了白嘉轩豁达开明。但是，随着时代的潮流，很多孩子都到西安去接受新式教育了，白嘉轩还让自己的子女在白鹿书院接受传统教育，最后在不得已的情况下才让子女进城读书；黑娃与田小娥相爱，黑娃将田小娥带回白鹿村，要到家族的宗祠里去拜祭祖先，白嘉轩却因为田小娥的身世而不让他们进入宗祠；黑娃因生计所迫到山里去当土匪，田小娥在窑洞里为人所杀，白嘉轩让人取出田小娥的尸骨进行焚烧，还建起了一个六方的塔镇压在田小娥的骨灰之上，让她永世不得翻身。这些也说明了白嘉轩封建保守。《白鹿原》赋予白嘉轩的也是多重的审美特征。

一般说来，扁平人物存在于短篇小说或以叙述情节为主的长篇小说的非主要人物中，圆形人物存在于长篇小说的主人公或主要的人物中。扁平

中篇 诗性的探索

97

人物的艺术成就不能与圆形人物相提并论，但"扁平人物绝非那些苛刻的批评家所想的那么一无是处"①。扁平人物也能够凸现人物身上的某一特性，也能揭示社会生活的某些本来面目。圆形人物身上所蕴涵的审美特质，或者是作家精心设置的，或者是作家凭着灵感无意识流露出来的，或者是读者在阅读的过程中赋予的，在他们的身上可以插上"美丽"、"聪明"、"正直"、"有魄力"和"追求个性解放"等标签，但他们的真正内涵又不为这些标签所限制。这也正如佛斯特所说："一个圆形人物必能在令人信服的方式下给人以新奇之感。如果他无法给人新奇感，他就是扁平人物；如果他无法令人信服，他只是伪装的圆形人物。圆形人物绝不刻板枯燥，他在字里行间流露出活泼的生命。"②

佛斯特《小说面面观》演讲和出版于 1927 年，其时已经是心理小说相当发达的时期。一个匪夷所思的事实是，佛斯特在将人物区分为"扁平人物"和"圆形人物"时，尽管提到了法国意识流小说家普鲁斯特，却没有顾及"心理小说"和"心理人物"的存在。如此看来，佛斯特考察人物的类型还只停留在外在型人物的基础之上。人的活动有其外在的行为，也有其内在的心理，如意识流小说主要是对人的心理活动的描述，因而，在"审美性人物"的名义之下，还应该有"内向型人物"的存在。与外向型人物相对应的内向型人物是指在文本的叙述中充分展示其心理活动，甚至潜意识本能的人物，这种人物也可以称为"心理人物"。"心理人物"一般存在于以书写人的心理活动或潜意识本能为主要目的的叙事文本（如意识流小说、超现实主义、存在主义小说等）中，譬如英国小说家伍尔夫（1882—1941）的《墙上的斑点》中的"我"。小说的开头就说："大约是在今年一月中旬，我抬起头来，第一次看见了墙上的那个斑点。为了要确定是在哪一天，就得回忆当时我看见了些什么。"③ 这一段叙述即可说明，

① 佛斯特：《小说面面观》，花城出版社 1981 年版，第 59 页。
② 同上书，第 64 页。
③ 伍尔夫：《墙上的斑点》，《外国现代派作品选》第 2 册（上卷），上海文艺出版社 1981 年版，第 71 页。

整个文本是以"回忆"的方式展开叙述的。接着，文本回忆着"我"看到墙上的斑点时，联想到了一颗钉子，联想到了生命的神秘，联想到了玫瑰花瓣，联想到了古冢，联想到了木板上的裂纹。在联想的过程，"我"的眼前还出现过肖像画、我被弹出地下铁道、古代先贤的思考、古物收藏家的考证和平静而广阔的世界等幻觉。文本中的回忆、联想和幻觉，展示了"我"看到蜗牛后的心灵世界。再如日本小说家芥川龙之介（1892—1927）《罗生门》中的家将，在一个风雨交加的傍晚，来到罗生门下，面对眼前的困境，思考着"是让自己饿死还是不拣手段地想办法"这个生死攸关的问题。看到一个老妪拔着一具女尸的长发，家将认为，这是"无可宽恕的恶"。家将对生与死、善与恶的思考，也具有很强的心象性。无论是《墙上的斑点》，还是《罗生门》，它们的叙述都突出了人物的心理状态和意志活动；"我"和家将在"查特曼人物公式"中的存在，至少有一个特性，即"T＝有着丰富的心理活动"。

综上所述，叙事作品中的人物便形成了如下的体系：

情节结构中的功能性人物

1. 功能性人物

    人物关系中的功能性人物

    扁平人物（又称"性格人物"） $n＝1$

2. 审美性人物 圆形人物 $n＞1$

    心理人物 $T＝心理性$

叙事作品中的人物既然被区分为"功能性人物"和"心理性人物"两种类型，那么，"功能性人物"和"审美性人物"是否可以互补、结合和交融呢？这也是一个有待于我们深入探讨的问题。学界对这个问题的看法也是众说纷纭，各执一词。

第十章

解读人物的二重维度

关于叙事作品中的人物，北京大学教授申丹作过如下的区别：

"功能性"	"心理性"
注意 X 的行为	注意 X 这一个人
全部意义在于行为	意义超越行为自身
行为本身引起读者的兴趣	行为用于揭示或塑造人物性格
X 是推动情节发展的工具	X 是目的
X 是情节的副产品	X 的动机是行为的导因
X 是行动者	X 是具有独特个性的人[①]

申丹对人物的区分是明确的。她所说的"功能性人物"是指对文本的情节起着一定调节作用的人物，"心理性人物"则是指在叙述中凸出其"心理实质"的人物。但仔细推敲也不难发现，申丹对人物的划分并没有穷尽叙事作品中的人物形态，在两种人物类型的中间地带似乎还留有失却归属的余地。因而，在"功能性人物"的对立面，与其设置一个"心理性人物"，

---

① 申丹：《叙述学与小说文体学研究》，北京大学出版社 2004 年版，第 65 页。

还不如确立一个"审美性人物"。"审美性人物"即指在叙述中突现其审美地位、审美形态和审美价值的人物。"功能性人物"与"审美性人物"既然有着明显的差别和界限，那么，"功能性人物"和"审美性人物"是否就是完全对立的两种类型的人物，"功能性人物"分析方法和"审美性人物"分析方法是否就是不相兼容的两种人物分析方法呢？申丹的回答是肯定的。申丹说："对于某些以人物塑造为主的心理小说，'功能性'的分析方法难以施展，而对于某些以事件为中心的程式化的作品，'心理性'的分析方法也意义不大。只有在将人物与事件有机结合的作品中，这两种分析方法的互补作用才能得到充分发挥。"① 而我们认为，在解读一切叙事文本的人物时，"功能性"分析方法和"审美性"分析方法都具有有机结合的可能性。

诚如申丹所说，小说王国中有"以人物塑造为主的心理小说"和"以事件为中心的程式化的作品"。其实，在以人物塑造为主的心理小说中，我们也拥有合理运用"功能性"分析方法的空间。日本作家芥川龙之介（1892—1927）的《罗生门》（1915），叙述的是一个被主人赶出家门的"家将"在发生了瘟疫的漆黑的夜晚对生与死、善与恶的思考，它应该说是一篇不折不扣地突出了人的审美地位的心理小说，文本中的意义符号就存在着一定的结构关系。文本中作为生之表象的有主人（一个未曾登场的人物）、家将、老妪、老鹰和蟋蟀，作为死之动因的有自然灾害（地震、旋风、大火、饥馑和瘟疫）、社会机制（主人与家将的主仆关系、某人向另一个人索取生活资源的行为和心理动机）和尸体，因而，文本中的生与死和它们的对应符号：生的表象与死的动因，形成了如下的关联：

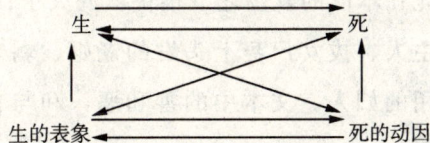

①　申丹：《叙述学与小说文体学研究》，北京大学出版社 2004 年版，第 73 页。

作为生的表象，每个符码都在死亡线上挣扎，而且极力地规避着死亡：主人在自然灾害来临之时，为了自己的既得利益，将家将遣散出门；家将寻思着，在饿死与不拣手段之间，他将选择不拣手段，甚至去做强盗，家将上楼后剥下老妪的衣服扬长而去；老妪蹲在楼板上拔着一具女尸的长发，将拿这些长发卖给别人去做假发；白天尚爬在门窗上的蟋蟀，在风雨如磐的夜晚已经不见踪影；昔日靠啃食人的尸体维持生计的老鹰，在寒冷的雨夜也不知去向——他们都在为了生存而图谋着得以生存的手段。造成这种生存危机的原因有瘟疫、饥饿、地震、火灾和龙卷风等自然灾害，还有冷酷无情的社会体制——在出现了自然灾害的情况下，主人将家将赶出家门，家将恣意地抢劫他人财物，年老的妇女无依无靠却得不到社会救助。文本在展示生与死的二元对立关系时，也潜隐着"生的表象"与"死的动因"的互动：每个生的人形符码，在谋求自己的生存时都将自己的生作用于一个"他者"，给"他者"带来死的危机。于是，文本又引申出了对善与恶的考量：家将问，在做什么；老妪答，拔了这长发去做假发；家将听了这出乎意料的平常的答话，不觉有些失望，先前的憎恶烟消云散；老妪告诉家将，那被拔着头发的女人，将蛇切成四寸长卖给春宫房里的侍卫去做菜料，我不觉得这女人做的事是恶的，不做便饿死，没法子才去做的；家将的心里突然来了一种勇气，剥下了老妪的衣服。家将这一符码包含着三重身份和所指：即被主人赶出家门，是恶的接受者（简称"家将1"）；良心发现，以为老妪拔女尸的长发是恶，是善的支持者（简称"家将2"）；剥下老妪身上的衣服，是恶的施予者（简称为"家将3"）。文本中作为善的符号只有"家将2"，而且家将善意和良知的烛光在本能的飘荡之下很快就泯灭了；作为恶的符号有：将家将赶出家门的主人、拔女尸身上头发的老妪、剥老妪衣服的家将和把毒蛇卖给别人食用的妇人。文本中的善和恶，和与它们所对应的符码便构成了如下的关系：

善 ⟷ 恶

家将2 ⟷ 主人、家将3、老妪、妇女

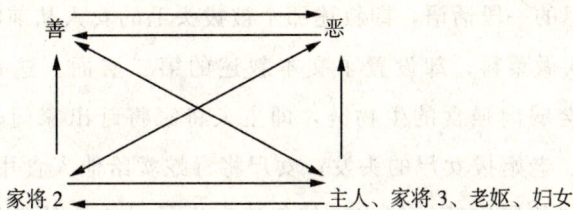

《罗生门》虽然取材于《古今物语》，但它所反映的却是日本东京19世纪末20世纪初的社会现实。这也正如鲁迅所说："这一篇历史的小说（并不是历史小说），也算他的佳作，取古代的事实，注进新的生命去，便与现代人生出干系来。"[1] 这一结构关系无不明确地向我们揭示：资本主义上升时期的东京社会，善是短暂的、少数的，而恶则是长久的、普泛的。如果将以上两个图示进行综合和对接，我们还不难发现：主人、家将、老妪和妇女能够得以暂时的生存，不是因为他们的文明、善良、仁慈和宽和，而是因为他们狠毒、凶残、欺诈和邪恶；妇女的惨死、老妪的衣服被剥、家将被赶出家门，不是因为他们恶性的彰显，而是因为他们善意的残喘。因而，文本中的意义符号生与死、善与恶便形成了这样的逻辑关系：

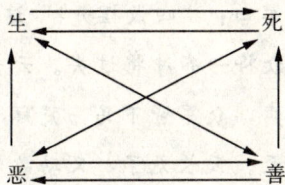

生 ⟷ 死

恶 ⟷ 善

通常情况下，善者生，恶者死。诸葛亮就说过："善积者昌，恶积者丧，古今常数也。"[2] 而这一逻辑关系却界定了罗生门下的一个悖论——恶者生存，善者消亡——也揭示了日本东京在资本主义上升时期善恶不分、良知荡尽、弱肉强食、人情冷漠的社会本质。

《罗生门》的叙事几乎都是从家将眼里看出的，这构成了文本叙事的

---

① 鲁迅：《〈罗生门〉译者附记》，《鲁迅全集》第10卷，人民文学出版社1981年版，第227页。
② 诸葛亮：《为后帝发魏诏》，《诸葛亮集》，中华书局1960年版，第2页。

第一层面，但老妪的一段话语，即叙述那个被拔头毛的女人从前将毒蛇卖给青楼里的守门人做菜料，却设置了文本叙述的第二层面。这一叙述不仅揭示了东京社会弱肉强食的生物链，即主人将家将赶出家门、家将拔老妪身上的衣服、老妪拔女尸的头发、女尸将毒蛇卖给他人食用，等等，也增加了文本叙述的层次感，使文本的叙述产生了立体性的效果。即便是在叙述中只出现过两次的蟋蟀，也是文本叙述不可缺少的标识——白天里，蟋蟀停在朱漆圆柱上；这时，却"早已跑到不知哪里去了"——它一方面说明了天气越来越冷，越来越暗，另一方面也暗示着东京社会的冷酷与无情。

无论是从符码关系的角度，还是从叙事结构的角度，我们都能对作为心理小说的《罗生门》进行"功能性"的阅读。同样，对侧重于叙述情节的小说，我们也可以从事"审美性"的分析。《三国演义》第五十回关云长"义释曹操"一节：

> 云长是个义重如山之人，想起当日曹操许多恩义，与后来五关斩将之事，如何不动心？又见曹军惶惶，皆欲垂泪，一发心中不忍。于是把马头勒回，谓众军曰："四散摆开！"这个分明是放曹操的意思。操见云长回马，便和众将一齐冲将过去。云长回身时，曹操已与众将过去了。云长大喝一声，众军皆下马，哭拜于地。云长愈加不忍。正犹豫间，张辽骤马而至。云长见了，又动故旧之情，长叹一声，并皆放去。[1]

曾经对《三国演义》作过点评的毛宗岗尚未对这段文字，是以叙述情节为主，还是以描写人物为主，给它一个定性的评价，只是在其结尾处批曰："一喝一叹，写得有势有情。"[2] 不过，毛宗岗在第四回的回首总评中却作过这样一段耐人寻味的分析："若使首卷张飞于路中杀却董卓，此卷

---

[1] 罗贯中：《三国演义》上卷，齐鲁书社 1991 年版，第 623 页。

[2] 同上。

陈宫于店中杀却曹操，岂不大快？然使尔时即便杀却，安得后面有许多怪怪奇奇，异样惊人文字！"① 在《三国演义》第一回中，董卓被黄巾军追赶，刘备、关羽、张飞救了董卓，董卓因刘备出身卑微，对刘备轻慢无礼，张飞愤愤不平，要刺杀董卓，刘备和关羽劝阻张飞，一起投朱隽去了。在第四回中，曹操刺杀董卓，被董卓发现，董卓遍行文书，捉拿曹操，曹操逃到中牟县城，被守关士兵活捉送往县令陈宫住处，陈宫反为曹操讨伐逆贼的义举感动，弃官追随曹操；但当看到曹操滥杀无辜时，却又想在半夜里杀死曹操，陈宫最后没有刺杀曹操，只是弃曹操而去。毛宗岗作了一个大胆的假设：假使张飞杀了董卓，陈宫杀了曹操，就不会有《三国演义》的那些奇奇怪怪的文字。如果对文本的情节进行类比推理，我们也可以说：若令关羽于华容古道了却曹操，则《三国演义》无尔后七十回矣。这也就是说，关云长"义释曹操"不仅是一段以叙述情节为主的文字，而且还是整部《三国演义》的核心序列之一，对文本的叙事情节起着调节和控制作用；关云长在文本的叙事中是一个"功能性"人物，套用毛宗岗的话说："却是要紧角色。"②

然而，毛宗岗对于关云长这一功能性人物却进行了"审美性"的阅读。毛宗岗在批注中说："若不肯释曹操，便不是关公。"③ 这一批文恰恰说明了关云长所具有的审美特性：重义气。"义释曹操"一段文字，表面上是写关云长的"义释"，其实质却隐含着诸葛亮"智算"。诸葛亮在调度赵云、张飞、糜竺、刘琮等人时，明知关羽不会耐住寂寞，却故意将他撂在一边，等他问此是何意时，才说出要派他到一个紧要的隘口去；明明是希望关羽在华容道上放走曹操，也知道关羽会放过曹操，却故意将这个谜底一语道破，逼着关羽立下军令状；关羽问，曹操不走华容道如何，诸葛亮告诉关羽，你可以在华容道上堆积柴草，放起大火，虚虚实实地将曹操引领出来；刘备也知道关羽会放走曹操，他担心关羽放走曹操后将会被军

---

① 罗贯中：《三国演义》上卷，齐鲁书社 1991 年版，第 37 页。
② 同上。
③ 同上书，第 625 页。

中篇

诗性的探索

105

法处置，诸葛亮说，我观天象，曹操还没有到死亡的时候，让关羽放走曹操，给关羽还个人情。如果只读诸葛亮运筹帷幄一节，读者一定会感到不够踏实，甚至还会怀疑诸葛亮故弄玄虚；只有读了关云长"义释曹操"一节之后，我们才会心悦诚服，觉得诸葛孔明果真神奇。关云长"义释曹操"印证了诸葛亮"智算华容"。所以，毛宗岗也说："若操不走华容，必不是孔明。"[①] 毛宗岗的评点也无非是说明了诸葛亮的审美特性：是一个充满了智慧的人。

对侧重于描写人物审美特性的叙事文本，我们可以做"功能性"的分析；对侧重于叙述情节的叙事文本，我们也可以从事"审美性"的阅读。究其实质，一切叙事文本中的任何人物或意义符号都同时具有"功能"和"审美"两种属性，只不过是其侧重点有所不同罢了。法国叙事学家格雷马斯说："承认两个独立又互相镶嵌的层次——叙述层次和话语层次——就清楚地说明了叙述主语的两可做法，因为他要同时完成加在他身上的两个组合流程：一方面是由行动元作用的分布决定的叙述程序，另一方面是话语构形确定的专门途径，那里形象一出现就要求有一条具有相对限制作用的形象链。"[②] 格雷马斯所说的"行动元作用"是指人物能够控制叙述程序的功能，所说的"话语构形"是指人物能够建构形象的个性和气质。比如作为一个叙述主语的"打鱼者"，它是指具有捕鱼能力的人，这个词汇单位向我们提示这个人具有这种能力，也只向我们提示这个人具有这一能力，但要将这种能力付诸实践，使之成为一种行为，并被叙述出来，这就需要一个较长的话语序列，如西方寓言中的《渔夫和金鱼的故事》和中国传统剧目中的《打鱼杀家》的故事等。这种能够捕鱼的能力所表现出来的"行动元作用"决定了并制约着人物的行为和叙事的情节的发展，因而对文本的叙述具有一定的功能性；反过来，文本的叙述通过对人物行为的描述又体现出了行动者所具有的能力和品质，因而人物的能力又具有构造人物形象的属性。在叙事话语中，人物的能力和行为可以析取，但它们却紧紧地黏合在一起，这也正如格雷马斯所说："行动这一概念自然就会牵涉到另一个概念——能力。"① 有一点值得说明的是，"能力"这一概念在格雷马斯那里有着特殊的含义。格雷马斯说："我们建议把能力定义为完成行动所需的主语的'愿做'和（或）'能做'和（或）'会做'。"② 在"能力"范畴的名义之下，"会做"是指人物所具有的技能和技巧，如捕鱼者捕鱼的能力、演说家表意的能力、汽车司机驾驭汽车的能力等；"能做"是指人物在一定的环境下完成任务或克服困难的能力强度，如演说家面对新闻记者是否能够回答记者们提出的问题，汽车司机在盘山公路上是否能够正常地驾驭汽车，捕鱼者在风雨如晦的雨天是否能够正常捕鱼等；"愿做"即体现出行动者的兴趣、爱好、价值取向和政治意识形态，如某人是否愿意去捕鱼，是否愿意去发表演说，是否愿意去驾车行驶等。

在包含着"会做"、"能做"和"愿做"的能力指示体系中，"愿做"反映着人物的兴趣、爱好、性格和价值取向，是使人的整体能力付诸实际行动而成为行为的动力。过去有一段时期，人们讨论人物的审美品格仅仅局限在人物"性格"的层面，这种狭隘的解读人物的方法限制了对人物审美特性的清理。被格雷马斯扩展了内涵的"能力"范畴，在人物审美形态的认知方面比"性格"这一概念具有更大的涵盖力和实用性。我国文艺理论家萧殷就说过："我认为要掌握一个人的性格，不要仅仅从表面上去抓他的沉默或者啰嗦，结巴或者口齿流利。就是说：不要只抓住他的自然状态的表面的特征或生理特征，更重要的，是要抓住他的基本性格。所谓基本性格，就是人物基本的思想、感情、生活方式和作风，这些都是由他的特殊的阶级生活及其特殊社会环境所形成。"③ 格雷马斯所说的"能力"相当于萧殷所说的"基本性格"，除包含着人物自然状态的性格外，还包含着

---

① 格雷马斯：《行动元、角色和形象》，《叙述学研究》，中国社会科学出版社 1989 年版，第 122 页。

② 同上书，第 123 页。

③ 萧殷：《论文学与现实》，新文艺出版社 1951 年版，第 82 页。

人物社会状态的思想、情感、技能和完成任务的力量。这种能力一旦付诸行动，被文本叙述出来，它便在叙事程序中呈现出人物的审美特性，因而，人物的审美特性包含着比性格更为丰富的内涵；只不过是，性格、情感和价值取向在展示人物审美特性的过程中起着推进作用罢了。

能力和行为黏合在一起，因而，文本对人物行为的描述就自然地带出人物的能力或审美特性来，比如关云长"义释曹操"的叙述就带出了关云长的"义"和诸葛亮的"智"。这也就是亚里士多德所说的："他们不是为了刻意表现性格而活动，而是通过活动顺便展示性格。"① 至于一段叙事文字是在着力书写人物的审美特质，还是在刻意叙述人物的外在行为并通过叙述情节带出了人物的特性，评论界有时也比较容易形成分歧。《水浒传》第四十五回杨雄"大闹翠屏山"一节，北京大学教授叶朗说："正是为了塑造石秀又狠毒又精细的典型性格。"② 我们则认为：中国在五四新文化运动之前，由于人文精神的缺乏，明显的以写人为目的的叙述文本并不多见，施耐庵的《水浒传》也不例外；石秀杀裴如海、杨雄杀潘巧云（即"大闹翠屏山"），是施耐庵描写诸路英雄"逼上梁山"的情节之一，文本在其情节的叙述中只不过是带出了石秀"精细"的审美品格。的确，金圣叹在其点评中多处批注石秀是一个"精细"的人，如"石秀探路一段，描出全副一个精细人"③，但金圣叹并没有说"大闹翠屏山"就是一段以描写人物性格为主的文字。相反，金圣叹在此回的回首总评中却说："前有武松杀奸夫、淫妇一篇，此又有石秀杀奸夫、淫妇一篇。"④ 这一点评正好说明，金圣叹是把"大闹翠屏山"当作一段叙事性文字。

文本对人物能力或审美品格的述说，也需要有用人物的行为建立起来的叙事结构和情节，以描写人的外在行为为主的现实主义作品，如福楼拜的《包法利夫人》、老舍的《骆驼祥子》等如此，以描写人的心理活动为

---

① 亚里士多德：《论诗》，《亚里士多德全集》第 9 卷，中国人民大学出版社 1994 年版，第 650 页。

② 叶朗：《中国小说美学》，北京大学出版社 1982 年版，第 91 页。

③ 施耐庵：《水浒传》上卷，齐鲁书社 1991 年版，第 881 页。

④ 同上书，第 864 页。

主的心理主义作品，如乔伊斯的《尤利西斯》、福克纳的《喧哗与骚动》等也是如此。意识流小说关注人物的内心世界，叙述中缺乏离奇曲折的情节，因而往往给人以"淡化情节"或"无情节"的假象。但对于任何心理主义的叙事文本，如果进行仔细辨识，却不难发现一条比较清晰的支撑着整个文本叙述的情节线索。沃尔夫（1882—1941）的《墙上的斑点》（1919）是一篇被公认的意识流小说，它的开头即说：

> 大约是在今年一月中旬，我抬起头来，第一次看见了墙上的那个斑点。为了要确定是在哪一天，就得回忆当时我看见了些什么。[①]

这就决定了整个文本的叙述是在回忆性的话语中进行的。文本接着又说：

> 现在我记起了炉子里的火，一片黄色的火光一动不动地照射在我的书页上；壁炉上圆形玻璃缸里插着三朵菊花。对啦，一定是冬天，我们刚喝完茶，因为我记得当时我正在吸烟，我抬起头来，第一次看见了墙上那个斑点。我透过香烟的烟雾望过去，眼光在火红的炭块上停留了一下，过去关于在城堡塔楼上飘扬着一面鲜红的旗帜的幻觉又浮现在我脑际，我想到无数红色骑士潮水般地骑马跃上黑色岩壁的侧坡。[②]

于是，引出了"我"的丰富而繁杂的联想。"我"想到了它是一粒"钉子留下的痕迹"、一片"夏天残留下来的玫瑰花瓣"、一堆"起伏的小小的古冢"、一只"旧钉子的钉头"、一条"木块上的裂纹"。最后，"我"在一个人的提示之下才知道，这墙上的斑点只是一个蜗牛。这一线索难道

中篇 诗性的探索

---

① 沃尔夫：《墙上的斑点》，文美惠译，《外国现代派作品选》第 2 册，上卷，上海文艺出版社 1981 年版，第 71 页。

② 同上。

不是文本的叙事情节吗？正是在这一叙事框架之下，文本中的追忆、联想和幻觉，才显得排列有序，杂而不乱，呈现出谐和的情态。

　　人物在叙事作品中的功能性和审美性是由人物自身的行为和能力决定的，人物自身所依附的行为和能力决定了人物在叙事作品中的功能和特性，人物的功能性和审美性在文本的叙述中也紧紧地联系在一起。所以，"功能性"分析方法和"审美性"分析方法在人物解读中不仅具有结合的可能性，而且还是一种合理而行之有效的策略。

第十一章

情节的构成

关于悲剧的情节，亚里士多德在《诗学》中有系统的论述。亚里士多德说："悲剧是对于一个完整而具有一定长度的行动的摹仿（一件事物可能完整而缺乏长度）。所谓'完整'，指事之有头，有身，有尾。"① 亚里士多德关于情节的论述，对后世的叙事理论产生过较大的影响，即使是在叙事理论与实践已经相当繁荣的今天，其理论和实践的建树也没有跳出亚里士多德的"魔掌"。美国叙事学家米勒在《解读叙事》（1998）中也继承了亚里士多德的衣钵，将叙事作品的情节分为"开头"、"中部"和"线条的末尾"三个部分②。

亚里士多德的《诗学》，也有人译为《论诗》③，与其说是一部关于诗（或者说"悲剧"）的著作，倒不如说是一部关于叙事理论的宝典。在《诗学》中，亚里士多德不仅确立了叙事情节的构成要素，而且还规定了叙事情节各个要素的性质和要求。亚里士多德说："所谓'头'，指事之不必然上承他事，但自然引起他事发生者；所谓'尾'，恰与此相反，指

---

① 亚里士多德：《诗学》，罗念生译，《西方美学史资料选编》（马奇主编）上卷，上海人民出版社 1987 年版，第 100 页。
② 米勒：《解读叙事》，北京大学出版社 2002 年版，第 49—76 页。
③ 亚里士多德：《论诗》，崔延强译，《亚里士多德全集》第 9 卷，中国人民大学出版社 1994 年版，第 639 页。

事之按照必然律或常规自然地上承某事者，但无他事继其后；所谓'身'，指事之承前启后者。所以结构完美的布局不能随便起讫，而必须遵照此处所说的方式。"①亚里士多德关于叙事情节的论述，真可谓系统而完备的了。

但亚里士多德对情节的诠释也受到了现代叙事理论的挑战。俄国文学理论家巴赫金说："故事可以从任何一点上开头，也几乎可以在任何一点上结束。"② 这不是对亚里士多德情节理论的驳难吗？小说创作的实践也几乎颠覆了亚里士多德对叙事情节开头、中间和结尾的要求。余华的《河边的错误》中，那个杀死么四婆婆的人究竟是谁？格非的《青黄》中，漂泊在苏子河上的妓女船队到底到哪里去了？"青黄"到底是什么意思？这些在阅读中本应该得到解答的问题在文本的结尾都没有给出一个明确的答案。这种开放式的结尾使读者在读完作品之后还要带着一些问题去思索文本的"结尾"之后可能出现的情况，这个结局就已经不是亚里士多德所说的"无他事继其后"的结尾了。塞尔维亚作家米洛拉德·帕维奇1984年出版的长篇小说《哈扎尔辞典》，我国小说家韩少功1997年出版的长篇小说《马桥词典》，按照辞典的体例将文本的叙事序列编排起来，叙事序列之间既没有所谓的"继随"关系，也没有所谓的能使读者惊心动魄的"突转"和"发现"③。如果说《哈扎尔辞典》和《马桥词典》在叙事序列的组合上还有一个固定的秩序，那么，法国作家马克·萨皮尔达的《作品第一号》就更是"别出心裁"了。《作品第一号》出版于1970年，它类似于"活页文选"，将每个叙事序列抄写在一张卡片上，没有装帧，读者可以随时从中抽出任意一页进行阅读，文本的叙事没有一个固定的"开头"和"结尾"，中间部分也没有固定的结构模式。据云：《作品第一号》的组合方式

---

① 亚里士多德：《诗学》，罗念生译，《西方美学史资料选编》（马奇主编）上卷，上海人民出版社1987年版，第100页。

② 巴赫金：《史诗与小说》，白春仁译，《小说理论》，河北教育出版社1998年版，第536页。

③ 亚里士多德说："悲剧所以能使人惊心动魄，主要靠'突转'和'发现'，此二者是情节的成分。"（《诗学》，罗念生译，《西方美学史资料选编》（马奇主编）上卷，上海人民出版社1987年版，第98页）

可以达到 10 的 263 次方之多。① 《作品第一号》的诞生也是对亚里士多德情节规范的否定。

亚里士多德以二千五百多年前的古希腊悲剧、史诗作为研究对象，因而，他对叙事情节的认识难免打上那个时代的烙印，难免具有时代的局限性。时已徙矣，而法不徙，以为治，岂不难哉！那么，我们应该怎样重新审视叙事作品的情节构成呢？我们认为，叙事元素以及由叙事元素组成的叙事序列是叙事情节的构成要素。

叙事元素即叙事情节中描述人物外在行为、展示人物心理过程的最小的语言单位。如："皇帝送给公主一只鹰，鹰载着公主飞到了另一个王国。"这一叙述就包含两个叙事元素："皇帝送给公主一只鹰"和"鹰载着公主飞到了另一个王国"。再如《红楼梦》中的一段叙述：

> 雨村尚未看完，忽闻传点，报："王老爷来拜。"雨村忙具衣冠接迎。有顿饭工夫方回来，问这门子，门子道："四家皆连络有亲，一损俱损，一荣俱荣，今告打死人之薛，就是'丰年大雪'之'薛'，——不单靠这三家，他的世交亲友在都在外的本也不少，老爷如今拿谁去？"雨村听说，便笑问门子道："这样说来，却怎么了结此案？——你大约也深知这凶犯躲的方向了？"②

这段叙述就包含着以下几个叙事元素：贾雨村看护官符、听传点的声音、听门外报王老爷到、更换衣服、接待王老爷、回密室询问门子、门子讲四大家族的关系、贾雨村再问门子。一般来说，叙事元素具有以下三个方面的功能：（1）构成叙事序列或叙事文本；（2）承载着一定的社会生活信息；（3）部分叙事元素在文本的叙述中具有一定的调节作用。以上引述的《红楼梦》中的叙事，包含着接到护官符后贾雨村和门子的七个行为动作，再现了 18 世纪中国社会公堂生活的图景。其中，"四家

---

① 柳鸣九编：《新小说派研究》，中国社会科学出版社 1986 年版，第 571 页。
② 曹雪芹：《红楼梦》第 1 卷，山东人民出版社 1980 年版，第 44 页。

皆连络有亲，一损俱损，一荣俱荣"，透露出了金陵城的社会结构信息，揭示了金陵城盘根错节的社会关系。正是这一个个承载着一定社会生活信息的叙事元素组成了这一段叙事，也正是这一段段的叙述构成了整部《红楼梦》的叙事格局。在大多数文本中，往往有那么一个或几个叙事元素承载着控制整个文本叙述进程的功能，我们将这种能够调节或控制文本叙事进程的叙事元素称之为"核心叙事元素"。如《红楼梦》中有这样一段叙述：

> 雨村听了大怒道："那有这等事！打死人竟白白的走了拿不来的！"便发签差公人立刻将凶犯家属拿来拷问。只见案旁站着一个门子，使眼色不叫他发签。雨村心下狐疑，只得停了手。①

这里的"使眼色不叫他发签"这一叙事元素在文本的叙述中就有着一种特殊的功能。薛蟠将小乡宦之子冯渊打死之后逃之夭夭，冯渊的家人将状告到贾雨村的名下，贾雨村发签差公人捉拿薛蟠，门子这时使了这个"眼色"——这一"眼色"具有承上的效能。门子的眼色，使贾雨村心下狐疑，停止发签——这个"眼色"又具有启下的作用。按照正常的生活轨迹，贾雨村派人捉拿凶犯薛蟠，捉到了薛蟠后将其正法，这段公案也就了结了，文本的叙事也就此结束。但门子的这个"眼色"改变了这一公案的正常审判进程，引出了叙事情节的"反转"与"突变"——贾雨村停住手，将门子召进密室；门子向贾雨村呈上护官符，告诉贾雨村这一凶犯就是贾、王、史、薛四大家族中薛家的公子——小说于是引出了对金陵四大家族的叙述，成全了一部文学巨著的诞生。

叙事元素在文本中的存在有两种形态：即陈述性叙事元素和程序性叙事元素。陈述性叙事元素是陈述"是什么"的叙事元素，如"今告打死人之薛，就是'丰年大雪'之'薛'"。程序性叙事元素是回答"怎么样"的

---

① 曹雪芹：《红楼梦》第1卷，山东人民出版社1980年版，第43页。

叙事元素，如"雨村忙具衣冠接迎"。再如：（1）A是国王，（2）B是公主，（3）C是一只老鹰，（4）A将C送给了B，（5）C把B带到另一个王国。其中，（1）、（2）、（3）句是陈述性叙事元素，（4）、（5）句是程序性叙事元素。陈述性叙事元素能够显现出人物的某些个性特征，程序性叙事元素则能够描述出人物的行为方式，但陈述性叙事元素和程序性叙事元素常常是结合在一起的。

叙事元素在聚集成叙事文本之前往往都会集结成若干个有着共同主题的叙事元素群体，我们把这种汇集在一起的表达着一个共同主题的叙事元素群体叫做叙事序列。叙事序列就其内涵的大小而言可以分为基本的叙事序列和复杂的叙事序列。基本的叙事序列一般包括事件的起因、过程和结果三个部分。如方方的《风景》中的一段叙述：

> 母亲是个美丽的女人，自然风骚无比，但她的确从未背叛过父亲。[1]

"母亲是个美丽的女人"是叙述的起因，"自然风骚无比"是叙述的过程，"她的确从未背叛过父亲"是前面叙述的一个反向的结果。再如张爱玲《金锁记》的一段文字：

> 长安到了近三十的时候，七巧见女儿注定了是要做老姑娘的了，便又换了一种论调，道："自己长得不好，嫁不掉，还怨我做娘的耽搁了她！成天挂搭着个脸，倒像我该她二百钱似的。我留她在家里吃一碗闲茶闲饭，可没打算留她在家里给我气受。"[2]

曹七巧过去仗着继承的一笔财产，娇惯女儿长安，让长安抽大烟，还说出大话："怕什么！莫说我们姜家还吃得起，就是我今天卖了两顷

---

[1] 方方：《风景》，《行云流水》，长江文艺出版社1992年版，第83页。

[2] 张爱玲：《金锁记》，《张爱玲文集》第2卷，安徽文艺出版社1992年版，第114页。

地给他们姐儿俩抽烟，又有谁敢放半个屁？姑娘赶明儿聘了人家，少不得有她这一份嫁妆。她吃自己的，喝自己的，姑父就是舍不得，也只好干望着她罢了。"① 到女儿成了大姑娘，真的嫁不出去了，她又开始埋怨起女儿来。"长安到了近三十的时候"是事件的起因，"七巧见女儿注定了是要做老姑娘的了"是事件的过程，"便又换了一种论调"是事件的结果。

复杂的叙事序列是由基本的叙事序列组成的，比基本的叙事序列要繁复得多。"为长安张罗婚事"就是《金锁记》的一个复杂的叙事序列，它包括"娇惯"、"埋怨"、"订婚"和"退婚"四个比较复杂的叙事序列。相对而言，"娇惯"、"埋怨"这两个叙事序列写得比较简洁，"订婚"、"退婚"就写得比较详细了。在"订婚"一节中，文本叙述了堂妹长馨撮合、长安故意拖延赴约时间、长安故作矜持、延请兰仙说媒、长安与童世舫订婚、长安与童世舫约会等叙事序列。在"退婚"一节中，文本又叙述了曹七巧无端地指责长安的微笑、打听童世舫的身世、责备长安不守规矩、探听长安的外出、推延长安的婚期、责骂长安、长安招致街坊的指责、害吓这桩婚事的结局、退婚、请童世舫吃饭等基本的叙事序列。如此繁杂的叙事序列串联成篇，建构了一个"为长安张罗婚事"的复杂叙事序列。《金锁记》除了叙述"为长安张罗婚事"外，还叙述了凤箫与小双的闲谈、姜家人向老太太请安、姜家分家、姜季泽私访曹七巧、曹七巧送儿女上学、曹七巧为长白张罗婚事、姜家的结局等几个复杂的叙事序列。正是这若干个复杂的叙事序列，以及构成它们的基本叙事序列和叙事元素，描摹出了曹七巧尖刻、自私而变态的性格，也建构了整个《金锁记》的情节结构。

关于叙事作品的情节结构，美国叙事学家查特曼在《故事与话语》一书中将其描绘成了如下的图形②：

① 张爱玲：《金锁记》，《张爱玲文集》第 2 卷，安徽文艺出版社 1992 年版，第 114 页。

② Chatman：Story and Discourse, Cornell University Press，1978，p. 54.

开头

圆形为核心序列

方格为核心功能

竖线表示叙事的逻辑发展方向

斜线表示可能出现但没有被选中的叙述路线

圆点表示附属功能

直线上的圆点表示按照正常的叙述路线进行叙事的叙事元素

直线外的线条表示叙述中的回顾与预示

结尾

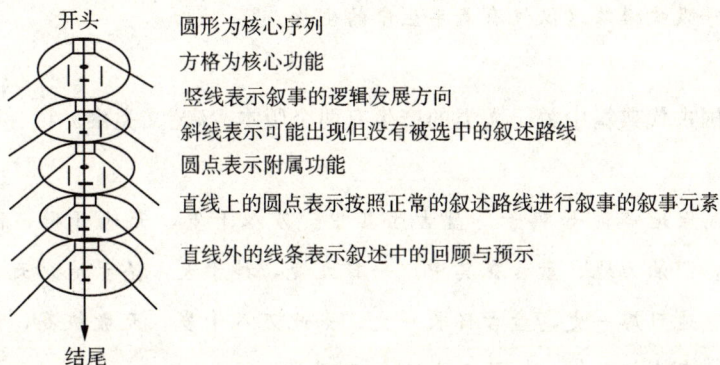

查特曼将叙事文本中的情节形象地描绘成如图所示的树形结构。那么，叙事作品中的叙事序列在组合方式上有着怎样的规律呢？法国叙事学家托多洛夫概括为"插入"、"接续"和"交替"三种形式①，布雷蒙归纳为首尾连续式、中间包含式和左右并列式②，综合起来也就是：

1. 直线链状式，即按照时间、空间和因果关系一个叙事序列联结着另一个叙事序列排列起来的叙述方式。神话、童话和民间故事一般都采用这种叙事方式。以《创世记》为例，西方关于人类的产生是这样叙述的：

> 天和地被创造了，大海涨落于两岸之间。鱼在水里面嬉游。飞鸟在空中唱歌。大地上拥挤着动物。但还没有灵魂可以支配周围世界的生物。这时有一个先觉者普罗密修斯，降落在大地上。他是宙斯所放逐的神祇的后裔，是地母该亚与乌剌诺斯所生的伊阿珀托斯的儿子。他机敏而睿智。他知道天神的种子隐藏在泥土里，所以他撮起一些泥土，用河水使它润湿，这样那样的捏塑着，使它成为神祇——世界之支配者的形象。为要给与泥土构成的人形以生命，他从各种动物的心摄取善和恶，将它们封闭在人的胸膛里。在神祇中他有一个朋友，即智慧的女神雅典娜；她惊奇于这提坦之子的创造物，因把灵魂和神圣

① 托多洛夫：《文学作品分析》，《叙事学研究》（张寅德编选），中国社会科学出版社 1989 年版，第 87—88 页。

② 布雷蒙：《叙事可能之逻辑》，《叙事学研究》（张寅德编选），中国社会科学出版社 1989 年版，第 155 页。

中篇　诗性的探索

的呼吸吹送给这仅仅有着半生命的生物。[1]

中国古代典籍中关于人类的产生有两个版本。《艺文类聚》说：

> 天地浑沌如鸡子，盘古生其中。万八千岁，天地开辟，阳清为天，阴浊为地。盘古在其中，一日九变，神于天，圣于地。天日高一丈，地日厚一丈，盘古日长一丈。如此万八千岁，天数极高，地数极深，盘古极长。……故天去地九万里。[2]

《绎史》说：

> 首生盘古，垂死化身：气成风云，声为雷霆，左眼为日，右眼为月，四肢五体为四极五岳，血液为江河，筋脉为地理，肌肉为田土，发髭为星辰，皮毛为草木，齿骨为金石，精髓为珠玉，汗流为雨泽。[3]

无论是西方还是中国，关于人类的产生，都是按照正常的时间、空间和因果关系进行排列的叙述。这种按照正常的时间、空间和因果关系排列起来的叙述，是叙事作品中叙事序列与叙事序列进行组合的主要方式，即使在当下的叙事文本中这种组合方式也普遍存在。池莉的《滴血晚霞》有这样一段叙述：

> 苏玉兰关上大门，撩起门帘让我进他的卧室，进去一看也就是一间比较整洁比较舒适的卧室，与众不同的是墙上到处挂着毛主席的画像。一幅《毛主席去安源》几乎与真人等大，挂在最郑重的地方。苏

---

① 斯威布：《希腊的神话与传说》，楚图南译，人民文学出版社 1958 年版，第 1 页。
② 转引自《民间文学作品选》上卷，上海文艺出版社 1980 年版，第 1 页。
③ 同上。

玉兰几乎是轻描淡写地说："我就是为他才离婚的。"我怀疑苏玉兰精神有毛病。①

这里运用的也是直线链状的叙述方式。

2. 中间嵌入式，即根据需要将某一叙事元素或叙事序列插入按照正常的时间、空间和因果关系展开的叙述中的叙事方式。如沈从文的《边城》中的一段叙事：

> 昨晚上唱歌的，老船夫还以为是天保大老，日来便要翠翠守船，藉故到城里去送药，在河街见到了大老，就一把拉住那小伙子，很快乐的说：
>
> "大老，你这个人，又走车路又走马路，是怎么样一个狡猾东西！"
>
> 但老船夫却作错了一件事情，把昨晚上的唱歌人张冠李戴了。这两弟兄昨晚上同时到碧溪岨去，为了作哥哥的走车路业占了先，无论如何也不肯先开腔唱歌，一定得让那弟弟先唱。弟弟一开口，哥哥却因为明知不是敌手，更不能开口了。翠翠同她祖父晚上听到的歌声，便全是那个傩送二老所唱的。大老伴同弟弟回家时，就决定了同茶峒地方离开，驾家中那只新油船下驶，好忘了上面的一切。这时就正想下河去看新船装货。老船夫见他冷冷的，不明白他的意思，就用眉眼做了一个可笑的记号，表示他明白大老的冷淡处是装成的，表示他有消息可以奉告。②

这里叙述的是老船夫大清早到镇上去找天保的情景。在这段叙述中插入了前一天晚上发生的事情：歌是弟弟傩送唱的，而不是兄长天保唱的——前天晚上的事情就这样镶嵌在老船夫在街上遇到天保的情景之中。

① 池莉：《滴血晚霞》，《太阳出世》，长江文艺出版社 1992 年版，第 280 页。
② 沈从文：《边城》，《国闻周报》第 11 卷（1934 年）。

再如宗璞的《我是谁》中的一段文字：

> 刹那间，韦弥觉得自己飞翔在雁群中。她记起了一九四九年春，
> 她从太平洋彼岸回国，又从上海乘飞机投奔已经解放了的北京，飞机
> 曾在纷飞的炮火中寻找降落地点。她忽然很清醒了，很清醒地记忆起
> 那翱翔在九霄云外的心情！①

韦弥看到几只大雁在天空飞翔，自己的思绪也翱翔在九霄云外。这里
于是插入了1949年新中国成立时自己从海外飞向上海，又从上海飞往北京
的情景。

3. 交叉并列式，即将有着不同主题或不同叙事主语的两组或多组叙事
序列交叉并列地呈现在文本中的叙述方式。《边城》中也有这样一段叙述：

> 但到了第二天，人虽起了床，头沉沉的。祖父当真已病了，翠翠
> 显得懂事了些，为祖父煎了一罐大发药，逼着祖父喝，又为过屋后菜
> 园地里摘取蒜苗泡在米汤里作酸蒜苗。一面照料船只，一面还时时刻
> 刻抽空赶回家里来看祖父，问这样那样。祖父可不说什么，只是为一
> 个秘密痛苦着。躺了三天，人居然好了。屋前屋后走动了一下，骨头
> 还硬硬的，心中惦念到一件事情，便预备进城过河街去。翠翠看不出
> 祖父有什么要紧事情，必须当天入城，就求他莫去。②

文本将外祖父和翠翠的行为交叉并列地罗织在一起，既展示了外祖父
为翠翠操劳的心事，也描摹出了翠翠单纯质朴的个性特征。再如福楼拜的
《包法利夫人》的叙述：

> 她出于本能地讨厌鲁奥小姐。最初她指桑骂槐地发泄怨气，夏尔

① 宗璞：《我是谁》，《长春》1979年第12期。
② 沈从文：《边城》，《国闻周报》，第11卷（1934年）。

思
与
诗
的
搏
击

听不出来。接着她故意找茬儿，他不予理会，怕惹火烧身。最后，她横加指责，突然袭击，他无言以答。①

夏尔的前妻艾洛伊斯发现夏尔与鲁奥小姐的恋情，开始向夏尔寻事。这里也是将两个人的行为和态度并列地展开陈述：前者发泄、找茬和指责，后者却装着听不出来、不予理会和无言以对。

文本的叙事如果按照直线链状的方式展开叙述，那么，文本的叙事格局就会形成单一的线状结构；同样，文本如果采取两条线索交叉并行的方式进行叙述，那么，其形态就会形成双重的叙事线索。池莉的《滴血晚霞》就是交叉并列地叙述了曾实和"我"两个家庭自新中国成立前到改革开放后的不同命运：曾实的父亲曾庆璜，一个新中国成立前的大学生，在反右运动中被划为右派，与妻子苏玉兰离婚，到农村去接受改造；改革开放前回城，后来当上了市教育局的副局长，仕途的不顺使他在武汉长江大桥的桥头堡上跳桥自杀。曾实从小养成"好斗"的性格，下放农村后被保送为工农兵大学生，考取研究生，成为年轻的科学家，娶了一个漂亮的妻子，与妻子离婚后到深圳去下海。"我"爷爷一生读过两个大学，在延安时还写过诗，在工人运动中犯过右倾错误，在国共合作时犯过"左"倾错误，娶家庭出身不好的奶奶又犯过作风错误，后来一直在居仁弄过着悠闲平静的生活。"我"从小和曾实在一起长大，一起下乡，与曾实还有过一段朦胧的恋情，曾实的父亲去世后，"我"和曾实一起清理了曾实父亲的遗物——《滴血晚霞》就是这样两条线索平行地铺展开来。

文本如果采用多条线索并行的方式进行叙述，那么，其叙事脉络也就会形成多重的线索。方方的《风景》可以说是一个多重线状结构的范例。《风景》以一个在世上只活了十六天的婴儿的视角，叙述了"我"的七个哥哥和两个姐姐的人生轨迹：七哥一直睡在床铺底下，长大后下乡，被推

① 福楼拜：《包法利夫人》，周国强译，长江文艺出版社 2006 年版，第 17 页。

中篇 诗性的探索

荐上北京大学，回武汉后与一个高干的女儿结婚当了团省委的干部；大哥与邻居枝姐有着暧昧关系；二哥追求知识分子家庭出生的杨朗，杨朗为了求得一份工作却不愿嫁给二哥，二哥割腕自杀；与二哥一直要好的三哥因为二哥被一个女性所害而形成了"一瓶再便宜的酒也比最漂亮的女人有味道"的信念，终身未婚；四哥是一个哑巴，与一个瞎子结婚，生有一儿一女；五哥、六哥都娶了汉正街的媳妇，在汉正街做生意，成了万元户；大香嫁给一个木工，生有三个儿子；小香嫁给了一个留着长胡须的男人，给这个男子生有一个女孩，后来被这个男子卖到河南，逃回武汉后嫁给了一个菜农。多条线索交织在一起，构成了《风景》多条线索平行叙述的叙事结构。

叙事线条上如果偶尔插入一个或几个具有回忆性质的片断，情节的线状结构一般不会受到影响；但一旦嵌入了较多的追忆、联想、幻觉或梦境，那么，文本按照时空关系建立起来的体系就会被肢解，文本的叙事甚至会出现所谓"淡化情节"或者"无情节"的假象，"意识流小说"就经常被作为确认这种现象的佐证。而事实上，"意识流小说"，或者其他重在探索文本叙述形式的现代小说，不管怎样无情节，淡化情节，它们也有自己的开头、结尾和中间部分，所不同的是，文本中话语的开头已经不是故事的开头，话语的结尾已经不是故事的结尾，话语的中间部分已经不是故事的中间部分，也就是说，话语的情节已经不是故事的情节，更缺少故事情节的曲折性。我们这里所说的故事情节是指生活中实际发生的事件和事件所具有的情节。故事情节要进入叙事文本，成为叙事文本的一个组成部分，还需要艺术家对其进行重新编码和组合，话语情节即是作家对故事情节进行改造和加工的产品。在经过了作家匠心独运、鬼斧神工之后的叙事话语中，故事情节的开头、中间和结尾已经出现了位移和倒错。这也正如什克洛夫斯基所说："故事不断被打散，又不断重新组合，都遵循着特殊的，尚未为人知晓的情节编排规律。"[①] 因而，那固守着传统故事情节的开

---

① 什克洛夫斯基：《散文理论》，刘宗次译，百花洲文艺出版社 1994 年版，第 28 页。

头、中间和结尾的文体体认方法，对现代叙事文本已经没有实质的意义，现代叙事文本的情节只是叙事元素，以及由叙事元素构成的叙事序列的组合。不过，叙事元素、叙事序列的组接也要有如亚里士多德所说的"它的各个部分应有一定的安排"①，毛宗岗所说的"天造地设"②，否则，它们也会被排斥在艺术的门槛之外。

---

① 亚里士多德：《诗学》，罗念生译，《西方美学史资料选编》（马奇主编）上卷，上海人民出版社 1987 年版，第 100 页。
② 毛宗岗：《读〈三国志〉法》，《三国演义》（罗贯中著），齐鲁书社 1991 年版。

第十二章

解读情节的多重维度

　　20 世纪的西方文学理论界对叙事文本的情节结构作过一些有益的探索。下面介绍几种具有代表性的维度和方法：

　　1. 维·什克洛夫斯基①的陌生化原理。什克洛夫斯基是俄国形式主义文学理论的创始人，主要论文有《词的复活》（1914）、《作为手法的艺术》（1917）和《情节编构手法与一般风格手法的联系》（1929）。其中，《词的复活》是根据一份题为《未来派在语言史上的地位》的学术报告整理而成。1913 年 12 月，什克洛夫斯基还是彼得堡大学一年级学生的时候，他在一次未来派诗歌讨论会上作了这份报告，轰动了当时的俄国学术界，也奠定了他在俄国文坛的地位。《作为手法的艺术》一文被誉为俄国形式主义学派的宣言。什克洛夫斯基认为，情节是将故事打散后重新编造的产物，叙事作品的意义就在于不断地创造新的话语和新的表现形式。因而，什克洛夫斯基提出了"陌生化原理"。什克洛夫斯基说："艺术的手法是将事物'奇异化'的手法，是把形式艰深化，从而增加感受的难度和时间的手法，因为在艺术中感受过程本身就是目的，应该使之延长。艺术是对事物的制作进行体验的一种方式，而已制成之物在艺术

---

　　① 维·什克洛夫斯基（V. Shklovsky，1893—1984），俄国人，俄国形式主义文学理论家。

之中并不重要。"① 在什克洛夫斯基的眼中,"陌生化"有两种形式:(1)
"在描写事物时,对它的各个部分不使用通用的名称,而是使用其他事物
中相应部分的名称"。② (2) "把它当作第一次看见的事物来描写,描写一
件事则好像它是第一次发生。"③ 如托尔斯泰的短篇小说《霍尔斯托密尔》
不由一个正常的人来讲述,而改由一匹马来讲述,这就给人以一种新鲜陌
生的感受。

　　什克洛夫斯基的"陌生化原理"20世纪80年代末期被介绍到中国之
后,曾在中国文坛风靡一时,为中国的作家们所效法和实践。方方的《风
景》由一个早已夭折的小孩来讲述故事,就颇具有"陌生化"的倾向。什
克洛夫斯基在20世纪80年代曾一度被前苏联青年奉为精神领袖,其中的
原因除他在文学理论上的建树外,还因为他在政治上的民主倾向,什克洛
夫斯基早在青年时代就表现出与布尔什维克思想的格格不入。"陌生化原
理"是什克洛夫斯基的一个天才发现,但作为一种文学创作的策略和手
段,它却早已存在于人类的创作实践中:

　　　　他们看到海伦,正沿着城墙走来,

　　　　便压着声音,交换起长了翅膀的话语:

　　　　"好一个标致的美人! 难怪,为了她,特洛伊人和胫甲坚固的阿

　　　开亚人经年奋战,含辛茹苦——谁能责备他们呢?

　　　　她的长相就像不死的女神,简直像极了!

　　　　但是,尽管貌似天仙,还是让她登船离去吧,

----

　　① 什克洛夫斯基:《散文理论》,刘宗次译,百花洲文艺出版社1994年版,第10页。刘宗次
将什克洛夫斯基创造的这一新的概念译为"奇异化",而方珊则将其译为"反常化"。方珊的译文
是:"艺术的手法是事物的'反常化'手法,是复杂化形式的手法,它增加了感受的难度和时延,
既然艺术中的领悟过程是以自身为目的的,它就理应延长;艺术是一种体验事物之创造的方式,
而被创造物在艺术中已无足轻重。"(见《俄国形式主义文论选》,三联书店1989年版,第6页)
我们在文中采用的是当下比较流行的译法:"陌生化"。
　　② 什克洛夫斯基:《散文理论》,刘宗次译,百花洲文艺出版社1994年版,第11页。
　　③ 同上。

不要把她留下，给我们和我们的子孙都带来痛苦！"①

《伊利亚特》中，贵族们看到海伦的美丽所发出的惊叹不就是采用了"陌生化"的手法吗？

2. 普洛普②的功能说。普洛普是苏联民俗学家，也是俄国形式主义学派的后期代表人物，主要著作有《民间故事形态学》（1928）。普洛普通过对100个俄罗斯民间故事的研究发现，民间故事尽管人物及人物特征各种各样，但归纳起来只有7种类型的人物：即反面人物、帮助者、魔力行为者、寻找者、委托者、主人公及假主人公；故事情节尽管错综复杂，但只有31种基本的故事成分，即：

(1) 某个家庭成员不在家；

(2) 对主人公下道禁令；

(3) 禁令被破坏；

(4) 坏人试探虚实；

(5) 坏人获得试探者的消息；

(6) 坏人企图欺骗受害者，以便控制他或占有他的财产；

(7) 受害者落入圈套，不自觉地帮助了敌人；

(8) 坏人伤害了家庭中的某个成员；家庭中的某个成员缺少且希望得到某物；

(9) 出现灾难或贫困；主人公得到请求或命令，他被允许前往或派往；

(10) 同意或决定反抗；

(11) 主人公离家出走；

(12) 主人公受到考验、审讯或遭到攻击等，这一切为他后来获得某种魔力或帮助铺平了道路；

---

① 荷马：《伊利亚特》，陈中梅译，花城出版社1994年版，第64页。

② 普洛普（V. Prop，1895—1970），俄国民俗学家。

（13）主人公对未来的施予者作出反应；

（14）主人公获悉使用魔力的方法；

（15）主人公被送到、派到或带到他所寻找的目标所在地；

（16）主人公与坏人交锋；

（17）主人公遇难得救；

（18）坏人失败；

（19）最初的灾难与贫穷得到消除；

（20）主人公返回家园；

（21）主人公受到追捕；

（22）主人公在追捕中获得救；

（23）主人公返回家园或到另一国度，未被认出；

（24）假主人公提出无理要求；

（25）给主人公提出无理要求；

（26）难题得到解决；

（27）主人公得到承认；

（28）假主人公或坏人被揭露；

（29）主人公被赋予新的形象；

（30）坏人受到处罚；

（31）主人公结婚登基。

普洛普将这 31 种基本的故事成分，叫着 31 种功能。普洛普认为，讲述者可以自由地选择某些角色和某些功能，可以赋予角色以不同的名称和特征，可以按照自己设置的秩序将不同的功能编排成叙事序列，情节就是若干个行为功能按照一定的秩序组合的产物。

普洛普的结构功能说实现了叙事作品分析方法上的革命，开创了结构主义叙事学的先河。但是，《民间故事形态学》出版之后，也受到过结构主义叙事学家们的质疑和呵斥。列维·斯特劳斯在《结构与形式——关于费拉基米尔·普洛普一书的思考》一文中，就指陈过普洛普将形式与内容对立起来、不考虑产生民间故事的深层语境的瑕疵。列维·斯特劳斯的这篇文章在意大利发表后，曾引起过普洛普的勃然大怒。托多洛夫对普洛普提出的 31 种功能的合法性也持怀疑态度。托多洛夫说："这个似乎偶然的数字并不能使读者心悦诚服：这样的一个数字既太大又太小。如果我们想到所有可能的行为通过经验性的聚合仅仅被化为三十一种的时候，就会觉得这个数目太小；但是当我们不是从实际行为的多样性，而是从公理模式出发时，又觉得这个数字太大了。"[1]

3. 列维·斯特劳斯[2]的母题说。斯特劳斯是法国结构主义人类学家、法兰西学院教授，主要著作有《野性的思维》（1962）和《结构人类学》（1963）等。斯特劳斯研究问题的主要对象是神话。斯特劳斯认为，神话是由神话的基本构成单位神话素组合而成，神话素在神话里常常以二元对立的方式结合在一起。以俄狄浦斯神话为例，其神话素就可以作如下的排列：

卡德摩斯寻找被宙斯劫
走的妹妹欧罗巴

　　　　　　　　　　　　卡德摩斯杀死
　　　　　　　　　　　　毒龙

　　　　　龙种武士们自
　　　　　相残杀

　　　　　　　　　　　　　　　　　拉布达科斯（拉伊俄斯之父）
　　　　　　　　　　　　　　　　　＝瘸子（？）
　　　　　　　　　　　　　　　　　拉伊俄斯（俄狄浦斯之父）＝
　　　　　　　　　　　　　　　　　左腿有病（？）

　　　　　俄狄浦斯杀死
　　　　　父亲拉伊俄斯

　　　　　　　　　　　　俄狄浦斯杀死
　　　　　　　　　　　　斯芬克斯

　　　　　　　　　　　　　　　　俄狄浦斯＝脚肿（？）

①　托多洛夫：《文学作品分析》，黄晓敏译，《叙述学研究》，中国社会科学出版社 1989 年版，第 88 页。

②　列维·斯特劳斯（C. Levi—Strauss, 1908—），法国结构主义人类学家。

俄狄浦斯娶其母伊俄卡
斯忒为妻

　　　　　　　埃忒奥克勒斯
　　　　　　　杀死其弟波吕
　　　　　　　涅克斯

安提戈涅不顾禁令安葬
其兄波吕涅克斯

　　这个表格按照编年史的方法罗列了俄狄浦斯家族的重大事件（即神话素）。斯特劳斯说："如果我们要讲述这个神话，我们就要撇开这些栏，按照从左到右、从上到下的顺序一行行地阅读。但是如果我们想要理解这个神话，我们就必须撇开历时性范畴的一半（从上到下），而从左到右，一栏接一栏地阅读，把每一栏都看成是一个单元。"[①] 俄狄浦斯神话的大致情节是：宙斯变成一头牡牛带走了欧罗巴，欧罗巴的哥哥、腓尼基王阿革诺耳的儿子卡德摩斯奉父王之命寻找欧罗巴。卡德摩斯找了很久，没有找到欧罗巴，不敢归回故乡，于是，按照神祇的旨意在一块绿色的草地建立城市。卡德摩斯派人去取用作灌礼的清泉，仆人们被毒龙咬死，他赶来用剑刺死了毒龙。卡德摩斯遵照雅典娜的指示播种龙牙，土壤里长出很多武士，这些武士互相残杀，最后只剩下五人，于是，他们依照雅典娜的吩咐，放下武器，在这里共建忒拜城。卡德摩斯的孙子拉布达科斯是一个瘸子，拉布达科斯的儿子拉伊俄斯的左腿也有毛病。拉伊俄斯当上国王后，娶了忒拜城贵族墨诺扣斯的女儿伊俄卡斯忒为妻。神谕告诉他们，他们将有一个儿子，但拉伊俄斯会死在这个儿子的手下。拉伊俄斯和伊俄卡斯忒得了儿子后，为了避免神祇的预示，合谋将儿子扔到大山谷里。前去扔小孩的仆人怜悯小孩，将小孩送给科任托斯国的牧羊人，牧羊人将小孩转送给了科任托斯国的国王波吕玻斯，波吕玻斯将小孩收为养子，并给小孩取名为"俄狄浦斯"。若干年后，一个醉汉向俄狄浦斯说出了他的真实身份，俄狄浦斯很苦恼，他请求神灵证实自己的出身。但是，神谕没有证实俄狄浦斯的身份，只是告诉他，他将杀父娶母，生下可恶的子孙留传于世。俄

---

　　① 斯特劳斯：《结构人类学》，文化艺术出版社 1989 年版，第 51 页。

狄浦斯为了回避神谕所说的灾难，没有回科任托斯国，径自向国外走去。在一个十字路口，他与一个老人和三个随从发生口角，打死了老人和两个年轻人，另外一人逃走。被打死的这个老人正是俄狄浦斯的生父拉伊俄斯。俄狄浦斯来到忒拜城，忒拜城外的一个人面狮身怪兽正在祸害百姓，忒拜城新国王克瑞翁昭示全国，不管是谁，只要斩除了这个怪兽，他就可以得到王位，并且娶他的姊姊为妻。俄狄浦斯登上怪兽所在的悬崖，破解了斯芬克斯之谜，怪兽从悬崖上跳下来摔死。俄狄浦斯被拥立为国王，娶了生母伊俄卡斯忒为妻。可是，忒拜城闹起了瘟疫，神谕告诉俄狄浦斯，这场瘟疫是因为他杀父娶母带来的灾难。俄狄浦斯挖出自己的两只眼睛，离开忒拜城。俄狄浦斯的两个儿子为了争夺王位发生内讧，埃忒奥克勒斯杀死弟弟波吕涅克斯，妹妹安提戈涅不顾禁令安葬了波吕涅克斯。斯特劳斯将一则繁杂生动的神话故事抽象成如图所示的梗概，即使斯特劳斯自己也说："在希腊神话学家的帮助下，这张表肯定会得到改进。"① 但这一图表揭示了俄狄浦斯神话所蕴涵的二元对立关系：图表第一列所体现的是"血缘关系的亲密"，第二列所体现的是"血缘关系的叛逆"，第一列和第二列所反映的是血缘关系中的两种对立状态；第三列中的毒龙和斯芬克斯怪兽是阻碍人在大地上生存的因素，人杀死毒龙和斯芬克斯怪兽是人类战胜生存困难的胜利，第四列中的"脚疾"，隐含着人类"直立行走"的历史，反映了人类在直立行走的改造过程中所产生的遗憾和缺陷，这样第三列与第四列也构成了胜利与失败（或者说损失）的对立关系。第一列和第二列反映的是父母与子女（或者父与母、子与女）之间的血缘关系，第三列和第四列反映的是大地与人类的关系——究竟是父母产生了人类，还是大地产生了人类呢——这样，第一列、第二列所反映的人生人的观念，与第三列、第四列所反映的地生人的观念，也形成了对立关系。这张图表绘制的是俄狄浦斯神话中的二元对立关系。斯特劳斯认为，拉布达科斯旁系亲属（如阿高厄、彭透斯等）的故事也可以制成类似的图表。如果将几张

---

① 斯特劳斯：《结构人类学》，文化艺术出版社 1989 年版，第 50 页。

二维的图表按如下图所示的三维顺序进行排列：

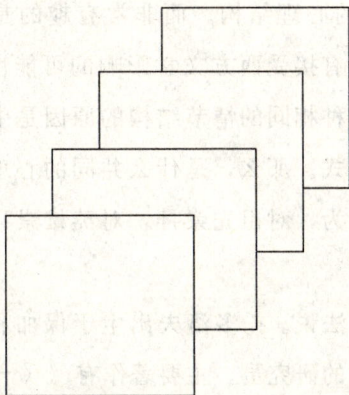

那么，我们不仅可以从左到右、从上到下地阅读，还可以从前到后，或者向相反的方向阅读。这样对整个神话体系所进行的逻辑处理，就形成了神话的结构规律。通过对大量的神话进行研究，斯特劳斯发现，神话中只存在三种具有象征意味的具象：即父亲、母亲和孩子，这三种具象以不同的二元对立关系（如男/女、长/幼、胜/负等）构成了神话的始创模式："母题"；母题不仅产生了神话，而且还以二元对立的方式建构了神话的内部结构。

"母题"理论有利于我们认识文学作品，特别是叙事性文学作品的深层结构。"十七年"时期的抗日战争题材的长篇小说，如孔厥袁静的《新儿女英雄传》、刘流的《烈火金刚》、冯德英的《苦菜花》和艾煊的《大江风雷》等，几乎都是"日本人打来了，烧杀抢掠——人民在共产党的领导下奋起反抗——最后，打败了日本人"这样的情节结构。这种情节结构与《神曲》中的但丁在维吉尔和贝雅特丽齐引导下游历"地狱—炼狱—天堂"的情节结构如出一辙，与《伊利亚特》中的"海伦被特洛伊王子帕里斯劫走——希腊各部落联合攻打特洛伊城——经过十年征战，终于攻陷特洛伊城"的情节模式也没有二致。《伊利亚特》中的攻打特洛伊城的情节即可视为一切英雄史诗的"母题"，这一母题结构能够反映出主人公机警、英勇和敢于战胜困难的品质。那么，是什么因素使不同地区、不同时代的文本有了这种共同的情节模式呢？一般来说，出现这种共同模式的原因只有两种可能：一是后世文学受到前世文学的启发，二是不同地区的文学主体（作家）自身具有相同的心理结构。而非常有趣的是，刘流、冯德英等人只读过几年私塾，不具有接受西方文学影响的可能性，所以，我们可以判断：中西方文学出现这种相同的情节结构的原因是中西方文学的主体（作家）具有共同的心理模式。那么，是什么共同的心理促成了中西文学情节结构的同构呢？我们认为，对祖先崇拜，对英雄崇拜的情结是形成这一相同情节结构的主要原因。

4. 托多洛夫[①]的语法说。托多洛夫出生于保加利亚，后移居法国，是法国国立科学研究中心的研究员，主要著作有《〈十日谈〉语法》（1969）。托多洛夫说："如果我们承认普遍语法，就不应该把它仅仅局限在语言范围里，它显然还包括心理活动。"[②] "如果叙述是一种符号活动，那叙述理论则将有助于认识这种符号活动语法。"[③] 基于将叙述视为一种类似于语法的现象，托多洛夫将情节区分为词类、语法和序列三个层次。托多洛夫认为，词类的语义是构成故事情节的基础，它可以分为"描写"和"命名"两类。以《十日谈》中的第七天第二个故事为例：故事中的佩罗内拉、丈夫和情人，实质上只是一种命名方式，在文本的叙述中相当于"名词的功能"；佩罗内拉的丈夫是一个可怜的泥瓦工，佩罗内拉与泥瓦工是"合法的夫妻关系"，这种关系具有"形容词的功能"；佩罗内拉与情人私通，"违背"了法规，是一个"叙述动词"；佩罗内拉与情人私通，应该受到惩罚，但文本避免了这种处罚，这避免的"惩罚"就是文本中的一个"潜在的叙述动词"；佩罗内拉撒谎，并使丈夫信以为真，使因私通而出现的夫妻关系不平衡"转变"为平衡状态，这也是一个"叙述动词"；文本的最后是一种出现波折之后的合法夫妻关系，这也是一个"叙述形容词"。词类的组合往往有一套固定的语法，故事情节中的语法有以下五种语式：

① 托多洛夫（Tzvetan. Todorow，1939— ），法国结构主义叙事学家。
② 托多洛夫：《从〈十日谈〉看叙事作品语法》，黄建民译，《叙事学研究》，中国社会科学出版社 1989 年版，第 177 页。
③ 同上书，第 178 页。

（1）直陈式，即叙述已经发生的行为。前面已经提到过的第七天的第二个故事：那不勒斯的一个泥瓦工娶了一个叫佩罗内拉的美丽的妻子，妻子纺纱，丈夫做泥瓦工，日子勉强过得去——这就是直陈式的语式。（2）必定式，即叙述必须产生而还没有产生的行为。如《十日谈》中第一天的第九个故事：一个女士遭到了几个流氓的侮辱，要到国王那里去告状，要求国王惩罚这几个流氓——这就是必定式的语式。（3）祈愿式，即叙述人物渴望采取的行为。如《十日谈》中第三天的第九个故事：医师的女儿吉莱塔爱上了伯爵的儿子贝特朗，贝特朗来到巴黎吉莱塔就追到巴黎，贝特朗来到佛罗伦萨吉莱塔就追到佛罗伦萨，吉莱塔买通贝特朗所爱的女子，在这位女子的帮助下得到了贝特朗的戒指，为贝特朗生下了两个儿子，最后得到了贝特朗的爱情——这就是祈愿式的语式。（4）条件式，即叙述具有考验性的行为。如吉莱塔派人去问贝特朗，怎样才能与贝特朗结婚，贝特朗说，除非她将我的戒指戴在她的手指上，并且为我生下一个儿子——这就是条件式的语式。（5）推测式，即叙述由已发生的事情预测将要发生的行为。如佩罗内拉在为丈夫开门的时候给自己寻找托词的说法："好好听着，我的丈夫，要是我存心做坏事，随便哪个男人都能找到，爱上我的漂亮小子多的是，他们巴结我，要送给我许许多多的钱，只要我一开口，还能送给我衣服和珠宝。"[①]——这就是推测式的语式。不同的词类按照不同的语式组合成比词类更高级别的叙事单位：序列。词类和序列常常按照时间、空间和逻辑关系进行组合，它们的组合方式有交替型、随意型和必须型三种，但不管它们按照怎样的语式、怎样的关系和怎样的方式进行组合，一个典型的故事常常都是从平衡开始，接着是某种力量打破这种平衡，另一种力量起反作用，恢复这种平衡。也就是说："叙述就是从一种平衡向另一种平衡的过渡。"[②]

托多洛夫根据自己对《十日谈》的研究得出了这样的结论：故事的情

① 薄迦丘：《十日谈》，钱鸿嘉等译，译林出版社1993年版，第484页。

② 托多洛夫：《从〈十日谈〉看叙事作品语法》，黄建民译，《叙述学研究》，中国社会科学出版社1989年版，第186页。

节只有两种类型，一类是"避免惩罚型"，如佩罗内拉撒谎使丈夫相信她，她避免了丈夫对她的惩罚；另一类是"转变型"，如塞浦路斯的国王本来是一个软弱的人，那位女士的几句尖刻的话使他变得强硬起来。以中篇小说《母亲和我们》[①]为例，刘月季抱着对丈夫忠心耿耿的心理从河南步行到新疆追随丈夫，但丈夫却爱上了孟苇婷，丈夫提出与她离婚，她只有改变自己的初衷，接受这一事实——这就是"转变型"情节；孟苇婷与一个有妇之夫产生感情，理应受到处罚，但钟匡民与刘月季正式离婚，与孟苇婷办理结婚手续，使孟苇婷避免了处罚——这就是"避免惩罚型"情节。托多洛夫的语法说对情节批评理论产生过较大的影响，但它将句子中的句法结构套用到庞杂的叙事文本中去，抽象出文本的叙事结构，这也不免有生硬和牵强附会的嫌疑。

5. 布雷蒙[②]的逻辑说。布雷蒙出生在法国的旺多姆，曾任巴黎社会科学高等研究学校的指导教师，主要著作有《叙事作品的逻辑》（1973）。布雷蒙认为，没有人类趣味，也就是说，所述事件既不由人形施动者所触发，也不为人形受动者所经受，也就没有叙事；只有与人类计划联系在一起，事件才有意义，才能组成有结构的叙事序列。根据成全或阻碍人类计划的可能性，叙事作品一般按照以下两种类型进行叙述：

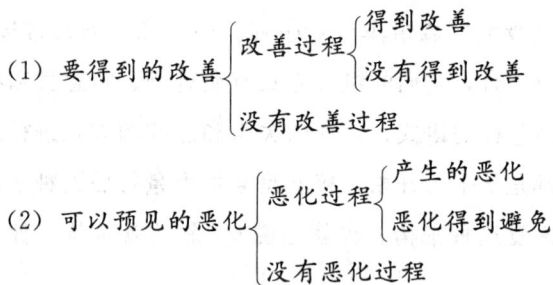

$$
\text{(1) 要得到的改善} \begin{cases} \text{改善过程} \begin{cases} \text{得到改善} \\ \text{没有得到改善} \end{cases} \\ \text{没有改善过程} \end{cases}
$$

$$
\text{(2) 可以预见的恶化} \begin{cases} \text{恶化过程} \begin{cases} \text{产生的恶化} \\ \text{恶化得到避免} \end{cases} \\ \text{没有恶化过程} \end{cases}
$$

叙事作品中的所有叙事序列都是这两种叙述类型的特殊化。这两种叙

---

① 韩天航：《母亲和我们》，《小说选刊》2006 年第 5 期。
② 布雷蒙（C. Bremond, 1929—），法国结构主义叙事学家。

述类型在作品中的生存有以下三种方式：（1）首尾接续式，即故事按照循环的方式使改善阶段和恶化阶段交替轮换：

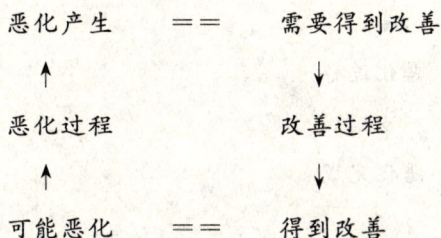

$$
\begin{array}{ccc}
\text{恶化产生} & == & \text{需要得到改善} \\
\uparrow & & \downarrow \\
\text{恶化过程} & & \text{改善过程} \\
\uparrow & & \downarrow \\
\text{可能恶化} & == & \text{得到改善}
\end{array}
$$

假如故事以一种状态开场，要使这一开场得到发展，就必须有一件能够改变这一状态的事情发生，这一接续发生的事件要么是改善了这一状态，要么是恶化了这一状态。在一个故事里，坏事有可能接二连三，一个恶化又引出另一个恶化，但第二个恶化是第一个恶化的继续，第二个恶化可以视为整个"恶化过程"的一部分。恶化到了一定的极限，就需要改善——"否极泰来"；得到了改善，又有可能出现新的恶化，改善与恶化就形成了一个循环的过程。以罗伟章的中篇小说《奸细》①为例，文本从新州市第五中学教务主任黄川请第二中学毕业班的班主任徐瑞星吃饭，要徐瑞星提供尖子生的联系方式开始叙述，徐瑞星没有向黄川提供这方面的信息，相反，二中还从五中挖来了一个获得过全国物理竞赛第七名的张泽君；出于对学校工作的不满，徐瑞星后来向五中提供了三个尖子生的联系方式；这一年的高考过去了，徐瑞星又当上了毕业班的班主任，黄川再要徐瑞星提供尖子生的联系方式，徐瑞星已经不干了。文本的情节相对于二中来说，就是改善与恶化交替循环的过程。（2）中间包含式，即一个正在进行的改善过程往往伴随着阻止改善的恶化因素，或者一个正在进行的恶化过程往往伴随着阻止恶化的改善因素。用图可以表示为：

---

① 载《小说选刊》2006年第10期。

需要得到改善

↓

改善过程＝＝可能的恶化

↓

恶化过程

↓

没有得到改善＝＝恶化完成

可能的恶化

↓

恶化过程＝＝需要得到改善

↓

改善过程

↓

恶化得到避免＝＝得到改善

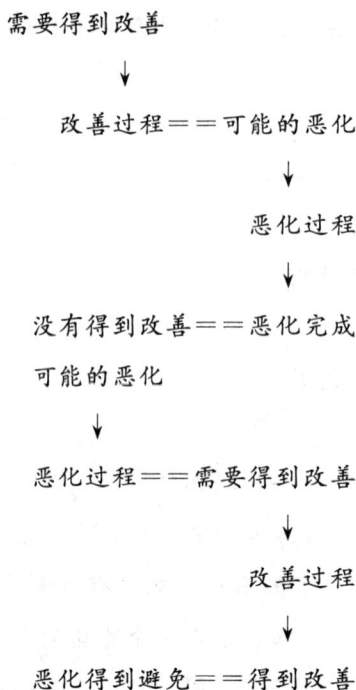

也就是说，改善的过程中有可能出现恶化，恶化实现了，改善就不能得以完成；恶化的过程中需要得到改善，改善完成了，恶化就可以避免。二中从五中挖来了尖子生张泽君，这对于二中来说，是改善的过程——不管这种手段是否正确，但学校对张泽君的父母关照得太好，引起了徐瑞星的反感，这样就出现了"恶化的可能性"，事实上，徐瑞星最后也成了二中的"奸细"；五中的尖子生张泽君失学了，对于五中来说，这是恶化的过程，但二中的行为引出了徐瑞星老师的反感，又使五中出现了"改善的可能性"，最后徐瑞星向五中提供了三个尖子生的联系方式。（3）左右并连式，即在同一个事件的对立双方中，一方命运的恶化就等于另一方命运的改善，用图表示为：

需要得到的改善 VS 可能的恶化

$$\downarrow \qquad \downarrow$$

改善过程 VS 恶化过程

$$\downarrow \qquad \downarrow$$

得到改善 VS 恶化完成

在一个由对立双方共同完成的事件中，一方的改善就意味着另一方的恶化，一方的改善过程就是另一方的恶化过程，一方得到改善就意味着另一方恶化的完成。张泽君从五中转学到二中，相对于二中而言是"得到了改善"，而相对于五中来说却是"恶化的完成"。布雷蒙还分析过叙述中可能出现的各种情节形态，如协商、干预、任务的完成、对敌的消除等。他认为："叙述者想按时间顺序组织他所讲述的事件，赋予事件的意义，他这时没有别的本领，只有将它们在一个统一的通向结局的情节中连接起来。"①

什克洛夫斯基、普洛普是俄国形式主义文学理论的代表。俄国形式主义产生于 20 世纪二三十年代。1914 年，莫斯科语言学派和彼得堡学派（全称是诗歌语言理论研究协会）先后在莫斯科和圣彼得堡成立，这两个学派的成员大多是莫斯科大学和彼得堡大学的学生，他们具有关注文学艺术形式技巧的共同兴趣和特征，因此，学术界将他们合称为"俄国形式主义"学派。这一学派的理论渊源是索绪尔的结构语言学和胡塞尔的现象学，核心理论是什克洛夫斯基的"陌生化原理"，它的形成和发展对法国结构主义、英美新批评以及当下世界范围内的文学理论与批评都产生过深远的影响。斯特劳斯、托多洛夫、布雷蒙是法国结构主义文学理论的代表。结构主义是 20 世纪 60 年代最先兴起于法国，后来风靡欧美乃至全世界的文学（文化）思潮。结构主义文学理论认为，任何文学（文化）现象都有它的内在结构，文学研究的目的就在于揭示这一现象各个组成部分之

中篇 诗性的探索

---

① 布雷蒙：《叙述可能之逻辑》，张德寅译，《叙述学研究》，中国社会科学出版社 1989 年版，第 175 页。

间的关系，以及这一现象同与其构成更大结构的其他现象之间关联。列维·斯特劳斯被视为结构主义文学（文化）理论之父。结构主义在法国盛行的时候，中国正处在"文化大革命"时期。出于对毛泽东的崇拜，结构主义文学理论家巴尔特、克里斯蒂娃、索莱尔等人于 1974 年访问中国，在中国还观看过以"批林批孔"为主题的演出。① 毋庸讳言，无论是俄国形式主义，还是法国结构主义，他们都存在着共同的缺陷和不足：即将文本视为一个封闭的系统，忽视了外界因素对叙事文本的影响；重视叙事文本的共性研究，而忽视了创造文本的作家的个性特征。到了结构主义的后期，他们自己也意识到："作为文学分析技巧，叙事作品符号学只有植根于人类学之中才是有可能的，才将富有成果。"② 不过，近年来部分叙事学家已经开始着手研究叙事文本的外部因素，如美国学者詹姆逊研究社会意识形态对文本叙事的作用，苏珊·S. 兰瑟研究女性声音对文本叙事的影响等，都取得了一定的成果。

① 严锋：《结构主义在中国》，《上海文论》1992 年第 3 期。
② 布雷蒙：《叙述可能之逻辑》，张德寅译，《叙述学研究》，中国社会科学出版社 1989 年版，第 175 页。

第十三章

功能性的叙事

关羽"义释曹操"，是《三国演义》的一个重要片段。《三国演义》是这样叙述这一情节的："云长是个义重如山之人，想起当日曹操许多恩义，与后来五关斩将之事，如何不动心？又见曹军惶惶，皆欲垂泪，一发心中不忍。于是把马头勒回，谓众军曰：'四散摆开！'这个分明是放曹操的意思。操见云长回马，便和众将一齐冲将过去。云长回身时，曹操已与众将过去了。云长大喝一声，众军皆下马，哭拜于地。云长愈加不忍。正犹豫间，张辽骤马而至。云长见了，又动故旧之情，长叹一声，并皆放去。"①学术界在解读《三国演义》，或者品赏关云长的审美特质时，常常都要论及这一情节。袁世昌先生说："我们自然不能从刘备集团的立场上来责备关羽，但是这种以个人的恩怨为准则来处理政治大事的做法，却完全不值得肯定。重要的是，我们应该由此看到，关羽的'重义'品质，是地地道道的封建主义的东西，即所谓'重然诺，感恩遇，报知己'。"②华中师范大学教授胡亚敏也说："我国的关羽也是此种类型，他的一举一动都与'义勇'连在一起，无论是为保护二位嫂夫人过五关斩六将，还是华容道

① 罗贯中：《三国演义》上卷，齐鲁书社 1991 年版，第 623 页。
② 袁世硕：《谈〈三国演义〉中的关羽》，《文学评论》1965 年第 6 期。

上放曹操，都体现了'义勇'二字。"①

从现存的文献来看，关羽"义释曹操"这一情节，其实并不具有历史的"真实性"。曹操在赤壁大战中败北之后，经华容古道逃回许昌，这是事实。据《三国志·魏书》载："公至赤壁，与备战，不利。于是大疫，吏士多死者，乃引军还。"② 如果说《三国志·魏书》的记录还显得粗略，那么，《山阳公载记》就相当具体了："公船舰为备所烧，引军从华容道步归，遇泥泞，道不通，天又大风，悉使羸兵负草填之，骑乃得过。羸兵为人马所蹈藉，陷泥中，死者甚众。军既得出，公大喜，诸将问之，公曰：'刘备，吾俦也。但得计少晚；向使早放火，吾徒无类矣。'备寻亦放火而无所及。"③ 这一记录已经说得相当明白：刘备在华容道上并没有埋伏兵力，只是等到曹操从华容小道逃走之后，才匆匆赶到这里到处寻找，但曹操的人马却已经跑得无影无踪。这一文献也并没有提及关云长"义释曹操"的事情。如果说《山阳公载记》尚不能足以证实"义释曹操"的真伪性，那么，《三国志·蜀书》中的《关羽传》就比较有说服力了。《关羽传》云："从先主就刘表。表卒，曹公定荆州，先主自樊将南渡江，别遣羽乘船数百艘会江陵。曹公追至当阳长阪，先主斜趣汉津，适与羽船相值，共至夏口。孙权遣兵佐先主拒曹公，曹公引军退归。先主收江南诸郡，乃封拜元勋，以羽为襄阳太守、荡寇将军，驻江北。"④ 陈寿在这里也没有谈及关羽"放走曹操"的事实。上述文字至少可以说明，关羽放走曹操的事实，到目前为止尚缺乏有力的文献支持。

罗贯中居然将这一不具有历史真实性的情节堂而皇之地注入了《三国演义》的叙述之中。不仅如此，关羽"义释曹操"这一叙事序列在进入文本的叙事程序之后，还对整个文本的叙述起到了调节和控制的作用，也就是说，它在文本的叙述中具有一定的"功能性"。值得特别说明的是，本

---

① 胡亚敏：《叙事学》，华中师范大学出版社1994年版，第142页。
② 陈寿：《三国志》第1册，中华书局1959年版，第31页。
③ 同上。
④ 陈寿：《三国志》第4册，中华书局1959年版，第940页。

140

文所说的"功能",与普洛普所说的"功能"有所不同。俄国形式主义文学理论家普洛普在《民间故事形态学》一书中将俄国民间故事归纳和划分为 31 种功能。究其实质,普洛普所说的 31 种功能,是指民间故事中的 31 种母题结构,或者说是 31 种叙事单位和叙事序列。而本文所说的"功能性",则是指某一叙事序列在叙事文本中对叙述进程所具有的调节和控制作用。

关云长"义释曹操"出现在《三国演义》第五十回,但它向上承接着第二十五回的"屯土山关公约三事,救白马曹操解重围"。曹操在小沛击败刘备、张飞之后,转过头来就攻打驻扎在下邳的关羽。曹操听从程昱的计策,派刘备手下的降兵到下邳去见关羽,自称是逃回来的,留在下邳城中,等待曹兵攻打下邳时作为内应。曹操手下的大将军夏侯惇引兵五千奔下邳而来向关羽挑衅,关羽应战,夏侯惇且战且走,关羽追赶了约二十里,担心下邳有失,带兵向下邳撤退。一声炮响,曹兵拦住了关羽的去路,关羽奋力厮杀,一直战斗到晚上,没有归路,只得退守到一座土丘之上。曹操带领士兵与先入城的诈降之兵里应外合,一举打下了下邳城。第二天天亮,曹操的谋士张辽来到土丘之上劝关羽投降。关羽提出三个条件:(一)只降汉帝,不降曹操;(二)对二位嫂夫人应给予皇叔俸禄,任何人对她们不得轻慢;(三)一旦知道刘备的去向,便投刘备而去。曹操答应了关羽的条件,并设宴款待关羽。到许昌后,曹操拨一个宅子给关羽居住,安排美女服侍他,给他制作新的战袍,送给他赤兔马。关羽斩了颜良之后,曹操表奏朝廷,封关羽为汉寿亭侯。当得知刘备在袁绍处,关羽封金挂印而去,曹操赶到半途送给关羽锦袍一领。《三国演义》接着是这样叙述的:"操笑曰:'云长天下义士,恨吾福薄,不得相留。锦袍一领,略表寸心。'令一将下马,双手捧袍过来。云长恐有他变,不敢下马,用青龙刀尖挑锦袍披于身上,勒马回头称谢曰:'蒙丞相赐袍,异日更得相会。'遂下桥望北而去。"[1] 对于赠袍一

---

① 罗贯中:《三国演义》上卷,齐鲁书社 1991 年版,第 321 页。

事，毛宗岗点评说："须贾以绨袍而得以不死，则曹操此袍可留异日华容道一命矣。"[①] 近人袁世硕也说："曹操对关羽所施的'厚恩'，以及最后对他闯关斩将所表现的容忍，实际上就是对关羽放了一笔道义上的债务，用一根无形的绳索，系住了关羽的心。有债务，就要偿还。华容道上的事件，就正是在这条无形的绳索的牵引下演出来的。"[②] "义释曹操"同时也开启了《三国演义》的下文。《三国演义》如果不设置"义释曹操"这一叙事序列，即诸葛亮没有在华容道上设下埋伏，关云长也不曾放过曹操，这也便还原为历史的真实了；但诸葛亮一旦安排了关云长驻守华容道，如果关云长在华容道上不放走曹操，《三国演义》的下篇也就不会有曹操大宴铜雀台，平定汉中地；更不会有曹丕废献帝，司马篡魏权，三国之归晋。

当然，历史是不能假设的。诚如亚里士多德所说："两者（历史和诗——笔者注）的差别在于一叙述已发生的事，一描述可能发生的事。"[③] 任何事件一旦被假设，它就已经不是事件的本身，就已经不是历史。但在虚构性叙事文本（相当于亚里士多德所说的"诗"）中，有些情节则是可以假设的，通过假设我们可以探讨情节可能出现的各种情况，可以充分认识某些叙事序列，特别是核心叙事序列在文本中的地位和作用，可以进而准确地把握文本的整体结构。从文本叙事的角度来看，如果曹操在华容道上不能幸免于难，那么，《三国演义》的后七十回也就不是三国之争，而是蜀吴相斗。"义释曹操"之前的关云长下邳降曹，在历史上是真实的。《三国志·魏书·武帝纪》载："备将关羽屯下邳，复进攻之，羽降。"[④]《三国志·蜀书·关羽传》亦载："建安五年，曹公东征，先主奔袁绍。曹公禽羽以归，拜为偏将军，礼之甚厚。绍遣大将颜良攻东郡太守刘延于白马，曹公使张辽及羽为先锋击之。羽望见良麾盖，策马刺良于万众之中，

① 罗贯中：《三国演义》上卷，齐鲁书社 1991 年版，第 321 页。
② 袁世硕：《谈〈三国演义〉中的关羽》，《文学评论》1965 年第 6 期。
③ 亚里士多德：《诗学》，罗念生译，《西方美学史资料选编》上卷，上海人民出版社 1987 年版，第 103 页。
④ 陈寿：《三国志》第 1 册，中华书局 1959 年版，第 19 页。

斩其首还，绍诸将莫能当者，遂解白马围。曹公即表封羽为汉寿亭侯。初，曹公壮羽为人，而察其心神无久留之意，谓张辽曰：'卿试以情问之。'既而辽以问羽，羽叹曰：'吾极知曹公待我厚，然吾受刘将军厚恩，誓以共死，不可背之。吾终不留，吾要当立效以报曹公乃去。'辽以羽言报曹公，曹公义之。及羽杀颜良，曹公知其必去，重加赏赐。羽尽封其所赐，拜书告辞，而奔先主于袁军。左右欲追之，曹公曰：'彼各为其主，勿追也。'"① "义释曹操"之后的关云长败走麦城，在历史上也确有其事。《三国志·蜀书·关羽传》云："先是，权遣使为子索羽女，羽骂辱其使，不许婚，权大怒。又南郡太守糜芳在江陵，将军（傅）士仁屯公安，素皆嫌羽（自）轻己。（自）羽之出军，芳、仁供给军资，不悉相救。羽言'还当治之'，芳、仁咸怀惧不安。于是权阴诱芳、仁，芳、仁使人迎权。而曹公遣徐晃救曹仁，羽不能克，引兵退还，权已据江陵，尽虏羽士众妻子，羽军遂散。权遣将逆击羽，斩羽及子平于临沮。"② 《吴历》也说："权送羽首于曹公，以诸侯礼葬其尸骸。"③ 那么，罗贯中何以要在众多真实的历史事件之间加入关羽"义释曹操"这一虚构的情节呢？这也正如毛宗岗所说："华容之不杀，义也。"④ 其实，关云长"义释曹操"这一细节不仅写出了关羽的"义勇"，也写出了诸葛亮的"智慧"。⑤ 所以，毛宗岗又说："若不肯释曹操，便不是关公；若曹操不走华容，必不是孔明。"

　　据鲁迅先生考证，关羽"义释曹操"也并不是罗贯中的发明，元代话本就已经有了类似的叙述⑥，只不过是罗贯中作了一些修改和加工而已。然而，关羽"义释曹操"进入《三国演义》的叙述体系之后，却成了文本的核心叙事序列。对《三国演义》作过通篇点评的毛宗岗对关云长"义释曹操"在整个文本中的作用和地位未尝发表过意见和看法，但是，他在第

---

① 陈寿：《三国志》第 4 册，中华书局 1959 年版，第 939—940 页。
② 同上书，第 941 页。
③ 同上书，第 942 页。
④ 罗贯中：《三国演义》上卷，齐鲁书社 1991 年版，第 615 页。
⑤ 同上书，第 625 页。
⑥ 鲁迅：《中国小说史略》，《鲁迅全集》第 9 卷，人民文学出版社 1981 年版，第 130 页。

四回的回首点评中却有着相关的论述："若使首卷张飞于路中杀却董卓，此卷陈宫于店中杀却曹操，岂不大快？然使尔时即便杀却，安得后面有许多怪怪奇奇、异样惊人文字！"① 用同样的逻辑，我们也可以说，若使关云长在此回中杀却曹操，则《三国演义》就不会有后七十回的奇奇怪怪的叙述。根据叙事序列在文本中的作用和地位，俄国形式主义文学理论家鲍里斯·托马舍夫斯基将文本中的叙事序列分为"规范序列"和"自由序列"。鲍里斯·托马舍夫斯基说："规范程序指的是一定体裁和一定时代所必有的程序。""与规范程序同时并存的是自由的、非必然的程序"。② 在鲍里斯·托马舍夫斯基看来，规范序列到一定的时候就要衰败，就要为自由序列所取代；自由序列最能突出具体作品、作家、体裁和思潮的个性，最具有文学价值。而我们则认为，自由序列在文本中的审美特性固然重要，但规范序列在文本中的功能也不可忽视。关羽"义释曹操"这一叙事序列在《三国演义》中对整个文本的叙述进程都起着一定的调节和控制作用，研究和正视"义释曹操"这一叙事序列所具有的功能性有利于我们对整个《三国演义》的阅读和理解。

① 罗贯中：《三国演义》上卷，齐鲁书社 1991 年版，第 37 页。
② 鲍里斯·托马舍夫斯基：《主题》，姜俊锋译，《俄国形式主义文论选》，三联书店 1989 年版，第 141 页。

第十四章

当代情节观念的形成

众所周知，新中国成立之后有较大影响的文学理论著作（或教材）有巴人撰写的《文学论稿》、以群主编的《文学的基本原理》和蔡仪主编的《文学概论》①。《文学论稿》源于巴人 1939 年完成的《文学读本》：1949年，海燕书店（即新文艺出版社和上海文艺出版社的前身）准备重新出版《文学读本》，巴人对《文学读本》进行修改后，将其更名为《文学初稿》。1952 年年初，巴人从海外归来再次对《文学初稿》进行修订，于是易名《文学论稿》（以下简称《论稿》）。巴人说："'论稿'云者，一则以此就正于文艺界的专家们和读者们，二则还期望自己将来有再修正的机会。"②《论稿》于 1954 年 6 月由新文艺出版社出版，尽管有人说它"还有不少有待改进的地方"③，但到 1954 年年底即印刷 4 次，共印 36060 册。1959 年 1月，巴人再次对《论稿》作了修订，仍然由新文艺出版社出版。"文革"

---

① 20 世纪 50 年代出版的文学理论著作还有：刘衍文著的《文学概论》（新文艺出版社 1957年版）、霍松林编著的《文艺学概论》（陕西人民出版社 1957 年版）、冉欲达等编著的《文艺学概论》（辽宁人民出版社 1957 年版）、李树谦等编著的《文学概论》（吉林人民出版社 1957 年版）、吴调公编著的《与文艺爱好者谈创作》（长江文艺出版社 1957 年版）等。

② 巴人：《文学论稿》下卷，新文艺出版社 1954 年版，第 787 页。

③ 恒茂、文昭：《文学论稿》（修订本），《文学研究》（即《文学评论》的前身）1957 年第3 期。

期间，《论稿》和它的主人一样也经历了多舛而沉沦的命运。直到 1982 年
9 月，《论稿》才得以重新印刷和面世；不过《论稿》从 1959 年再版到
1982 年第 3 次印刷却已印到 58000 册。1961 年 4 月，中共中央宣传部在北
京组织召开"高等学校文科教材选编计划会议"；会后，全国分南北两个
小组分别撰写文学理论教材。以群作为南方组的负责人主编《文学的基本
原理》（以下简称《原理》），于 1961 年 12 月完成初稿，1963 年由上海文
艺出版社出版，1964 年 10 月再版，1979 年 7 月被第 3 次重新印刷。蔡仪
作为北方组的负责人主编《文学概论》（以下简称为《概论》），于 1963 年
夏完成讨论稿，1979 年 6 月由人民文学出版社出版。这三部"文学理论"
作为国家规定的"高等学校文科教材"对当代文学的发展都曾产生过较大
的影响。那么，这三部"文学理论"教材对叙事作品的"情节"秉持什么
样的理念呢？

　　以群的《原理》明确地说："作为社会意识形态之一的文学，不仅具
有同其他社会意识形态一样的共同性质，而且还具有自身的显著特点。"
"文学艺术的基本特点，在于它用形象反映社会生活。"[1] 在以群的眼里，
文学反映社会生活的方式是"人物"或者"形象"，而不是"事件"或者
"情节"。因而，《原理》给"情节"下的定义，"是指叙事性作品和剧本中
人物活动的过程，某种性格、典型成长的历史，它是由一系列能显示人物
和人物之间、人物与环境之间的复杂关系的具体事件组成的……"[2] 蔡仪
主编的《概论》也说："通过形象反映社会生活是文学的基本特征。"[3] 蔡
仪也是把人物或者形象放在文学作品的首要位置。他还说："文学作品中
描写人物的行动，也就有情节。……相关的行动、相关的事件，反映在文
学作品里就是情节。"[4]《原理》和《概论》尽管在情节观的表述上有细微
的差别，但他们的内涵是一致的，即认为人物是叙事文学的主体，情节只

----

① 以群主编：《文学的基本原理》，上海文艺出版社 1962 年版，第 34 页。
② 同上书，第 323 页。
③ 蔡仪主编：《文学概论》，人民文学出版社 1979 年版，第 18 页。
④ 同上书，第 154 页。

是人物或人物性格发展的"历史"。

形成这种情节观念的原因是多方面的。首先，它是五四新文化运动人本主义文学传统的延续。1917年2月，陈独秀在《新青年》发表《文学革命论》。陈独秀旗帜鲜明地要"推倒雕琢的阿谀的贵族文学，建设平易的抒情的国民文学。"① 在陈独秀、胡适、李大钊、周作人等人的积极倡导下，五四时期形成了一种以人为主体，尊重人的个性的文学风尚。鲁迅的《狂人日记》可以说是这种文学风尚的开创者和实验品。有论者对《狂人日记》作过这样的评价："在艺术表现上，作家不是站在第三者的立场去描述主人公的心理状态，而是通过主人公的自由联想、梦幻，直接剖露他的心理；也不像传统小说那样，作者的叙述（介绍人物、铺陈情节、描写环境等）和作者对人物的心理描写之间界限分明，而是使作品中所有叙述描写都带有主人公的感情色彩，都渗透于主人公的意识活动之中。"② 这也就是说，《狂人日记》不仅解决了"写什么人"的问题，而且解决了"怎么写"的问题——它突出了"人物"在文本叙述中的作用和地位。《原理》和《概论》以人物为主体，将情节视为人物性格发展的历史的情节观，正是这种文学传统的传承与继续。

其次，高尔基的情节观是"十七年"情节理念的滥觞。高尔基在《和青年作家谈话》一文中说：情节"即人物之间的联系、矛盾、同情、反感和一般的相互关系——某种性格、典型的成长和构成的历史。"③ 把"情节"看作人物的历史，是高尔基情节观的基本要旨。《原理》和《概论》都援引过高尔基的这一论述，高尔基的情节观的影响就显而易见了。高尔基的情节观不仅影响了中国的文学理论界，其实在它自己的国度也产生过较大的影响。苏联文学理论家季摩菲耶夫在其撰写的《文学原理》中也曾引证过高尔基关于情节的论述。因而季摩菲耶夫得出了这样的结论："文

---

① 陈独秀：《文学革命论》，《新青年》第2卷第6号（1917年2月1日）。

② 钱理群、温儒敏、吴福辉：《中国现代文学三十年》，北京大学出版社1998年版，第44页。

③ 高尔基：《和青年作家谈话》，《论文学》，人民文学出版社1978年版，第335页。

中篇

诗性的探索

147

学表现的中心就是人——那感觉的，思想的，行动的人，在各方面和环绕他的世界相关联的人。"① 把"人物"当作叙事作品的中心，情节很自然就降到了从属的地位。所以，季摩菲耶夫认为："艺术家把实际内容表现在一些人物的生活事件中，就是说，他藉某种生活中的人物的行为而显示人物的个性，结果我们就看见作为结构之一形式的'情节'。"② 季摩菲耶夫的《文学原理》曾被苏联高等教育部批准为大学语文学系和师范学院语言及文学系教材，于1948年由莫斯科教育—教学书籍出版局出版，出版后曾在苏联的文学界引起过广泛的关注；1953年12月由查良铮翻译介绍到中国，被推荐为从事文学研究、创作和评论的人的"参考书"，也曾引起过中国文学理论界的重视。《原理》和《概论》无论是通过季摩菲耶夫的《文学原理》接受高尔基的观点，还是直接受到高尔基情节观的启发，它们的情节理念都是高尔基情节观影响之下的产物。

再次，将情节视为人物"历史"的情节观受到过恩格斯"典型环境中的典型人物"说的影响。恩格斯在致英国女作家玛·哈克奈斯的信（1888年4月初）中说："据我看来，现实主义的意思是除细节的真实外，还要真实地再现典型环境中的典型人物。"③ 玛·哈克奈斯出生于伦敦的一个牧师家庭，当过护士，与马克思的小女儿爱琳娜非常友好。1887年，她根据自己在英国伦敦东头工人区调查的工人生活撰写了中篇小说《城市姑娘》。《城市姑娘》讲述的是一个缝纫女工耐丽被资本家阿瑟·格兰特诱奸而又抛弃后，被"救世军"收留；耐丽在"救世军"的帮助下重新扬起生活的风帆，与原来的未婚夫乔治结为伉俪。《城市姑娘》发表后，恩格斯的朋友艾希霍夫将其翻译成德文，艾希霍夫还通过出版社将作品寄给恩格斯，恩格斯很快给哈克奈斯写了这封信。恩格斯在这封信中除了强调现实主义要"再现典型环境中的典型人物"外，还指出了《城市姑娘》所描写的环

---

① 季摩菲耶夫：《文学原理》，查良铮译，平明出版社1955年版，第22页。
② 同上书，第197页。
③ 北京大学中文系文艺理论教研室编：《马克思 恩格斯 列宁 斯大林论文艺》，人民文学出版社1980年版，第147页。

境"也许就不是那样典型"的瑕疵，提出了"作者的见解愈隐蔽，对艺术作品来说就愈好"的科学论断。恩格斯的这封信于 1932 年在苏联《文学遗产》杂志首次发表后，对苏联及中国的文学创作和文学理论产生过较大的影响。1944 年 3 月，周扬在延安编《马克思主义与文艺》①一书时，就将这封信和马克思、恩格斯的其他论述文艺的信件，如马克思致斐·拉萨尔的信（1859 年 4 月 19 日）、恩格斯致斐·拉萨尔的信（1859 年 5 月 18 日）、恩格斯致敏·考茨基的信（1885 年 11 月 26 日）等，编进了这个宣传马克思主义文艺思想的小册子。《论稿》、《原理》和《概论》也都不约而同地谈到了"典型环境中的典型人物"的问题。20 世纪 50—80 年代，分析文学作品中的人物典型几乎成为一种时尚，甚至有论者在分析诗歌作品时也要做出"塑造了一个抒情主人公形象"的评价。这种对叙事作品两个重要组成部分之一的"典型人物"的过分偏重，也导致了文学创作与文学理论对叙事情节的疏离。

最后，将人物作为文学的主导也是新中国文学塑造社会主义新型英雄人物的需要。在陈独秀倡导"建设平易的抒情的国民文学"之后，文学界对文学作品中的"人"有着不同的理解：周作人相继发表过《人的文学》、《平民的文学》等有重要影响的文章。特别是在《人的文学》一文中，周作人说："到了现在，造成儿童与女子问题这两个大研究，可望长出极好的结果来。"② 比较明显，周作人所提倡的"人的文学"，是"平民"的文学，是关注妇女和儿童的文学。毛泽东在延安文艺座谈会上强调："在我们，文艺不是为上述种种人，而是为人民的。"③ 接着，毛泽东又说："那么，什么是人民大众呢？最广大的人民，占全人口百分之九十以上的人民，是工人、农民、士兵与小资产阶级。"④ 毛泽东在这里把文学艺术中的"人"规定为工人、农民、士兵和小资产阶级。周恩来在"第一次文代会"

① 周扬：《马克思主义与文艺》，《解放日报》1944 年 4 月 8 日。
② 周作人：《人的文学》，《新青年》第 5 卷第 6 号（1918 年 12 月 15 日）。
③ 《毛泽东同志在延安文艺座谈会上的讲话》，《整风文献》，山东新华书店 1950 年版，第 399 页。
④ 同上书，第 400 页。

上谈到文艺为人民服务的问题时说："应该首先去熟悉工农兵；因为工农兵是人民的主体。"① 周恩来这里所说的"人民"的概念，相对于毛泽东所说的"人民"的概念，是不包含"小资产阶级"的"人民"的概念。周扬进一步地解释："现在，当中国人民已经在中国共产党领导之下，奋斗了二十多年，他们在政治上已有了高度的觉悟性、组织性，正在从事于决定中国命运的伟大行动的时候，如果我们不尽一切努力去接近他们，描写他们，而仍停留在知识分子所习惯的比较狭小的圈子，那么，我们就将不但严重地脱离群众，而且也将严重地违背历史的真实，违背现实主义的原则。"② 陈荒煤 1951 年 4 月 22 日在《长江日报》上发表了《为创造新的英雄典型而努力》一文，胡耀邦在《解放军文艺》1952 年第 1 期上发表了《表现新英雄人物是我们的创作方向》一文，他们都明确地提出了描写英雄典型的创作目标。既然描写工农兵、描写新的英雄人物成为文学的主要目的，那么，关于人物行为的叙述也就成了英雄人物的"事迹"，叙述英雄人物事迹的情节也就降到了叙述性文学作品的次要位置。

与《原理》和《概论》有所不同，巴人的《论稿》尽管也受到过苏联文学思想的影响，如巴人自己就说："这种文艺理论（即指《论稿》中的某些观点——笔者注）颇与苏联革命初期无产阶级文化派的论点相同，是错误的。"③ 巴人也认为："文学是以反映和刻画现实为首要任务的。如果文学没有现实的丰富内容，而仅有现实的抽象概念（或思想）那就很难成为艺术品了。文学只有给予现实以具体地、真实地、历史地刻画并赋予以深刻而崇高的思想品质，那才能负起艺术教育作用，那才能成为有价值的艺术品。"④ 关于文学作品如何反映现实生活，巴人还提出了"还是通过人

① 周恩来：《在中华全国文学艺术工作者代表大会上的政治报告》，《中华全国文学艺术工作者代表大会纪念文集》，新华书店 1950 年版，第 27 页。

② 周扬：《新的人民的文艺》，《中华全国文学艺术工作者代表大会纪念文集》，新华书店 1950 年版，第 71 页。

③ 巴人：《文学论稿》下卷，新文艺出版社 1954 年版，第 788 页。

④ 巴人：《文学论稿》上卷，新文艺出版社 1954 年版，第 101 页。

来组织题材呢？还是藉故事来组织题材"①的问题。但巴人的结论却是"强调作品的故事性和行动性或强调作品的人物性格的刻画，在作家组织材料时是应该取决于被组织的材料的本身的。……我们在历来文学作品中不能是故事性见长的，或以人物描写见长的，都会使我们受到感动"②。巴人采取的是"两可"的办法，即认为叙事作品可以侧重于描写人物，也可以侧重于叙述情节。

尽管人们对叙事作品的情节存在不同的看法，但将情节视为人物的事迹、历史和附属的情节观乃是"十七年"叙事文学艺术思维的主流。关于情节与人物，孰重孰轻的问题，兰州《新民报》的副刊《新文艺》周刊在20世纪50年代初期有过一个影响不算太大的讨论。其中一种意见是：人物是主，故事是副，故事是为人物而创造，不是因故事而创造人物；另一种意见是：应注重故事性，而不应偏重人物刻画，最好的作品是人物服从于故事。而萧殷在总结这次讨论时则偏向于叙事作品应该侧重于人物描写。萧殷说："最好的作品，绝不是人物服从故事。凡是较成功的作品（小说），都是由于作者深刻地理解了并描写了人物的性格特征，同时深刻地理解了并描写了人物所处的历史社会环境的特征，并且按照这两者的关系的发展法则去处理故事（作品的情节）的结果。"③这一事例也可以说明"十七年"文学关于叙事情节的倾向。

这种将情节视为人物的附属的情节观，一直延伸到了改革开放后的较长的一段时期。甚至到20世纪90年代中期，也还有人说："情节又称故事情节。指作品中人物活动过程、人与人关系构成的事件。……情节是人物性格发展史。"④这种情节观也影响了"十七年"的文学创作。有论者曾经对新中国成立之后的文学创作做过这样的评价："塑造新英雄人物，在我国解放后，一直是作为我国文学创作的最重要的任务被强调着。从一九四

---

① 巴人：《文学论稿》下卷，新文艺出版社1954年版，第437页。
② 同上书，第440页。
③ 萧殷：《论小说中的故事和人物》，《人民文学》第2卷第6期（1950年10月）。
④ 陆梅林主编：《马克思主义文艺学大辞典》，河南人民出版社1994年版，第172页。

九年新中国成立以来，新英雄人物的塑造问题的研究和探讨一直都没有间断过。我国作家在艺术创作实践中，在这个方面，也一直努力不懈，并创造出了不少这样的艺术形象。"① 这一论述也可以说明，描写人物是新中国成立之后的叙事文学的主要策略。翻开"十七年"、新时期文学争鸣的历史不难发现，除"反公式化概念化"中的"反公式化"是关于叙事情节的讨论之外，其他所有的文学观念的碰撞几乎都是在人物是文学的主导的前提下所进行的讨论。其中关于文学作品是否可以描写"小资产阶级"、是否可以描写"中间人物"的论争，关涉的是写什么人的问题；关于"人性"、"人道主义"问题的论争，关涉的是写人的什么东西的问题。如果说前面所列举的文艺争鸣还算是在正常范围之内的讨论，那么"三突出"和"主体性"则将叙事作品中的"人物"推到了极致。

① 周宇：《关于正面人物的塑造和评价问题》，《文学评论》1963 年第 5 期。

第十五章

新时期情节观念的转型

　　新时期小说，人们习惯于将其分析为伤痕文学、反思文学、改革文学、寻根文学、先锋文学和新写实文学。但撩开这一层覆盖在文学事实表层的面纱，不难发现，新时期叙事作品的深处还潜隐着一次叙述策略和情节观念的转型。

　　1979年12月，宗璞在文学刊物《长春》发表了她的短篇小说《我是谁》。有论者将《我是谁》视为"伤痕文学"的范例。① 比较明显，《我是谁》在叙述中大量采用了幻觉、联想和回忆的方式，展示的是人物的心灵世界。

　　"十七年"、"文化大革命"时期的叙事文学，以及前期的"伤痕"小说，它们也涉足人物心理的描写。如李准的《不能走那条路》就有这样一段叙述："老定听他说着，耷拉着头半天没吭声，他脑子里嗡嗡直响。他在想着：'我真的要雇长工吗？我是扛了十八年长工的人呀！'"② 刘心武的《班主任》也有类似的描写："张老师皱起眉头，思索着。他回忆起自己中学时代的情况。那时候，团支书曾向班上同学们推荐过这本小说……围坐

---

　　① 王庆生：《中国当代文学》下卷，华中师范大学出版社1999年版，第87页。
　　② 李准：《不能走那条路》，《长江文艺》1954年第1期。

在篝火旁，大伙用青春的热情轮流朗读过它；倚扶着万里长城的城堞，大伙热烈地讨论过'牛虻'这个人物的优缺点……这本英国小说家伏尼契写成的作品，曾激动过当年的张老师和他的同辈人，他们曾从小说主人公的形象中，汲取过向上的力量……也许，当年对这本小说的缺点批判不够？也许，当年对小说的精华部分理解得也不够准确、不够深刻？……但，不管怎么说——张老师想到这儿，忍不住对谢惠敏开口分辩道：'这本《牛虻》可不能说成是黄书……'"[①] 但这些心理描写在文本的叙述中只是一种点缀，小说叙述的重点还是在人物的外在行为上，它们所着力的是情节的完整性和细节的真实性。《我是谁》也有对人物外在行为的叙述，如韦弥看到孟文起自杀，发出一声尖叫，冲下楼来，跌倒在路旁；一个人看见她躺倒在地上，吃惊地叫了一声；一个人认出她是黑帮的红人，转身便走；一个人走过来，重重地踢了她几脚；韦弥张开手臂，冲进了湖水。但《我是谁》叙述的重点是韦弥的内心感受，对人物外在行为的描写不过是展示人物心灵的一种辅助手段。由于偏重于对人物心理的叙述，《我是谁》的真实性已经不是人物外在行为细节的真实程度，而是近似于虚拟的人物心灵的真实；文本展现的是人物的心理过程，已经失去了曲折、离奇而完整的情节伦理，甚至形成了"无情节"或者说"淡化情节"的假象。

这种叙事技法和情节观念的突变和新时期文学题材、文学样式、文学形态的变更一样，是改革开放春风化雨的结果；然而，真正推动新时期情节观念转型的内在动力不是政治的因素，而是西方现代派文学作品和文学理念的影响。中国的叙事文学学习西方现代派作品的写作技巧大抵开始于20世纪20年代末期，如果将西方现代派文学"从第一次世界大战前后算起"[②]，它只是略晚于西方现代派文学的发生和形成。施蛰存在回忆自己早年的文学交往时说："刘呐鸥带来了许多日本出版文艺新书，有当时日本

---

① 刘心武：《班主任》，《人民文学》1977 年第 11 期。
② 袁可嘉：《外国现代派作品选·前言》，《外国现代派作品选》上册，上海文艺出版社 1980年版，第 1 页。

文坛新倾向的作品，如横光利一、川端康成、谷崎润一郎等的小说，文学史、文艺理论方面，则有关于未来派、表现派、超现实派，和运用历史唯物主义观点的文艺论著和报导。"① 施蛰存所说的刘呐鸥带来"文艺新书"的事情，即发生在"1928 年初夏"。不仅如此，刘呐鸥、施蛰存还分别创办了具有西方现代派文学倾向的文学刊物《无轨列车》（1928 年 9 月）、《新文艺》（1929 年 9 月）和《现代》（1932 年 5 月），刘呐鸥、穆时英、施蛰存、萧乾还分别创作了效法西方现代派文学技巧的叙事文本《都市风景线》（1930）、《黑旋风》（1930）、《梅雨之夕》（1933）和《梦之谷》（1937）等。这批作家在 1935 年前后纷纷改弦易辙，他们的文学实验尽管历时较短，却留下了中国文学向西方现代派文学学习的足迹。中国大陆在"十七年"时期也曾翻译介绍过波特莱尔、加缪、贝克特、克鲁亚克、塞林格、庞德、艾略特、海明威和福克纳等人的作品。1974 年，"革命"的中国迎来了一批特殊的客人——法国结构主义理论家巴尔特、克里斯蒂娃和索莱尔等，巴尔特等人在中国还观看过批林批孔的文艺演出。1975 年，中国科学院哲学研究所的内部刊物《外国哲学社会科学动态》发表过《近年来欧洲结构主义思潮》一文，只不过是文章将结构主义理论视为"资本主义思想体系的又一阶段"而已。中国的改革与开放打开了中国文学向西方学习的大门。1978 年，哲学研究所主办的《哲学译丛》发表了几篇结构主义理论的翻译文章。1979 年 2 月，袁可嘉在中国社会科学院（1978 年 3月从中国科学院分离出来）外国文学研究所主办的《世界文学》上发表《结构主义文艺理论述评》一文。1979 年 3 月，上海文艺出版社主办的《外国文艺》发表了美国女作家乔伊斯·卡罗尔·奥茨的意识流小说《过关》。时断时续，或褒或贬，亦趋亦避，在《我是谁》生产之前，中国文学对西方现代派文学和西方现代派文学理论就有了一定的涉猎。而且，罗念生在 20 世纪 50 年代就极为肯定地说过："如今我们要提高文学创作，还是可以向古今的外国名著学习。"② 众所周知，宗璞早年就读于清华大学外

① 施蛰存：《最后一个老朋友——冯雪峰》，《新文学史料》1983 年第 2 期。
② 罗念生：《建议成立文学翻译所》，《文艺报》1957 年第 10 期。

语系，20 世纪 50 年代在文学创作上已经取得过骄人的业绩，后来一直在外国文学研究所工作，凭着已经掌握的外国文学基础，凭着对艺术形式的敏感，凭着工作环境中的便利条件，宗璞在新时期率先在文学创作的形式吸收"意识流"的表现方式，创作出具有"意识流"色彩的《我是谁》，这并不是一件偶然的事情。

《我是谁》的诞生，不仅在叙事的形式作了很大的探索，而且还触及了中国叙事文学如何面对西方现代派文学的形式技巧的神经。1980 年 10 月，上海文艺出版社出版了袁可嘉主编的《外国现代派作品选》第一册；11 月，华中师范学院（即现在的华中师范大学）中文系主办的《外国文学研究》（1980 年第 4 期）开展了"西方现代派文学讨论"；1980 年，商务印书馆出版比利时结构主义理论家布洛克曼的《结构主义》（李幼蒸译）一书；1981 年 1 月，花城出版社出版英国小说家佛斯特的《小说面面观》（苏文炳译，内部发行）；袁可嘉主编的《外国现代派作品选》第二册、第三册、第四册由上海文艺出版社分别于 1981 年 7 月、1984 年 8 月、1985 年 10 月出版；1984 年 11 月，三联书店出版韦勒克、沃伦的《文学理论》（刘象愚等译）；1989 年 3 月，三联书店又出版《俄国形式主义论文选》（甘阳等译），等等。

佛斯特在《小说面面观》中说："情节也是事件的叙述，但重点在因果关系上。"[1] 佛斯特对"情节"的理解基于他对"故事"的认识。佛斯特认为，故事是"对按时间顺序安排的事件的叙述"[2]。在佛斯特的眼里，"情节"和"故事"都是对事件的叙述，但它们是两个不同的概念和两种不同的叙述形式：即"情节"是按照因果关系对事件的叙述，"故事"是按照时间关系对事件的叙述。因而，佛斯特得出了这样的结论："国王死了，然后王后也死了"是故事。"国王死了，王后也伤心而死"则是情节。[3] 佛斯特对叙事理论的贡献之一是，他明确区分了"情节"与"故事"

---

① 佛斯特：《小说面面观》，花城出版社 1981 年版，第 70 页。
② 同上。
③ 同上。

的不同内涵。但佛斯特举证的"国王"与"王后"的例子，也受到过学术界的质疑。北京大学教授申丹说："在我们看来'国王死了，不久王后也因悲伤而死'同样是故事，而且是更典型的故事，因为传统上的故事事件一般都是由因果关系联结的。像福斯特这样依据因果关系把故事与情节对立起来极易导致混乱。"① 与佛斯特有所不同，韦勒克、沃伦则认为："情节（或称叙述结构）本身又是由较小的叙述结构即插曲和事件组成。"② 在韦勒克、沃伦看来，情节的构成无所谓时间关系和因果关系，它只是插曲和事件的组合形式。什克洛夫斯基对"情节"的理解更是别出心裁。什克洛夫斯基认为，情节是"故事被打散，又重新编造。"③ 也就是说，情节是重新编造故事的各种形式技巧的总和。什克洛夫斯基不仅对情节有与众不同的认识，而且还把情节放到了叙事作品的至高无上的位置。什克洛夫斯基说："现代戏剧中各种脸谱的人物类型，它的全套角色相当于各种棋子。情节相当于棋手们运用经典棋谱中的各种棋步。难题和波折则相当于对手所走的棋步。"④ 在什克洛夫斯基的眼里，"情节"与"人物"的关系，就是"棋步"与"棋子"的关系，文本叙述的关键还是在"棋步"，在"情节"。什克洛夫斯基还进一步地强调："艺术的手法是将事物'奇异化'的手法，是把形式艰深化，从而增加感受的难度和时间的手法，因为在艺术中感受过程本身就是目的，应该使之延长。"⑤ 这就是什克洛夫斯基的著名的"陌生化原理"。一时间，西方社会五彩斑斓的情节理念都一一摆放到了中国文学的面前。

面对西方社会情节观念的猛烈冲击，新时期的作家们也做过积极的应对，高行健 1981 年 9 月由花城出版社出版了他的《现代小说技巧初探》一书。和一般的文学理论著作出版后少有作家问津不一样，《现代小说技巧初探》受到了作家圈里人的广泛关注。王蒙从百忙中抽出

① 申丹：《叙述学与小说文体学研究》，北京大学出版社 2004 年版，第 52 页。
② 韦勒克、沃伦：《文学理论》，刘象愚等译，江苏教育出版社 2005 年版，第 254 页。
③ 什克洛夫斯基：《散文理论》，刘宗次译，百花洲文艺出版社 1994 年版，第 27 页。
④ 同上书，第 63 页。
⑤ 同上书，第 10 页。

时间一口气读完这部论著。王蒙说:"确实是论及了小说技巧的一些既实际、又新鲜的方面,使用了一些新的语言,带来了一些新的观念,新的思路。"① 冯骥才在读完这本书之后急急忙忙地向李陀推荐。冯骥才说:"我象喝了一大杯味醇的通化葡萄酒那样,刚刚读过高行健的小册子《现代小说技巧初探》。如果你还没有见到,就请赶紧去找行健要一本看。我听说这是一本畅销书。在目前'现代小说'这块园地还很少有人涉足的情况下,好象在空旷寂寞的天空,忽然放上去一只漂漂亮亮的风筝,多么叫人高兴!当前流行世界的现代文学思潮不是一群怪物们的兴风作浪,不是低能儿黔驴技穷而寻奇作怪,不是赶时髦,不是百慕大三角,而是当代世界文坛必然会出现的文学现象。"② 李陀在收到冯骥才的信后,按照冯骥才的意见将信转给刘心武,并且还附了一封自己给刘心武的信。李陀说:"'奇文共欣赏,疑义相与析'。《初探》这本小册子算不算得上是一篇'奇文'呢?我说不准。但它在北京的许多朋友中流传的时候,恐怕大家的兴奋心情中确有'奇文共欣赏'的意思。……许多人的兴奋和喜悦不仅是由于《初探》是一本读起来饶有兴味、引人奇思遐想的好书,而且还由于它是一本谈小说技巧的书。"③ 对高行健的《现代小说技巧初探》一书,尽管存在不同的声音,但它到底还是产生了较大的影响。就内容而言,高行健在《现代小说技巧初探》一书中探讨了小说的叙述语言、人称转换、逻辑性和意识流等一系列在当时看来前卫而敏感的形式技巧问题。

在西方现代派文学理论和技巧的强势介入下,由《我是谁》引领的新时期情节观念和叙事技巧的转型得到了进一步的深化。在《我是谁》之后,叙事文学的情节观念向纵深发展有两个向度:一种是对人的心灵隐秘的发掘,出现了《你别无选择》(刘索拉)、《黄泥街》(残雪)、《无主题变奏》(徐星)和《红蝗》(莫言)等作品;另一种是对文本叙述形式的探

---

① 王蒙:《致高行健(1981年12月23日)》,《小说界》1982年第2期。
② 冯骥才:《中国文学需要"现代派"(给李陀的信)》,《上海文学》1982年第8期。
③ 李陀:《"现代小说"不等于"现代派"(给刘心武的信)》,《上海文学》1982年第8期。

索，出现了《冈底斯的诱惑》（马原）、《河边的错误》（余华）、《青黄》（格非）等作品。

　　刘索拉的《你别无选择》发表于《人民文学》1985 年第 3 期。《你别无选择》中的李鸣被老师认为是一个有才能，有气质，富于乐感的学生，但他自己始终没有找到音乐的感觉，经常一个人蒙在被子里睡大觉，多次向学院提出退学。白石是贾教授指导的学生，一次音乐汇报会使他彻底地明白，贾教授的那一套已经过时，他决定改变自己的风格。小个子也在苦苦地寻找，当发现自己所寻找的东西没法找到时，就不断地擦"功能圈"，擦寝室里的地板，最后选择了出国和逃避。戴齐写完了一个乐句，但很难取得新的进展。董客的作品有天才作曲家的风格，而有些地方却照顾得不够周密。森森的五重奏好像一道粗犷质朴的旋律在重峦叠嶂中穿行，能够给人以遥远而神秘的感受。孟野的大提琴协奏曲就像一群幽灵紧抱着泥土翻来滚去，语无伦次地呻吟着，哀伤得如泣如诉。结果森森的作品被选派参加国际比赛，并且在国际舞台上获得大奖。孟野的作品尽管有一定的创意，但由于他的女友，某大学中文系的才女，向学校控告了他，他的作品未能参加国际比赛。孟野在和女友的谈话中，偶尔提到他们班上一个女生的名字，他的女友用剪刀剪破了他的衣服，从此不容许他再提那个女生的名字，不容许他再提他们学校的名字，不容许他再提他们的音乐，她要和他一起到一个没有音乐的地方去。《你别无选择》和《无主题变奏曲》、《黄泥街》、《红蝗》等作品一起被学术界称为"新潮小说"[1]。这一类小说也是写人物的心理，但它们和《我是谁》、《春之声》、《自由落体》等中国式的"意识流小说"有所不同，它们写的是人的意识活动背后的某种说不清道不明的情绪。

　　《上海文学》1985 年第 2 期发表了马原的《冈底斯的诱惑》，小说讲述的是穷布父子狩猎，"我"和陆高、姚亮看天葬和顿珠、顿月与尼

　　① 王庆生：《中国当代文学》下卷，华中师范大学出版社 1999 年版，第 93 页。

中篇 诗性的探索

姆的情感纠葛三个不相关联的故事。穷布是冈底斯山的一个猎手。他的父亲也是打猎的高手，可是他却死在打了一辈子交道的猞猁的爪下。穷布没有他父亲熊一样硕大的体魄，但他更喜欢猎熊。这一次他见到的是皮毛比较稀疏，头不像熊那样臃肿，嘴巴不那么朝前伸出，手像人一样灵活的动物，这是一个喜马拉雅山雪人。陆高和姚亮认识了美丽的藏族姑娘央金，央金却在一次车祸中丧生。"我"和陆高、姚亮一起去看天葬，我们时时想到这个被天葬的人是不是央金？在看完天葬后回家的路上，小何开车撞死了一个小孩，小孩的父亲猛揍了小何一顿，小孩的母亲认为他不是故意的，把小何收成了干儿子。顿月与尼姆就那么一次接触，就出去当兵了。尼姆生下一个私生子，被阿爸赶出家门。顿月出去当兵后就再也没有回来过，他在一次车祸中死了，每个月给他阿妈寄钱的是他的班长。顿月的哥哥顿珠本来是一个比较木讷的人，一次昏迷之后却成了一个说书艺人，能唱《格萨尔王》了。尼姆越看这个孩子越像顿珠，她要和顿珠结婚，不久他们的帐篷就合到一起去了。文本叙述这三个故事时，不仅故事情节相互交错，而且施事主语（叙述者）和受事宾语（听话人）也在不断地变换，其中叙述者有第一人称的"我"、全知全能的作者、身份不明的叙述人，听话人有穷布、"你们几个"和潜在的读者。《冈底斯的诱惑》和《虚构》、《河边的错误》、《青黄》等作品则被学术界称为"后新潮小说"[1]。《冈底斯的诱惑》这类作品的特点是，它们的着力点主要是集中在对于叙述形式和技巧的把玩上。

按理说，《你别无选择》和《冈底斯的诱惑》不存在"新潮"和"后新潮"的关系问题，从时间上来看，《冈底斯的诱惑》还发表在《你别无选择》之前，但它们和与之前后的文学事实的确存在着这样的关联。《你别无选择》承续着《我是谁》、《春之声》、《自由落体》等意识流小说"写人"的路子，也是描写人物的心理，所不同的是它们描写的是人物的

思 与 话 的 博 击

---

① 　王庆生：《中国当代文学》下卷，华中师范大学出版社 1999 年版，第 94 页。

情绪，是人物心灵中的隐秘部分。而《冈底斯的诱惑》则跳出了"文学即人学"的圈子，它实验的是文本的叙述形式和情节结构，明显地区别于"写人"的叙事体式，所以，学术界有理由将《冈底斯的诱惑》等作品视为一种比描写人物心理隐秘的小说更前卫的文学气象。其实，《冈底斯的诱惑》等文本对叙述形式的探索，也不是无源之水、无本之木。叙事文学在文艺复兴时期之前的西方、五四新文化运动之前的中国，讲故事、叙情节乃是它们的正宗；以描写人物为叙事作品的侧重点，则是后来的人本主义理想渗透叙事文学的结果。亚里士多德甚至说："情节乃悲剧的基础，有似悲剧的灵魂。"[①]《冈底斯的诱惑》等作品对文本叙事形式的关注，从某种意义上来说，是对叙事传统和叙事本体的回归。有一点值得说明的是，传统的叙事规范珍视叙述的"完美性"与"整一性"。亚里士多德说："一个美的事物——一个活东西或一个由某些部分组成之物——不但它的各部分应有一定的安排，而且它的体积也应有一定的大小。"[②]《冈底斯的诱惑》等作品与传统的以叙事为正宗的文本有所不同的是，它颠覆了叙述"完美性"和"整一性"的审美理念，而企图建立起一种新的叙述事件的审美范式。《你别无选择》等作品沿袭意识流小说的道路书写人物的心理，进而描写到了人物心灵的隐秘，《冈底斯的诱惑》等作品回归到叙事本体，却又解构了叙事传统的"完美性"和"整一性"；它们在1985年，中国叙事文学发展史上不可漠视的1985年，一并改造了中国叙事文学的情节观念，实现了中国叙事文学叙述策略的转型。

不可否认，《你别无选择》、《冈底斯的诱惑》等作品的探索性的写作方式，并未保持其强劲而持久的发展势头，不久即为聚焦现实生活的作品，如刘恒的《狗日的粮食》（1986年9月）、方方的《风景》（1987年5月）、池莉的《烦恼人生》（1987年8月）等"新写实小说"或称"后现实主义小说"所替代。曾经风云一时的先锋派作家马原1989年之后几乎停止

① 亚里士多德：《诗学》，《西方美学史资料选编》上卷，上海人民出版社1987年版，第98页。
② 同上书，第100页。

了写作①；刘索拉改用写实的方法创作了《女贞汤》，且间或从事音乐制作；余华回到现实主义写作立场，书写了《活着》、《许三观卖血记》和《兄弟》等作品。然而，先锋派文学在情节理念和叙事技巧上所作的探索对其后乃至当下的文学创作产生了较大的影响，即使在当下的叙事文本中，我们也依然能够找到先锋派文学隐喻、拼贴、意识流、黑色幽默等写作方式的印记。

思与诗的搏击

---

① 马原曾说："八九年元月由西藏回调沈阳，那以后几乎就不再敢言是作家，因为写得太少。"（《虚构·跋》，《虚构》，长江文艺出版社 1993 年版，第 414 页）

下　篇

诗与史的批判

第十六章

女性的解放与诠释

女性是当下文学及文学批判的一个时髦话语。然而，读创作于 50 年代初的白朗的《为了幸福的明天》，我们也能品尝到女性写作的韵味。

白朗出生于 1912 年，1932 年参加革命并开始从事创作活动，1942 年出席过延安文艺座谈会，在解放前即已创作短篇小说集《牺牲》、《伊瓦鲁河畔》，中篇小说《老夫妻》、《我们十四个》。《为了幸福的明天》（以下简称为《明天》）是白朗解放后创作的第一篇中篇小说，写成于 1950 年 12 月，人民文学出版社 1951 年 7 月作为《文艺建设丛书》出版。

小说出版后，并没有像当时的其他小说引起广泛的讨论和关注。从不完全的资料来看，只有陶萍同志曾经写过《读〈为了幸福的明天〉》一文，发表于《文艺报》第四卷第十期。陶萍认为，"白朗的新作《为了幸福的明天》描写了英雄人物。""这样的英雄，正是人民生活中不可缺少的梁柱，正是美好生活建设者中的主力。"[①] 十分明显，陶萍之于《明天》是作为英雄的传奇来解读的。《文艺报》第四卷第八期也是这样介绍《明天》的："这是一个青年女工舍身护厂的故事。主人公邵玉梅是个贫民出身的女孩子，在艰苦的日月中生长起来，锻炼得十分坚强。她在工作中发挥了

---

① 陶萍：《读〈为了幸福的明天〉》，《文艺报》第 4 卷第 10 期（1951 年 9 月 10 日）。

高度的热情，在党的教育下迅速地提高了政治觉悟，曾三次因公受伤，最后一次几乎牺牲了生命。这种忘我的牺牲精神，曾经教育了她周围的人物，并成为全国青年景仰的劳动模范，这故事是真实的，所以也是动人的。"可以看出，将《明天》作为英雄传奇进行解读是当时的一种普遍阅读。就文学而言，新中国成立初年的确是一个书写英雄的年代。不用说《保卫延安》中的周大勇、王老虎，《风云初记》中的高庆山、高翔，就连《洼地上的战役》中的王应红，你能说他不是英雄吗？小说写得情意绵绵，王应红天真淳朴，但是，王应红在战场上却表现得异常勇敢异常顽强。更何况《明天》本身就是根据当时全国闻名的护厂英雄赵桂兰的事迹创作而成。邵玉梅是一位英雄，《明天》也可以说是一部英雄的颂歌。然而，我们今天读《明天》在为邵玉梅的英雄事迹所感动时，而更多的是被一个关于女性的叙事所感染。

《明天》除塑造了邵玉梅这一女性形象外，还建构了一个女性形象体系。作品对这些女性解放前的身世没有作过多的描述，但对她们解放后的生存状态却作了生动的勾勒。章林是从胶东转来的女干部，黝黑的皮肤，洁白的牙齿，男性化的气质，但对人很温柔。她经常给邵玉梅讲党课，是给邵玉梅教育最多的一个人，也是对邵玉梅关怀最多的一个人。当邵玉梅受压制时，她支持邵玉梅对刘勇的批评，并鼓励邵玉梅努力学习，不畏困难；当邵玉梅受伤后，她多次看望过邵玉梅，给邵玉梅带去了一个女性的理解和同情。王英是对邵玉梅帮助最多的一个人。她教邵玉梅认识温度表的度数，教邵玉梅如何调整烘房的温度。小于刚到压力组时，火帽一响，她就吓得哭了。后来，经过玉梅的帮助，她变得越来越成熟了，在生产和生活中不仅刻苦好学，而且还有一种强烈的责任感和事业心。傅金苓高小文化程度，在当时可以算是一个知识分子，但她常常表现得特别自负。后来，她逐渐地认识到自己的不足，并转变成为了一名很好的工人。从邵玉梅我们能够窥见女性从旧的体制中解放出来的艰难历程，从章林、王英、小于、傅金苓我们也能看到女性自我解放的精神风貌。

邵玉梅在帮助小于的时候说："以前妇女让人看不起，也就是因为胆子小，做不成大事。现在咱有了地位，要是自己不争气，还不是一样让人看不起。"[1] 不像当前的女性主义者们只是指摘社会对女性的不公平，《明天》也从女性自身的弱点上进行检讨。与章林、王英相比，嫂子就显得自私多了。她成了邵家的媳妇，就开始算计邵玉梅，以为邵玉梅侵占了自己的利益，在邵玉梅的面前常常指桑骂槐、打鸡骂狗，使邵玉梅几乎无法在家里生活下去。自私的弱点，跃然纸上。母亲的性格更具有气质性的特征。如果说她让邵义呆在家中而让邵玉梅出去讨饭捡柴是"重男轻女"的思想在作祟，那么，她对她的内侄媳妇的态度就更能说明她患有"厌女症"。她娘家的侄儿媳妇瞎了一只眼，她就教唆她的侄儿："休了得啦，女人是一盆洗脚水，登了这盆有那盆，男子汉还怕娶不上媳妇？"一个女人偏偏就是瞧不起女人。"厌女"是中国封建社会的一个通病。女性不但不能参与社会活动，甚至连进厅堂的资格也没有。中国古代将女性称作"堂客"，就是一个极有效的明证。这种通病也便形成了中国古代社会畸形的女性美学观念。女子的脚以"三寸金莲"为美。为了达到这一美的标准，女性常常在年幼的时候便对脚进行捆裹，使脚不能得到正常的发育。如此不仅在体格上限制了女性的发育，而且在心理上也形成了女性的特殊的心障碍——她们在生活中只能遵循"三从四德"的社会规范——因而，也便形成了"女子无才便是德"的可怕观念。母亲的"厌女症"正是这一特定社会环境之下的产物。

"玉梅从小就刚强，懂事，妈妈不喜欢她，她知道因为她是个女儿的缘故。这给她的刺激最大，她恨自己不是男孩子。她想：要是个男孩子妈妈的打骂不是可以逃过吗？"[2] 邵玉梅清楚地意识到，自己受不公平待遇的根源就是因为自己是女性。女性的命运是多么卑下啊！"从此，她立下小小的志愿：将来长大，一定要作个男人一样的女人！"其实，男人中有于社会有用的人，也有于社会没有用的人，有的甚至是社会的渣滓，由于中国封建社会男权意识的霸权地位，男人也便成了社会上做人的标高。不

① 白朗：《为了幸福的明天》，人民文学出版社 1951 年版，第 66 页。
② 同上书，第 16 页。

过，邵玉梅的意识也反映出中国女性的觉醒：要做一个像男人一样的人。那么，怎样才算做了一个像男人一样的女人呢？邵玉梅在跟嫂子发生争吵之后得出的结论是："只有凭自己的劳动挣来的饭，才吃得理直气壮。"

这简朴的话语蕴涵着一个非常现实的道理：女性只有凭着自己的劳动供给自己，只有凭着自己的劳动为社会，为人民，为民族作出自己的贡献，才能在社会上争得一席之地，才能为社会所承认。"娜拉走后怎样？……不是堕落，就是回来。"①《明天》却给娜拉找到了第三条出路：面对现实，做一个对社会有用的人。

"中国妇女解放运动，从一开始就是在中国共产党的领导下进行的，就是中国人民革命运动不可分割的一部分，中国妇女积极参加了我国历次伟大的革命运动，对革命事业作出了贡献，而革命运动的每个胜利，也促进了妇女解放事业的发展。"② 这是蔡畅先生的论述。很多资料表明，新中国成立初期我国妇女的人权状况都得到很大改善。邵玉梅、章林、王英正是新中国成立初被解放女性的缩影。除《明天》之外，这一时期还有一系列描写女性的作品，它们或者倾诉女性的痛苦，或者吟唱女性的欢愉，或者叙述女性的家庭变故，或者描写女性的爱情纠葛，给新中国成立初期文学平添了一道风景线。真正的，新中国成立初期关于女性的写作，我们还可以作更深入地探讨。

思与诗的搏击

---

① 鲁迅：《娜拉走后怎样》，《鲁迅全集》第1卷，人民文学出版社1981年版，第159页。

② 蔡畅：《党的总路线照耀着我国妇女彻底解放的道路》，《辉煌的十年》，人民日报出版社1959年版，第662页。

第十七章

生命的感悟与言说

阿来的《尘埃落定》1998 年出版之后，在评论界受到了一致的好评，甚至有人称之为中国当代文学史上最富有诗意的小说。那么，《尘埃落定》具有怎样的艺术魅力呢？本文试图就它的艺术品格谈几点粗浅的看法。

一　新奇的叙述空间

《尘埃落定》所展示的是一个新奇的叙事空间：四大土司的生存境况。土司，即藏族部落的首领。四大土司具有贵族藏民特殊的权利和地位，但是，他们远离藏族的首府拉萨，与汉人有着密切的交往，因而，在四大土司的生存范式中既传承着藏文化的遗风，也浸渍着汉文化的基因。汉藏文化的交融构筑了《尘埃落定》的独特的文化氛围。作品以"我"（傻子）的口吻展开叙述，而"我"是麦其土司酒醉之后与汉族女人（我的母亲）野合的产物，因此，作品的叙述视角本身就有藏族文化与汉族文明交融的性质。正是在汉藏文化交融的透视镜下，《尘埃落定》栩栩如生地再现了四大土司在特定历史时期的风云变化和兴衰更替。

藏族喇嘛为了稳定和控制东藏的局面，派了一拨人进驻东藏。这拨人来到东藏之后，各据一方，相互争伐，最后只剩下四大土司了。这些土司对拉萨的喇嘛要进贡，对周围的土司要建立一定的联系，有时为了争夺土地和奴隶还要发动战争，对自己部落的仆人还要进行剥削和奴役，因而，在既远离拉萨，又摆脱不了藏民族脐带的土地上也便形成了对外黩武，对内牧耕的藏族部落的生存格局。但是，当姓黄的军官从汉人那里带来了枪支和弹药之后，新式武器使尊严和地位向麦其土司倾斜了。"我"的哥哥凭借新式武器在其他土司的土地上长驱直入，威震四方；其他土司对"我"的哥哥真是避之唯恐不及。从汉人那里，麦其土司引进了罂粟种子和罂粟的种植技术，昂贵的罂粟价格一下子使麦其土司暴富起来，使麦其土司在经济上较其他土司处于了领先地位。麦其土司除了关注与其他土司实力的制衡外，也十分关注汉族政治局势的变化与发展。他们希望白色汉人能战胜红色汉人，但是，他们又预感到红色汉人一定能够战胜白色汉人。当红色汉人战胜了白色汉人，同时也颠覆了他们土司地位的时候，他们又不能不接受这一残酷的现实。正是对这一特定历史时期的特定地域的人情掌故的叙述，形成了《尘埃落定》颇具审美情趣的艺术氛围。

二　诗化的情爱写作

《尘埃落定》大量地表现过男女之间的恋情，其中涉及我（傻子）与大小卓玛的感情，我与仆人塔娜和贵族塔娜的感情，涉及"我"的父亲（麦其土司）与汉族女人（我的母亲）的感情，与央宗的感情，涉及"我"的哥哥与塔娜的野合。据不完全统计，小说通篇关涉男女情恋的写作有二十五处之多。但是，它没有对情爱和性具作恶心的张扬；相反，每每写到男女之间的恋情，它都是写得那样美，那样富有情趣：

　　有一首歌是这样唱的：
　　罪过的姑娘呀，
　　水一样流到我怀里了。

什么样水中的鱼呀。

游到人梦中去了。

可不要惊动了他们。

罪过的和尚和美丽的姑娘呀！

在关于我们的世界起源的神话中，有个不知在那里居住的神人说声："哈！"立即就有了虚空。神人又对虚空说声："哈！"就有了水、火和尘埃，再说声那个神奇的"哈"，风就吹动着世界在虚空中旋转起来。那天，我在黑暗中捧起卓玛的乳房，也是非常惊奇地叫一声："哈！"①

一首诗，一则神话，与"我"的处子人生的终结虚实相间，很有空灵之感。

《尘埃落定》对性爱的描写常常是微言大义，点到为止。麦其土司狂热地爱上了头人漂亮而有些愚蠢的妻子央宗。"每天，太阳刚一升起，这一对男女就从各自居住的石头建筑中出发了。会面后就相拥着进入了疯狂生长的罂粟地里。风吹动着新鲜的绿色植物。罂粟们就在天空下像情欲一样汹涌起来。"② 男女恋人进入罂粟地之后，小说没有去写他们如何巫山云雨，而是写风，写罂粟，写罂粟在风中飘摇的动感。这种动感无疑是一种暗示。这种暗示将人物的情感与周围的景物结合起来，情景交融，颇具有诗的韵味。

诗化的处理男女之间胶着的恋情，是《尘埃落定》区别于当下情爱小说的所在。小说应该描写人们生存的各种状态，但是小说没有必要对人们的一切行为，特别是性行为，作直接裸露的张扬。诗化写作和躯体写作是小说艺术表现性及性爱的两种方式，但较之躯体写作，诗化地描写情爱恐怕更具有隽永的情致一些。

① 阿来：《尘埃落定》，人民文学出版社 1998 年版，第 16 页。
② 同上书，第 47 页。

三　独特的生命体悟

《尘埃落定》有其对人生境遇的独特领悟与阐释。"我"是一个傻子，但"我"是麦其土司的儿子。因为是傻子，在一般人的眼里看来，"我"不会有继承土司爵位的可能。然而，在决定麦其土司的领地是种植麦子还是种植罂粟的时候，"我"以麦其土司儿子的特殊身份决定种了麦子。可是，周围其他土司因为麦其土司先年种植罂粟赚了大钱而将他们的领地改种罂粟。没有播种粮食，因而造成了很大的饥荒。当麦其土司的麦子丰收了的时候，麦子的价格昂贵起来，给麦其土司带来了很大的财富。

当哥哥带着麦其土司的士卒去征伐其他土司时，"我"却在麦其土司的边关开辟集市，做起了土司之间彼此交换物质的贸易，也为繁荣和富裕麦其土司的家业起到了重大作用。作为傻子的"我"，在种植小麦、兴办集市等一系列事件上都表现了理性和睿智。而作为"聪明人"的哥哥，一直企图继承土司的爵位，一心想着建立功业，在他战胜了其他土司之后，傲慢与狂妄使他陷入了土司们为他所设下的陷阱，最后殒命于战场。在地位面前，在敌人面前，哥哥却表现出了他理性的丧失和智术的短浅。

老麦其土司老了，他出乎常情地将长期与之为敌的土司们接来，宴请他们。朋之乎，忏悔乎，还是出于无奈？这也多少折射出老麦其土司对人生的深刻领悟。哥哥死了，我能否顺利地继承麦其土司的宝座，甚至还继承我的岳母女土司的家业呢？事实并不是如此简单——红色汉人战胜了白色汉人，也颠覆了我们世袭的农奴制度——人生就是如此不可思议。《尘埃落定》对人生社会的理解明显地受有梵官佛学的影响，甚至打有封建宿命论的烙印，但是，它对人的生命密码的破译，是独到精辟的。

笔者以为，选择新奇的叙述空间，诗化地叙述情爱，以及对人生独辟的领悟，是《尘埃落定》区别于当下其他小说的艺术新质，也是奠定《尘埃落定》在小说创作领域地位的基石。

第十八章

叙述的探索与回归

《士兵突击》的播出，引起了电视艺术界的关注，也博得了广大电视观众的喝彩。世界媒体实验室公布的《2007 年热播电视剧大盘点》中，《士兵突击》是入围的十部 Made in China 电视剧之一，并且名列第四位。在第七届全国金鹰电视艺术节（湖南长沙，2008 年 8 月）上，主要演员、许三多的扮演者王宝强又摘得了电视剧"最具人气男演员奖"。客观地讲，《士兵突击》的主要内容并不具有集中兵力，猛烈攻击敌人防御阵地的充分内涵，也就是说，从文章学的角度来看，它显得有些文题不符，还不如给它一个类似于"钢铁是怎样炼成的"剧名来得痛快；然而，它得到了认同。那么，《士兵突击》何以能够受到演艺界和电视观众的如此青睐呢？笔者认为，它的向电视剧艺术高峰的"突击"，主要是在于它打破了多年来电视剧塑造军人形象的固定程式，成功地建构了许三多形象，在电视剧人物造型上有自己的突破。

许三多是一个地地道道的农民的儿子，父亲为了让他有出息，能够转成城市户口，主动托人送他走上了军人的道路；在连电视都收不到频道的五班驻地，他独自修路，得到认可，被调到钢七连；钢七连解散后，他任劳任怨，认真负责坚守七连驻地将近半年，又被调入特种部队老 A；在老 A 的一次训练中，他勇敢顽强，表现突出，一跃成为集团军的尖子兵。这也难怪有论者说："《士兵突击》讲述了一个普通士兵成长的故事"①，"一个孬兵迅速地成长为集团军里数一数二的强人"②。但《士兵突击》并没有停留在仅只叙述故事的层面，它在铺展一个士兵成长过程的同时，也解密了溶解在许三多血液里的某种气质信息。到了五班后，老魏、李梦等人整天地在那里喝酒、打牌，仿佛只有喝酒、打牌才是军人的职责，人生的要义；而许三多一人承担了修路的任务，他吃了苦，却不能为战友们所理解，反而成了其他人嘲笑、讽刺和孤立的对象。钢七连解散了，连长高城返回营地，郁郁寡欢，发泄心中的不满，踢倒了垃圾桶，许三多将滚倒了的垃圾桶端端正正地扶起来；拿他当出气筒，揍他骂他甚至奚落他，许三多第二天还是照常地给高城送去早餐。在老 A 的拉练中，每个人都使出浑身解数，孜孜以求，希望成为最先到达目的地的三个人，而许三多却在冲刺目的地的过程中帮助战友，将累倒的战士扛在肩上。就这样，《士兵突击》打造了一个近似于"傻子"的许三多形象。

从文化史的角度来看，许三多"傻子"人格的发现（或者说"发明"）权不属于导演康富雷、编剧兰晓龙、演员王宝强，也不属于剧组的其他演职人员。《老子》第四十五章说："大直若屈，大巧若拙，大辩若讷。"③ 其"大巧若拙"即道出了某种外表有些像傻子的人的内在本质。《列子》中的《汤问》篇也有这样的记载："北山愚公者，年且九十；面山而居，惩山北之塞，出入之迂也。……遂率子孙荷担者三夫，叩石垦壤，箕畚运于渤海之尾，隐土之北。"④ 这也就是后来人们所说的"愚公移山"的寓言。《老子》、《列子》崇"愚"尚"拙"的人生理念在世界思想武库中也有所存在。古希腊哲学家苏格拉底在柏拉图记录的《苏格拉底的申辩》中就说：

① 王向辉，王建勋：《军事题材电视剧的成功突破》，《当代电视》2008 年第 6 期。
② 王垚：《〈士兵突击〉：每个人的心灵史》，《北京电影学院学报》2007 年第 5 期。
③ 《老子校释》，中华书局 1984 年版，第 183 页。
④ 《诸子集成》第 3 卷，中华书局 1954 年版，《列子》，第 55 页。

"他自以为智慧，其实并不真智慧，""那些名气最大的人恰恰是最愚蠢的，而那些不大受重视的人实际上倒比较智慧，比较好些。"① 法国艺术理论家丹纳在肯定近代学者的研究工作时也说过："肯把所有的才智用来阐明考据学上的一个暧昧的问题，花十年功夫观察一种动物，不断的增加实验，检查自己的实验，心甘情愿的从事于一桩吃力不讨好的劳动，竭毕生之力替一座巨大的建筑物耐着性子雕两三块石头，而这建筑物他是看不见完工，但对后世确是有贡献的。"② 这些也是对傻子人格、愚者精神的肯定。可以这样说，人类认识史上对若愚大智的体认由来已久，而且还在不断地丰富和完善。

傻子形象在文学艺术中的呈现，也不是从《士兵突击》开始。《愚公移山》的寓言为中国读者提供了一个傻子形象的经典范例，愚公几乎成为中国人妇孺皆知的人物形象。鲁迅的散文《聪明人和傻子和奴才》（写作于1925年12月，1926年1月发表在《语丝》周刊，后来收集于《野草》）也为读者粗线条地勾勒了傻子的"傻"态：奴才向傻子诉苦，说自己的住处比猪圈还不如，如何窄小，如何潮湿，如何阴暗，如何蚊虫满屋，如何臭气熏天，屋子连一个窗户也没有。傻子愤怒了：你不会要主人开一扇窗子么？奴才说这怎么行呢！傻子要奴才把他带到屋外，动手就砸泥墙。奴才不但没有帮助傻子砸墙，反而叫了起来：来人啦，强盗要砸咱们的屋子。一群奴才围上来，赶走了傻子。"傻子"在军事题材小说中的亮相，大概是自姚雪垠的《差半车麦秸》（1938年5月发表在香港《文艺阵地》杂志）始。"差半车麦秸"的说法在河南一带本来就是"不够数儿"、"不够聪明"的意思。浑名叫"差半车麦秸"的王哑巴是在到敌占区挖红薯时被游击队误认为是敌人侦探，而抓进游击队的。进了游击队后，他经常念佛，不讲卫生，在生死存亡的紧要关头还傻里傻气地贪图别人的小便宜。但他在战场上面对敌人的骑兵，却喊，我留下来换他们几个

① 北京大学哲学系外国哲学史教研室编译：《西方哲学原著选读》上卷，商务印书馆1981年版，第66—67页。
② 丹纳（法国）：《艺术哲学》，傅雷译，安徽文艺出版社1991年版，第345页。

吧！用杨义先生的话说："他憨厚得有点拙，却又在笨拙中闪烁着坚毅的生命。"[①] 同样地，西方小说对愚者品格和生存状态的描写也不乏其例。海明威《老人与海》中的桑提亚哥捕鱼84天，一无所获，在旁人看来他只有休息了。但桑提亚哥还是坚持出海，在遥远的水域捕到了一条罕见的大鱼；返回途中，大鱼遭受其他鲨鱼的啃食，桑提亚哥又与庞大的鲨鱼群展开搏击。顽强的桑提亚哥甚至被英国文学评论家怀因达姆·刘易斯斥责为"驽钝的、冥顽不灵的、只会说单音词的呆子"[②]。

然而，"傻子"形象在中国军事题材电视剧中的登场却是缘起于《士兵突击》，也就是说，国产电视剧中很少出现愚公、"傻子"、"差半车麦秸"和桑提亚哥一类的人物，王宝强扮演的许三多形象是中国电视艺术史上自觉再现愚者生活，讴歌愚者精神的第一例。长期以来制约着中国电视剧人物造型的有两个瓶颈：其一，电视剧制作的兴奋点只是集中在表演技巧、镜头剪集、灯光效果等外在的形式上，忽视了对剧中人精神面貌的叩问与审视，未能做出探索人物精神内涵的有益尝试；其二，文学艺术界多年反对描写人物从落后到先进的转变，反对描写英雄人物的缺点[③]，其阴霾给电视剧的人物塑造也设置了难以逾越的障碍——改革开放后这种思维方式尽管有所改变，但也不过是一定程度上的修补。《士兵突击》突破这两道界线，取用"外形并不出众的演员"[④]，建构有点近似于傻子的人物形象，向中国的电视剧艺术吹入了一缕和煦的春风。

指称《士兵突击》塑造愚者形象的首创性，也并不是说，过去军事题材的电视剧完全缺少愚者形象的元素，譬如《激情燃烧的岁月（2）》中的

① 杨义：《中国现代小说史》下卷，人民文学出版社1998年版，第80页。

② 转引自罗伯斯·珀·威克斯《海明威评论中的分歧》，《海明威研究》（董衡巽编），中国社会科学出版社1980年版，第97页。

③ 周扬在第一次文代会上的报告《新的人民的文艺》中说："英雄从来不是天生的，而是在斗争中锻炼出来的。""描写部队中落后战士的作品，是特别具有教育意义的。它们反映了我们的部队所进行的阶级教育、民主教育的卓有成效，同时反过来又推动了部队的教育。"而刘白羽在《将部队文艺创作提高一步》一文中却提出了不同的意见，于是产生了是否可以描写人物从落后到进步的转变的讨论。这种讨论一直持续到20世纪80年代中期。

④ 屈菁菁：《蒋雯丽三喜临门，王宝强人气突击》《楚天都市报》2008年8月31日。

石林就有愚者形象的某些基因。但是，石林和许三多比较起来毕竟有着明显的不同：首先，石林是《激情燃烧的岁月（2）》中的重要人物，但不是《激情燃烧的岁月（2）》中的主人公；而许三多却是《士兵突击》中的主人公，是导演和编剧重点打造的对象，是导演和编剧审美理想对象化的结果。也有论者说：《士兵突击》是"每个人的心灵史"①。但从电视剧的实情来看，《士兵突击》主要还是讲述许三多的成长过程和心路历程，剧中的其他人物不过是许三多的陪衬而已。其次，石林形象的实质是"笨"，而许三多形象的实质是"傻"。石林在文工团笨于表演，在部队里笨于处理与战友和首长的关系，在与女性的交往中笨于提升自己的生活情趣，他的行为在旁人看来是一个笨蛋应该具有的"笨"态——石林排演失败后，林东东就下意识地喊过他"笨蛋"。而许三多却是傻乎乎的，无论是在家乡，还是在五班、钢七连、老Ａ，他都是按照自己的意志去待人，按照军人的规则去行事，因此与他打交道的人总觉得他的每一个言行举止都不可理喻。在石林的"笨"中还有一份油滑、顽皮、对军人规则和部队上下级关系的叛逆，这大抵与石林出生军人世家的身份有关；而许三多却总是循规蹈矩，规矩得连他的要按部队规则行事的上级老马和高城也感到头痛。在剧情的处理上，《士兵突击》和《激情燃烧的岁月（2）》都采用了震荡式刺激剧情节奏的叙事策略：部队去抢救一处险情，石林与团首长的未婚妻林东东一同被堵在了地洞里，在生死攸关的时刻一对早就产生了恋情的人——石林和林东东拥抱在了一起；许三多参加老Ａ的军事演习，以常人难以想象的意志和勇气抵达了目的地，成了集团军的尖子兵。可是，许三多就没有石林的那份幸运：整个剧情中他没有女性的倾慕，没有爱情的甜蜜，更缺少当下最为时尚的浪漫故事，以致《士兵突击》成了改革开放以来电影电视艺术中少有的"单性叙事"②。

　　"单性叙事"在中国小说中存在，如徐光耀的《平原烈火》；在西方小

----

① 王垚：《〈士兵突击〉：每个人的心灵史》，《北京电影学院学报》2007年第5期。
② "单性叙事"这一具有女性主义文学批评特色的术语，最先为杨彬教授所提出，见《新时期女性主义小说的困惑与出路》，《当代文坛》2005年第5期。

说中也存在，如海明威的《老人与海》。人物性别的奇偶性并不是评价一部作品的硬性指标，海明威还因为《老人与海》获得了诺贝尔文学奖。——诺贝尔文学奖颁发给海明威应该说是公而允之的。但一个时期大量地出现"单性叙事"的作品，这也很容易招致人们的诟病。据说"文革"期间有一位外国友人在中国观看了电影《龙江颂》之后，就发出过这样的疑问：江水英怎么没有先生呢？这则传闻只是道听途说，无从考证，但它从一个侧面反映了人们对"文革"时期"单性叙事"的怀疑。"文革"之后的小说、戏剧、电影，沐浴着改革开放的东风，拨乱反正，走上了背离"文革文学"的道路——大量的作品一时间无不充斥着男女恋情，文学艺术界的风气似乎又回到了"鸳鸯蝴蝶派"的起点。王扶林 1980 年执导了我国第一部电视剧《敌营十八年》，开创了我国的电视剧事业，我国电视剧事业也赶上了文学艺术界改革开放的步伐。历数从《敌营十八年》以来的电视剧，都或多或少地掺杂了男女之间的爱情，无不告别了"文革文学"的单性叙事。近年来的电视剧也仍然是在沿着这条道路踟蹰与徘徊：其男性主人公正义，强悍，坚持真理；有时为了避免假大空、高大全、"三突出"的嫌疑，不免辅之以粗鲁、粗鄙、粗俗、不拘小节的个性风格。而偏偏这样一个空洞的做作的鄙俗的男性主人公，却很顺利地得到一个或者几个如花似玉、冰清玉洁的女性人物的爱慕，而且很快他们便结成伉俪，使电视剧形成"大团圆"的结局。诚然，这种类型的人物较之"文革"期间的"三突出"形象有所发展，这种"强悍加爱情"①，或者说"事业加爱情"的情节结构较之"文革文学"中的"单性"、"单线"叙事有了一定的进步，但它们不过是从一种类型的人物演变为另一种类型的人物，从一种叙事程式演变为另一种叙事程式，看起来颇具个性，生动曲折，实质上也只是金玉其外败絮其中，缺少创造品格，丧失生命能量的木乃伊。扮演这一类型男性人物的总是那么几个长得五大三粗，没有一点文化品位，对中华民族的民族个性不甚了解的演职人员，其表演出来的成品与中

---

① 王向辉、王建勋：《军事题材电视剧的成功突破》，《当代电视》2008 年第 6 期。

华民族深厚的文化底蕴相处甚远。非常奇怪的是：这一类演职人员每每遇上评奖，频频摘得桂冠，仿佛中国的电视剧艺术已经到了脸膛和体形大比拼的模特秀时代。《士兵突击》一反时下电视剧创作和录制的潮流，采取一般人认为已经过时的"单性"、"单线"的叙事手法，为许三多形象的展示套上了一件合身的袈裟——试想许三多在成为集团军的尖子兵之前也能惹出一段爱情故事，那他还是许三多形象吗？

假如将《士兵突击》的播出倒回去放置在"十七年"、"文革"时期，它肯定会受到这样的申斥："把人民解放军描写得愚蠢、落后，这是根本上违犯了现实本质的错误描写。"[①] 但《士兵突击》正是因为塑造许三多形象，才显示出它的创造性，才获致艺术的生命力。我们的人民解放军有高级指挥官，也有普通的战士；普通战士中有如成才、吴哲、伍六一一类"高亢而华丽"、机警而聪明的骄子，也有像许三多一样长相平淡、性情率真的常人。《士兵突击》避开军事题材电视剧仅只关注官员，极力打造英雄的要点，将叙事的镜头伸向普通士兵，并且是有着特殊个性和气质的士兵许三多，开发了电视艺术家们不曾开发的人物，彰显了电视艺术家们不曾彰显的精神品质。那么，什么是许三多精神呢？首先，许三多精神是一种抱朴守拙，矢志不渝的信念。在茫茫的荒地筑路，这在同班的战友看来是不可为而为之，但许三多认定了这个艰苦的但又不算轰轰烈烈的目标，不管困难有多大，不管别人怎样议论，他一个人在那里努力着工作着。许三多的行为还真与愚公"移山"的精神有某些相通之处。愚公首先是受到妻子的怀疑，其次是遭到智叟的嘲弄，但愚公坚持自己的主张，挖山不止，感动了上帝。许三多也将路修成了，而且还在路的中间嵌上了一个大大的五角星。他的事迹也感动了上帝，团长说，许三多这样的好兵放在五班浪费啦。其次，许三多精神是一种恪尽职守，奋发进取的意志。连部都已经解散了，连长高城都已经灰心丧气地闹情绪了，许三多却无怨无悔地坚守在那里，而且一守就是半年，履行着一个军人的职责。再次，许三多

---

① 刘白羽：《将部队文艺创作提高一步》，《解放军文艺》第 1 卷第 1 期（1951 年 7 月）。

精神是一种善良纯朴，团结合作的态度。伍六一多次当着许三多的面骂许三多"二百五"、"窝囊废"，向许三多直陈，我瞧不起你，可是当伍六一退伍时，许三多还是主动请求伍六一与他和解，我知道我不好，但我们马上就要分手了，和了吧！当成才放弃了老A的训练，许三多还是不断地向袁朗推荐成才，介绍成才的长处。最后，许三多精神是一种勇于拼搏，敢于胜利的境界。老A的那次集训，是一次魔鬼式的训练，有的战友退出了，有的战友落伍了，许三多不顾饥饿，不顾疲劳，顽强地向目的地逼近，成了最先到达目的地的三个人之一。电视剧此处的镜头真有点鲁迅散文于聪明人的"反讽"意味：奴才向聪明人说自己吃得如何差，做工如何累，如何活不下去了，聪明人示之以同情，鼓励奴才总会好起来的，待到傻子被赶走了，奴才得到主人的夸奖，奴才对聪明人说，你实在有先见之明。与傻子比较起来，聪明人实在是太聪明了。《士兵突击》中的那些"华丽而高亢的男人"退却了，而一个相貌平庸、神态痴傻的许三多却成功地到达了终点，这不能不说更加凸显了许三多形象的内涵。一言以蔽之：许三多精神就是"不抛弃，不放弃"的品质。

　　许三多精神是当代军人的一种生存状态，也是我们民族个性的一方标石。一个民族是一种怎样的生存状态，到底应该以一种怎样的状态去生存？这都是每一个积极进取的人必须思考的问题，也是值得人们去认真研究的课题。古往今来的思想家、艺术家都曾思考过这个问题，而且取得了丰硕的成果。随着技术进步发展起来的电视剧艺术也应该担当起这份责任。早在1927年，英国小说家、小说理论家佛斯特就提出过这样的疑问："Will it be killed by the cinema"[①]？（国内学者苏炳文翻译为：小说"会被电影取而代之吗？"[②] 朱乃长翻译为："小说是否会被电影取代？"其实，佛斯特原文的意思有比"取而代之"、"取代"更为彻底的"替代"含义）历史已经过去了八十多年，八十多年的电影电视艺术事实已经证明，小说不仅会被电影取代，还会被电影之后的电视剧取代，会被更为先进的图像艺

---

① 佛斯特：《小说面面观》，中国对外翻译出版公司2002年版，第440页。
② 同上书，第144页。

术所取代。时下文学刊物的销售不够景气，部分文学期刊不得不停办，每年公开出版的1000多部长篇小说很少有人阅读，只能堆放在书库里供老鼠的嘴巴去鉴赏和批判；而电视剧却因为欣赏和阅读的便捷，越来越为不同年龄、不同职业、不同文化程度的受众所接受，时下电视剧事业的飞速发展，电视剧数量的供不应求，就是一个明证。电视剧既然有取代小说的发展趋势，那么电视剧艺术应该怎样顺应时代发展的潮流，怎样选择自己的发展道路呢？这也是每一个电视剧从业人员和每一个关心电视剧发展事业的人们都必须思考的问题。应该承认，近年出产的电视剧灯光效果、镜头剪辑、音响配置、表演技能，都已经达到无可厚非的水平，但电视剧在超越传统叙事艺术的同时，也应该向传统的叙事艺术学习，担负起探索民族品格，解密民族灵魂的责任。《士兵突击》正是担负起了这一份责任的成功之作。

第十九章

"新文学"的命名

　　陈思和先生在《试论 90 年代文学的无名特征及其当代性》〔《复旦学报》（社会科学版）2001 年第 1 期〕一文中对"当代文学"内含的紧缩和"现代文学"外延的扩展，是一个富有真知灼见的动议。为了讨论问题的方便，笔者不妨将其动议摘录如下：

　　　　我的不成熟的想法是，"当代"不应该是一个文学史的概念，而是一个指与生活同步性的文学批评概念。每一个时代都有它对当代文学的定义，也就是指反映了与之同步发展的生活信息的文学创作。它是处于不断变化不断流动中的文学现象，过去许多前辈学者强调"当代文学不宜写史"，正是从这个意义出发的。……所以，"现代"一词是具有世界性的文学史意义的，而"当代"一词只属于对当下文学现象的概括，要区分现当代文学的分期其实无甚意义。我们现在流行的"中国当代文学史"的提法，只是一种不科学的约定俗成的说法。国家教育部制定的学位点，没有当代文学只有现代文学，把当代文学归入现代文学的范畴，作为现代文学史的一个组成部分，这是比较符合实际情况的。现在正是 20 世纪的结束之日，我们可以建议由国家教育部与学术界一起为"现代文学史"作一个暂且的下限的界定，即以

"20世纪文学"作为现代文学的第一个阶段，具有文学史的性质。而即将来临的新世纪文学，可作为"当代文学"范畴，暂不进入文学史的教学和研究，只是作为实践中的文学现象，成为文学批评的对象。若干年以后，再陆续补充到文学史的范畴里去。

陈思和先生的这个动议在学术界引起了较大的反响。他和谈蓓芳教授的文章引发了发表于《复旦学报》、《文学评论》、《文艺研究》等刊物上的系列研究成果。郜元宝先生称其是"精彩表述"，"能自圆其说"。① 以至许志英先生要给"当代文学"一个"说法"，李杨先生要从知识谱系学的视角探寻时下尚存在于"中国现当代文学"名下的文学的合理名称。

老实说，陈思和先生的"合理方案"，起初并没有引起笔者的足够兴趣；只是喝彩的人多了，笔者才开始关注这个方案的真正含义。在陈思和先生的这一重要表述中，有两点疑惑：其一，当代文学"是一个指与生活同步性的文学批评概念"，其大意是否是说，当代文学是一个与生活和文学发展具有同步性的文学批评概念。其二，"国家教育部制定的学位点，没有当代文学只有现代文学"。请问："现代文学"是哪一个国家的教育部制定的学位点呢？我国境内现行的学科专业名称是按照国务院学位委员会、国家教育委员会（颁布目录时，主管全国教育的机构是"国家教育委员会"，而不是"教育部"）1997年颁布的《全国博士、硕士学位授予专业目录》而命名的，在"中国语言文学"一级学科之下设有"中国现当代文学"二级学科，学科编号为050106，这个专业的名称不是"现代文学"或"中国现代文学"②。许志英先生曾透露出一点消息，20世纪80年代中期在调整研究生专业目录时的确有人提出过，用"中国现代文学"代替"中国现当代文学"，但跑马圈地各立山头的"思路"使

---

① 郜元宝：《尚未完成的"现代" ——也谈中国现当代文学的分期》，《复旦学报》（社会科学版）2001年第3期。

② 见国务院学位委员会办公室、教育部研究生工作办公室编《学位与研究生文件选编》，高等教育出版社1999年版，第64页。

正式公布的名称还是"中国现当代文学",而且这个名称一直沿用到1997年公布的目录。

这两个疑惑倒无伤大雅,只是陈思和先生的"合理方案"关涉到了一个专业全国通用名称的事宜。非常明显,陈思和先生是要将目前尚存在于"中国现当代文学"名下的文学命名为"现代文学"或者"中国现代文学"。郜元宝先生对这个方案有过一段"精彩的评价"。郜元宝先生说:"陈思和先生是已经发生了相当影响的《中国当代文学史教程》(复旦大学出版社1999年9月版)的主编,由他对'当代文学史'的说法作出这样的解释,既出于公心,也充分考虑到中国现行学科体制的实际情况。"[1] 许志英先生也说:"我认为,将中国从古到今的文学以1917年为界分为两个大的时期——古代文学时期与现代文学时期——是适宜的。""中国文学以1917年为界分为古代文学与现代文学两个大的时期,而当代文学则是指近十年的文学,这就是我给'当代文学'的一个说法。"[2]

但是,严家炎先生则反对用"现代文学"来概括这一段文学史实。严家炎先生说:"用'现代文学'这个概念来概括二十世纪绝大部分时间的中国文学,同样还存在类似'当代文学'内涵上的模糊不清之处。……为了避免过于含混、不确切,我主张,将来还是先改用'二十世纪中国文学'(时间从十九世纪九十年代到二十世纪九十年代,下限暂不设定)这个相对稳定的概念为好。"[3] 众所周知,严家炎先生是治现代文学史的专家,曾经与唐弢先生一起主编过《中国现代文学史》全国通用教材。严家炎先生反对用"现代文学"概括这一段时期的文学,大概也不是出自"私心"吧?陈思和先生和严家炎先生,一个是治中国当代文学史的大家,一个是治中国现代文学史的泰斗,对目前尚存在于"中国现当代文学"名下的文学是称为"现代文学",还是称为"20世纪中国文学",他们都得出了

① 郜元宝:《尚未完成的"现代"——也谈中国现当代文学的分期》,《复旦学报》(社会科学版)2001年第3期。

② 许志英:《给"当代文学"一个说法》,《文学评论》2002年第3期。

③ 严家炎:《文学史分期之我见》,《复旦学报》(社会科学版)2001年第3期。

完全有悖于自己先前所从事的研究方向的结论。

对1917年以后的中国文学，除可称为"中国现当代文学"、"中国当代文学"之外，还能够作为其名称的恐怕就只有"中国现代文学"、"二十世纪中国文学"和"中国新文学"了。前两个名称是为学界所拒绝的，而后三个名称在学界却存在不同的"说法"。

关于"二十世纪中国文学"，郜元宝先生说过："它也只是对某一时段中国文学的一个暂时的命名"，是一个不具有"文学史性质"的概念。[①]采用"二十世纪中国文学"这一概念，笔者认为，最大的弊端是不能回答"二十世纪中国文学是什么性质的文学"这个必须回答的问题，也就是说，它不能概括出二十世纪中国文学的质的规定。其次，使用"二十世纪中国文学"这一概念，容易割裂二十世纪文学与十九世纪文学和即将发生的二十一世纪文学的内在联系。发生于二十世纪的"新文学"，早在十九世纪中期就已经有其存在的因子，只是到了二十世纪初才开始出现正式意义上的有别于旧的传统的文学的"新文学"。在二十世纪产生和发展起来的中国新文学也并不会随着世纪的更替戛然中止而变成另一种全新的文学，二十一世纪文学尽管将会有很多新的特质，但它还必将沿着二十世纪业已形成的文学轨道去运行。因此，将古代文学之后的中国文学近距离地指称为"二十世纪中国文学"，是一种短识的文学史分期行为。

陈思和先生之所以用"现代文学"来代替"中国现当代文学"，用他自己的话说，是因为"现代"一词具有"世界性"和"文学史意义"。"现代"一词的"世界性"，比较容易理解，它大概是说中国新文学是受外来文学（或文化）的影响而发展起来的，具有与世界文学相同的审美取向，达到了与世界文学的融合吧。但"现代"一词的"文学史意义"，陈思和先生并没有阐释，也比较费解。郜元宝先生还作过如下的说明："他（指陈思和先生——笔者注）取消了'当代文学'概念的文学史性质，肯定'现代'一词是'具有世界性的文学史意义的'……这都能自

① 郜元宝：《尚未完成的"现代"——也谈中国现当代文学的分期》，《复旦学报》（社会科学版）2001年第3期。

下篇 诗与史的批判

圆其说……"①但郜元宝先生也没有说清楚这种说法之所以能"自圆其说"的理由。陈思和、郜元宝两位先生未曾说明"现代"一词之所以"具有文学史意义",笔者也就只能凭推测而进行理解了：这大概就是董健、朱立元、王文英、骆玉明诸先生所说的文学的"现代性"、"现代意识"吧。②但严家炎先生却说："这八九十年的文学中毕竟有一条'现代性'的线索可寻——'人的觉醒'、'文的觉醒'就是其突出标志。可见学界对这个问题似乎隐隐约约存在着某种共识。当然，用'现代文学'这个概念来概括二十世纪绝大部分时间的中国文学，同样还存在类似'当代文学'内涵上的模糊不清之处。而且我们所谓的'现代'，在日本就叫做'近代'。"③

值得说明的是，在 20 世纪三四十年代的中国，"现代"、"当代"，甚至"近代"是没有明确界线，甚至是不相区别的。1932 年 3 月出版的《近代中国女士著作家小说文选》（由上海文学社出版），入选的作家是：冰心、沅君、绿绮、丁玲、芦隐、凌叔化；1932 年 9 月出版的《现代中国女作家》[草野著，由人文书店（北京）出版]，被介绍的作家是：谢冰心、黄芦隐、绿漪、冯沅君、丁玲、黄白薇；1944 年（民国三十三年）12 月出版的《当代女作家小说选》[谭正璧编，由太平书局（上海）出版]，入选的作家是：张爱玲、苏青、杨秀珍、曾文强、程育珍、邢禾丽、汪丽玲、严文娟、汤雪华、陈以淡、施济美、俞昭明、吴克勤、周练霞、张憬、燕雪雯。两部作品选、一部研究集，所涉猎的几乎是同一个时代的作家作

① 郜元宝：《尚未完成的"现代"——也谈中国现当代文学的分期》，《复旦学报》（社会科学版）2001 年第 3 期。

② 董健先生在《关于中国当代文学史的几个问题》一文中说："可以把它（当代文学——笔者注）放在整个现代化进程中进行考察，以求准确地把握到它的基本历史特征。……文学的现代化则是指脱离'文以载道'的'工具论'的束缚，实现文学的自觉，创造出以人性与人道主义为本的'人的文学'。"[载《南京大学学报》（哲学·人文科学·社会科学）2002 年第 3 期] 朱立元、王文英先生在《以现代性为衡量的主要尺度——也谈中国现代文学史的开端》一文中说："中国现代文学之所以说是'现代'的而不再是'古典'的或'近代'的，其主要标志应是它具备了不同于以往一切文学的现代性。"[载《复旦学报》（社会科学版）2002 年第 4 期] 骆玉明先生在《文学史的核心价值与古今演变》一文中说："'现代文学'的概念原是隐含着'现代性'、'现代意识'的意味……"[载《复旦学报》（社会科学版）2002 年第 5 期]

③ 严家炎：《文学史分期之我见》，《复旦学报》（社会科学版）2001 年第 3 期。

品。"当代"、"现代"、"近代"，在这三个文本中的"通用"恐怕不是笔误和随意。1930 年底，由朱肇洛主编，熊佛西作序，周作人题写书名，北平文化学社印行，供河北女子师范大学学生演出使用的《近代独幕剧选》，入选的剧作家有：田汉、柴霍甫、熊佛西、菊池宽、丁西林、欧阳予倩等。三年后（即 1933）同样由朱肇洛、熊佛西、周作人策划出版的《现代剧选》（亦由北平文化学社印行），入选的剧作家是：熊佛西、丁西林、袁昌英、李一非、孙食工等，所选剧本几乎是《近代独幕剧选》所选作家的不同作品。在此前后出版的《当代女作家随笔》、《当代中国作家论》，《现代中国小说选》（上、下卷）、《现代中国女作家创作选》、《现代中国诗歌选》、《现代中国作家》，所选（或介绍）的都是五四之后的作家作品。[①] 同一个时代的作家作品被冠以"近代"、"现代"、"当代"不同的概念，可见，这三个概念在那个时代是不相区别的。真正将"近代"、"现代"、"当代"区分开来，即"近代"指从鸦片战争到五四运动的时段，"现代"指从五四运动到新中国成立的时段，"当代"指新中国成立到现在的时段，则是 20 世纪 50 年代的事情。这种时段的划分意在区别三个不同历史时期的不同"革命"性质，即"近代"具有旧民主主义革命的性质，"现代"具有新民主主义革命的性质，"当代"具有社会主义革命的性质，以及总结三个不同"革命"性质的历史时期的历史成就和文学艺术的成就。这种时段的划分无疑是政治的历史的产物。时过境迁，如果我们囿于固有的政治的

---

① 1935 年（中华民国二十四年）4 月王定九编的《当代女作家随笔》，由中央书局（上海）出版，入选的作家有：陆晶清、凌叔华、芦隐、冰心、梅漱琴、刘恒、玖女士、褚问鹃、谢冰莹、王春翠、彭雪珍、艾霞、陈学昭、寒梅、孙雯君、苏绿漪；1933 年 6 月上海乐华图书公司编印的《当代中国作家论》，由乐华图书公司（上海）出版，入选的作家有：鲁迅、郁达夫、郭沫若、张资平、茅盾、丁玲、冰心等；1933 年 12 月罗芳洲的《现代中国戏剧文选》，由上海亚细亚书局出版，入选的作家有：熊佛西、欧阳予倩、丁西林、郭沫若、顾一樵、洪深、郑伯奇、田汉；1936 年出版的《现代中国小说选》（上、下卷），由上海亚细亚书局出版，入选的作家有：鲁迅、郭沫若、茅盾、沈从文等人；1932 年《现代中国女作家创作选》，由中华书局出版，入选的作家有：谢冰心、黄芦隐、陈衡哲、冯沅君、凌淑华、丁玲、苏绿漪、白薇；1933 年《现代中国诗歌选》，由上海亚细亚书局出版，入选的作家是：从胡适、李大钊到曹葆华、沈祖年；1928 年 7 月钱杏村著的《现代中国作家》，由上海泰东图书局出版，介绍的作家是鲁迅、郭沫若、郁达夫、蒋光慈。

樊篱，人为地扩展"现代文学"的外延，紧缩"当代文学"的内涵，也就是说将"中国现当代文学"改为"中国现代文学"，那只不过是五十步与一百步的关系，没有大的实质意义。

有论者说："所谓'当代文学'，首先是指当前的文学，也包括在时间上与当今相衔接、在性质上与当前文学属于同一范畴的文学。"[①] 用类似的话语也可以套说："现代文学"是指现在的文学，也包括在时间上与现在相衔接、在性质上与现在的文学属于同一范畴的文学。两个不同概念的诠释，在内涵上根本看不出它们有什么实质的不同；可见，"现代文学"和"当代文学"的含义是没有太大的区别的。当然，这种字面的理解是不足以为学术研究的依据。那让我们翻开中国社会科学院语言研究所主编的《现代汉语词典》来看一看，"现代"一词的解释是："现在这个时代"，"当代"一词的解释是："当前这个时代"；再让我们翻开世界图书出版公司出版的《朗文当代英语词典》来看一看，"modern（现代）"的解释是"of the present time, or of the not far distant past"，"contemporary（当代）"的解释是"modern, belonging to the present time"。显然"现代"和"当代"在词汇学中的意义也不存在明显的差异。

"现代文学"所依据的"现代性"、"现代意识"是以自然科学为基础，以工具理性为核心建立起来理论体系。它将现代化生产工具作为其价值标准，人的现代化不过是工具现代化的一个派生物。那么，用以工具理性为核心的现代化理论来作为评判和衡量视为人学的文学的唯一尺度，又是否合适和恰当呢？——这已经是一个问题。更何况西方传统的"现代化"理论在当今本身就受到了"后现代"、"后后现代"理论的挑战！如果我们以亦步亦趋的方式去追逐西方理论的新潮，将西方"现代化"理论作为命名中国 20 世纪文学的理论依据；那么，在"现代化"理论已经被消解，"后现代"、"后后现代"理论日益兴起的今天，我们又是否能将今天之后的中国文学命名为"中国后现代文学"、"中国后后现代文学"呢？"人性的解

① 谈蓓芳：《再论中国现当代文学的分期》，《复旦学报》（社会科学版）2001 年第 1 期。

放"、"文本意识的提高"是用现代化理论来评判中国新文学的学者们所重视的中国新文学的两个向度，那么，这两个向度又是否可以说成是中国新文学的"现代化"属性呢？众所周知，"人性的解放"和"文本意识的提高"早在16世纪文艺复兴时期的欧洲就业已成为一种普泛的文学时尚，而不是西方在现代化进程中产生出来的现代派文学的独有品质。用"现代文学"来指称中国新文学，最明显的不足就是片面地强调了中国新文学的"世界性"，忽视了中国文学发展的内在规律；用文学之外的理论（现代化理论）来推演和规范文学，忽视了对文学自身特性的归纳和总结。

那么，1917年之后的中国文学，到底应该给一个怎样的名称呢？20世纪40年代中期，中华全国文学艺术协会与上海春明出版社一起编印了一套"现代作家文丛"，中华全国文学艺术协会在"关于刊行现代作家文丛"的说明中写道："本文丛原来定名为'新文学文丛'的。这是比较大方的一种名称。但书店方面因为刊行了'今文学丛刊'，恐怕混同，要求改为今名。考虑结果，觉得没有不方便，就决定了下来。"从这一说明，我们可以得到一点启示："新文学"或"中国新文学"作为专业名称是比较"大方"的，早在20世纪40年代的文学圈子里也是得到认可的。

但对"中国新文学"这一名称，也有人提出过否定性的意见。郜元宝先生说过："'新文学'，虽然一些学者在它的名下作了出色的研究，但正是由此揭示的完整的文学史存在本身，已经不允许我们继续从告别'旧文学'的意义上确立'新文学'的位置，当'新文学'越来越远离曾经拼命从中挣脱的'旧文学'的母腹而不断开辟属于自己的疆域时，'新'就失去了原有的针对性，再'新'下去就显得不合时宜。"[①] 郜元宝先生不允许继续"新"下去，是因为"新"失去了原有的"针对性"，再"新"下去显得"不合时宜"。更何况用"中国新文学"指称1917年以后的中国文学，不能包容这一时期旧体诗文的写作，具有"概念不周延"的缺陷呢。

然而，笔者认为，用"新文学"来概括和指称1917年以后逐渐发展起

下篇　诗与史的批判

① 郜元宝：《尚未完成的"现代"——也谈中国现当代文学的分期》，《复旦学报》（社会科学版）2001年第3期。

来的有别于"旧文学"的中国文学有如下几个方面的"合理性":

第一,"新文学"也是一个约定俗成的概念。自1919年12月李大钊为《星期日》杂志撰写《什么是新文学》的短文、1920年1月周作人为北平少年学会作《新文学的要求》的演讲起,指称一种新的文学气象的"新文学"一词就开始被广泛地使用,而且一直沿用到现在。当下即使主张使用其他名称的学术论文,甚至包括反对采用"新文学"一词的大作,都常常有意无意地使用"新文学"这一概念指称1917年以来的中国文学。因此,使用"中国新文学"这一概念,具有为人们所接受的"可能性"。

第二,"新文学"一词能够概括五四以来中国文学的质的规定。陈独秀的《文学革命论》、胡适的《文学改良刍议》,为中国新文学规定了一条全新的发展道路。新文学运动的其他先驱者们也是这样要求"新文学"的。李大钊在回答"什么新文学"的问题时说:"我的意思,以为刚是用白话做文章,算不得新文学。刚是介绍点新学说,新事实,叙述点新人物,罗列点新名词,也算不得新文学。我们所要求的新文学,是为社会写实的文学,不是为个人造名的文学。是以博爱为基础的文学,不是以好名声为基础的文学。是为文学而创作的文学,不是为文学本身以外的什么东西而创作的文学。"[①] 周作人在北平少年学会作演讲时也说:"这新时代的文学家,是'偶像破坏者',但他还有他的新宗教,——人道主义的理想是他的信仰,人类的意志便是他的神。"[②] "新文学"在其发展过程中尽管出现了一些波折,在当时甚至还发生了"变异",但总体上是沿着这一轨道运行的:中国文坛自1917年以来出现了一大批与传统的旧文学风格迥异的文学作品,也出现了一批批能够独领风骚代表不同历史时期新文学潮流的作家。这些作家以及他们所创造的劳动产品,不仅实现了文学语言从文

---

① 李大钊:《什么是新文学》,《中国现代文学史参考资料》第1卷,上册,高等教育出版社1959年版,第19—20页。

② 周作人:《新文学的要求》,《中国新文学大系》第2卷,上海良友图书印刷公司1936年版,第144页。

言文向白话文的转变，而且也实现了中国文学文体风格的变更和文学思维方式的革新。所以，用"新文学"概括 1917 年以来的中国文学，具有很大程度的准确性。

第三，"新文学"一词对新生的正在发展着的中国文学具有长久的概括力。正如谈蓓芳女士所说："从 90 年代起则将成为逐渐与五四新文学传统产生距离的时代，只不过这距离绝不意味着背弃五四新文学已有的成就，而是在这成就的基础上朝着符合文学本身特征的方向走向更新的阶段。"[1] 正在发生的文学将是对 1917 年以来文学的捍卫与传承，也必将是对 1917 年以来文学的发展和超越——因为艺术的生命在于创新。对正在发展着的将要超越固有形态的文学，用"新文学"来概括和规范更能凸现"新文学"之所以区别于"旧文学"的"针对性"和发展轨迹，以及"新文学"之所以为"新文学"的内在品质和创新精神。

第四，用"新文学"一词概括 1917 年以来的中国文学能够为研究者提供多元的研究向度。对 1917 年以来的中国文学，研究者可以从人性的角度研究文学发展中的主体意识的自觉，也可以从文本的角度研究文学艺术中的文本意识的刷新；可以从文体的角度对新诗歌、新小说、新戏剧、新散文的特质进行归纳和总结，也可以从历史的角度分阶段地对不同时期的文学状态进行剖析和探索。

第五，用"中国新文学"命名 1917 年以来的中国文学，具有相对的"周延性"。给 1917 年以来的文学命名，表面上看是一个文学史的分期问题，而实质上更是一个形式逻辑中的概念周延与否的问题。于笔者看来，"中国新文学"所指涉的范围应该涵盖自"新文学"产生以来一直到当下的正在发展着的一切文学。甚至对当下文学的批评，即文学评论，也应该隶属于"中国新文学"专业的范围，因为当前正在发生的文学是"中国新文学"的延伸，也是"中国新文学"的一个组成部分。至于当前正在发生的文学是否能够进入文学史写作的范围，则应该视其是否

---

[1] 谈蓓芳：《再论中国现当代文学的分期》，《复旦学报》（社会科学版）2001 年第 1 期。

发育到一个相对稳定的状态，是否表现出了明显独立的价值倾向和审美特征。① 从这个意义上讲，"中国新文学"这一名称能够包容我国自1917 年以来的不同地区（包括中国大陆和港澳台地区），不同民族、不同文化特征的文学事实，具有比较严密的周言性。任何概念的周言性都是相对的。如前所述，作为一个专业名称的"中国新文学"尚不能涵盖 1917 年以来的文言文、古体诗的写作。但许志英先生说得好："我们并不因为现代还存在着旧体诗词的创作便动摇对中国现代文学本质特征的认识。"许志英先生在进一步分析"近代文学"的归属问题时说："同样也不能因为'近代'存在着白话文的写作和现代意识的萌芽便将'近代文学'归入现代文学。我认为，中国'近代文学'与古代文学相比同大于异、与现代文学相比则异大于同，因而将近代文学归属于古代文学比归属于现代文学要妥帖得多。"② 用许志英先生的这个"同异归属"法则，我们不难得出结论：不能因为旧体诗文的存在动摇 1917 年以来的新文学的主流地位。

笔者赞同用"中国新文学"来指称 1917 年以来的中国文学，这也不过是一孔之见，一相情愿的事情。20 世纪下半叶，知识的更新呈几何状增长，传统的学科、专业目录已经不能适应知识增长的需要。1997 年，国务院学位委员会，国家教育委员会对全国博士、硕士学科专业目录进行了大幅度的调整。被调整的学科专业中，有很多成功的例子，它们顺应了知识增长的发展趋势，也达到了拓宽学科专业口径的目的。但也有部分专业，无论是所涵盖的内容，还是专业名称的使用，都还有值得斟酌和思考的地方，"中国现当代文学"专业的名称就是一个争议较大的例子。但不管怎样，笔者认为，还是应该还专业一个合理的名称。

---

① 这一观点与唐弢先生的"当代文学不宜写史"的论断并不矛盾。唐弢先生说："现在那些《当代文学史》里写的许多事情是不够稳定的，比较稳定的部分则不属于当代文学的范围。"（《唐弢文集》第 9 卷，社会科学文献出版社 1995 年版，第 494 页）鉴于唐弢先生的论断，笔者也认为，在"中国新文学"的名下，没有再分"现代文学"和"当代文学"的必要。至于文学事实是否能进入文学史写作的范围，那应该视其是否形成相对稳定的格局。

② 许志英：《给"当代文学"一个说法》，《文学评论》2002 年第 3 期。

第二十章

现代与当代文学的分界

中国现代文学和当代文学的分界线一如中国近代以来的若干问题一样一直是一个缠夹不清的问题。在林林总总的中国现代文学史和中国当代文学史著作（或教材、论文）中，有将现当代文学的分界时间确定为新中国成立的，如许志英先生编写的《中国现代文学史简编》称："以一九一九年五四运动为开端，直到一九四九年中华人民共和国成立，这段文学史，习称中国现代文学史。"[①] 孙忠田先生主编的《中国现代文学史》认为："中国现代文学，即指自'五四'时期开始至 1949 年中华人民共和国成立前夕这一期间的具有理论意义的文学。"[②] 有将现当代文学的分界时间确定为"第一次文代会"召开的，如刘绶松先生在《中国新文学史初稿》中尽管将中国新文学运动的历史规定为"从'五四'运动时期起，到中华人民共和国成立的时候"[③]，但他在具体的论述中只讨论到了"第一次文代会"的召开[④]。王庆生先生在《中国当代文学》教材中认为："1949 年 7 月，中

---

① 许志英编：《中国现代文学史简编》，江苏人民出版社 1983 年版，第 1 页。
② 孙忠田主编：《中国现代文学史》，高等教育出版社 1988 年版，第 1 页。
③ 刘绶松：《中国新文学史初稿》上卷，人民文学出版社 1979 年版，第 13 页。
④ 刘绶松：《中国新文学史初稿》下卷，人民文学出版社 1979 年版，第 689 页。

华全国文学艺术工作者代表大会召开，解放区和国民党统治区两支文艺队伍会师，标志着我国当代文学的伟大开端。至此，中国的新文学进入了一个崭新的历史时期。"① 有将 1937 年抗战爆发确定为一个文学分界线的，如陈思和先生在《试论年代文学的无名特征及其当代性》一文中将"1937—1989"作为一个文学时段，认为它的"共名的主题"是"抗战，社会主义，"文革"，改革开放"。② 刘志荣先生也说：抗战爆发是"中国 20 世纪文学史上的重要分界线"。③ 还有人在私下交流，应该将 1942 年 5 月召开的"延安文艺座谈会"作为现当代文学的界线④。那么，现代文学与当代文学的分界线到底应该怎样划定呢？

给现当代文学确立分界线其实是一种给中国文学作再次分期的行为。众所周知，中国文学中比较传统的文学史分期方法是把整个文学发展的历史分为古代文学、近代文学、现代文学和当代文学⑤。如果按照传统的文学史分期方法，给现当代文学确立分界线就是确立分界线，不存在再次分期的问题。但黄子平、陈平原、钱理群三位先生 1985 年提出了"20 世纪中国文学"的概念。他们说："我们在各自的研究课题中不约而同地，逐渐形成了这么一个概念，叫作'20 世纪中国文学。'""'20 世纪中国文学'这一概念首先意味着文学史从社会政治史的简单比附中独立出来，意味着把文学自身发生发展的阶段完整性作为研究的主要对象。"⑥ 陈思和先生1995 年提出了"中国新文学研究的整体观"⑦，并且建议将目前名之为"当代文学"的文学事实归并到"现代文学"的名义之下⑧。近年来，还有人

---

① 王庆生主编：《中国当代文学》，华中师范大学出版社 1999 年版，第 1—2 页。

② 陈思和：《试论 90 年代文学的无名特征及其当代性》，《复旦学报》（社会科学版）2001 年第 1 期。

③ 刘志荣：《抗战爆发：中国 20 世纪文学史上的重要分界线》，《复旦学报》（社会科学版）2001 年第 1 期。

④ 中国社会科学院文学研究所当代文学研究室 2005 年 10 月在河北省白洋淀举行"当代文学热点问题"讨论会。会上，刘平研究员提出过类似的观点。

⑤ 之凡：《一次气氛活跃的学术讨论会》，《文学评论》1985 年第 6 期。

⑥ 黄子平、陈平原、钱理群：《论"二十世纪中国文学"》，《文学评论》1985 年第 5 期。

⑦ 陈思和：《中国新文学研究的整体观》，《复旦学报》1995 年第 3 期。

⑧ 陈思和：《试论 90 年代文学的无名特征及其当代性》，《复旦学报》2001 年第 1 期。

提出了恢复"中国新文学"说法的观点。^① 对于区别于"中国古代文学"的文学，无论是放在"20 世纪中国文学"的名义之下，还是放在"现代文学"或者"中国新文学"的名义之下，都还存在第二次分期的问题。给文学史作第二次分期并不是什么新鲜的事情，如治中国古代文学的研究者们就将古代文学划分为先秦两汉文学、魏晋南北朝文学、唐宋文学和元明清文学等；杨周翰先生在《欧洲文学史》中将欧洲文学分为古代文学、中古文学、文艺复兴时期文学、17 世纪文学、18 世纪文学和 19 世纪文学之后，又将欧洲古代文学分为"希腊文学"和"罗马文学"[②]。给文学史作再次分期，是将文学史研究引向深入的一个举措，也是文学史研究者们义不容辞的责任。给中国现当代文学确立分界线，也并不是陈思和先生所说的"区分现当代文学的分期其实无甚意义"[③]。陈思和先生自己对 1917 年以来的文学就作过如下的划分：1917—1927、1927—1937、1937—1989、1989— [④]。只不过是，他给 1917 年以来的文学划分时段的方法和时值与他人有所不同罢了。

然而，以 1937 年"抗战爆发"作为文学史的分界线所遇到的最直接的问题是，抗日战争起始于 1937 年"卢沟桥事件"的定论在史学界已经受到了质疑。张一波先生曾经在网页上设立过访问调查，受访者中有77％的人赞同将 1931 年的"9·18 事变"确定为抗日战争的起始时间[⑤]。如果以"9·18 事变"作为抗日战争起始时间的立论成立，那么，以 1937 年的"7·7 事变"作为抗日战争的起始时间和以 1937 年"抗战爆发"作为文学史分界线的观点很自然就会受到撼动。1931 年"9·18 事变"之后的抗日斗争与反日情绪，也影响过文学事业的发展。自 1931 年至 1937 年，

① 见拙文《试论作为文学命名的"新文学"》，《浙江社会科学》2005 年第 3 期；《中国社会科学文摘》2005 年第 4 期；《新华文摘》2005 年第 7 期。

② 杨周翰：《欧洲文学史》上册，人民文学出版社 1979 年版，第 10 页。

③ 陈思和：《试论 90 年代文学的无名特征及其当代性》，《复旦学报》2001 年第 1 期。

④ 同上。

⑤ Hipp：918war. net，2005 年 5 月 22 日；另见拙文《抗日战争起始时间考辩》，《浙江社会科学》2007 年第 4 期。

以抗日斗争为题材的长篇小说就有张个侬的《马占山将军演义》、张天翼的《齿轮》（作者署名"铁池翰"）、黄震遐的《大上海的毁灭》、阳翰笙的《义勇军》、李辉英的《万宝山》、朱雯的《动乱的一年》、万国安的《东北英雄传》、肖军的《八月的乡村》、周楞枷的《炼狱》、王余杞的《急湍》等。就如何开展抗日救亡运动，文艺界自 1935 年底起还进行过"国防文学"和"民族革命战争的大众文学"的论争。以 1937 年"抗战爆发"作为文学史的分界线无疑有割裂历史的嫌疑。

陈思和先生们是从文学形态的角度在给文学史作时段划分，即认为从 1937 年到 1989 年每个时期的文学都有一个共同的主题，但他们忽略了文学发展的内在联系。而真正能够作为 1949 年之后的中国文学源头的是 1942 年召开的延安文艺座谈会。在延安文艺座谈会上，毛泽东发表了一系列文学艺术主张，如文学艺术"是为人民的"[①] 观点；"自然形态上的文学艺术是观念形态上的文学艺术的唯一源泉……但是加工后的文艺却比自然形态上的文艺更有组织性，更有集中性，更典型，更理想，因此就更带普遍性。"[②] 这些文学主张也影响了 1949 年之后的中国文学的发展。那么，我们是否可以将"延安文艺座谈会"作为文学发展史的一个分界线呢？和其他历史现象一样，文学发展的历史也常常是各种因素和成分的犬牙交错。这也正如鲁迅所说："许多历史学家说，人类的历史是进化的，那么，中国当然不会在例外。但看中国进化的情形，却有两种很特别的现象：一种是新的来了好久之后而旧的又回复过来，即是反复；一种是新的来了好久之后而旧的并不废去，即是羼杂。……文艺，文艺之一的小说，自然也如此。"[③] 那么，对于纷繁复杂的文学史实，到底应该设定怎样的划分标准呢？许志英先生说："我们并不因为现代还存在着旧体诗词的创作便动摇对中国现代文学本质特征的认识，同样也不能因为'近代'存在着白话文

①　《毛泽东同志在延安文艺座谈会上的讲话》，《整风文献》，山东新华书店 1950 年版，第 399 页。

②　同上书，第 408 页。

③　鲁迅：《中国小说的历史的变迁》，《鲁迅全集》第 9 卷，人民文学出版社 1981 年版，第 301 页。

的写作和现代意识的萌芽便将‘近代文学’归入现代文学。我认为，中国‘近代文学’与古代文学相比同大于异、与现代文学相比则是异大于同，因而将近代文学归属于古代文学比归属于现代文学要妥帖得多。"① 如果按照许志英先生的"同异归属"法则，很自然自 1942 年至 1949 年这一段时间的文学就不能归并到"当代文学"的范畴之内。

---

① 许志英：《给"当代文学"一个说法》，《文学评论》2002 年第 3 期。

第二十一章

"9·18事变"的文学史意义

关于"抗日战争",《中国大百科全书》解释为:"1937年7月至1945年9月,中国各族人民抗击日本帝国主义侵略者的民族解放战争。世界反法西斯战争的重要组成部分。其间,中国单独对日作战计有四年半时间。到1941年12月8日,日军袭击珍珠港,对美、英开战,中日之间的战争,始演变为太平洋战争。中国乃与美、英并肩对日作战,直到日本投降为止。"① 费正清主编的《剑桥中华民国史》也是类似的说法:"战争持续了八年。""战事是在1937年7月7日午夜前不久的黑夜中开始的。"② 但近年来,笔者在从事抗战文学的研究中,总是感觉到以"卢沟桥事件"作为整个抗日战争的起点,多少有那么一点遗憾和不足。不久前在网页上搜索得知,张一波在"9·18战争"网站就抗日战争的起始时间设立了访问调查,接受调查的网民也有不同的声音。③ 那么,"抗日战争"到底应该从什么时间算起呢?对于这样一个"抗日战争"的基本事实,笔者认为,完全

---

① 《中国大百科全书·中国历史》,中国大百科全书出版社1992年版,第519页。
② 费正清主编:《剑桥中华民国史》下卷,中国社会科学出版社1998年版,第623页。
③ 接受调查的网民有77%的人赞成,抗日战争的起始时间为"9·18事变"。Hipp:918war.net,2005年5月22日。

有廓清和厘定的必要。

众所周知，中日两国人民的交往和友谊源远流长。可是，日本在明治维新之后把向周边地区的扩张视为自己民族发展的目标，先后占领了琉球国、中国台湾和朝鲜国，还不时进犯中国大陆。但日本人真正开始全面侵略中国大陆，还是应该从"9·18事变"算起。"9·18事变"之后，日本人在140天的时间内占领了中国东北地区全境；1932年1月，制造了"1·28淞沪战争"；7月，占领了热河省境内的朝阳寺；1933年1月，占领了山海关；3月，占领了热河省会承德；5月，占领了平津附近的密云、平谷、怀柔、顺义、通县、香河和宝坻等地，强迫中国政府与之签订的《塘沽停战协定》确定了他们对东北地区及热河省的占有权；1934年4月，日本外务省情报部长天羽英二发表谈话，粗暴地干涉中国政府与世界其他国家的交往；1935年6月，《何梅协定》确定了其在河北省的控制权，《秦土协定》确定了其在察哈尔省的控制权；11月，土肥原贤二向中国华北地区的地方行政长官宋哲元提出企图将华北从中国分离出去的实行华北"自治"的无理要求；12月，支持伪蒙古军占领宝昌、沽源和张北等县；1936年2月，支持德王成立"蒙古军部司令部"；8月，支持伪军王英部入侵绥远省；1937年7月，"卢沟桥事件"爆发；8月，发动"第二次淞沪战争"；12月，占领中国国民政府的首都南京——日本强盗步步逼近，中国军队节节败退。应该说，日本军队自"9·18事变"之后对东北地区的占领，和向南方省份的扩张，是一个相对连续而完整的战事，"卢沟桥事件"不过是日本军队继续向南推进的一个环节和步骤，用当时最为时髦的一个比喻来说，就是"卢沟桥敌军的炮火，是缠紧了东北四省的毒蛇，又向华北张开了血口。"① 因此，笔者认为，"抗日战争"的起始时间就战争本身的客观事实而言，不是"卢沟桥事件"的发生，而是"9·18事变"的爆发。

一个值得注意的现象是，日本国内目前也有人将发生在中国土地上的

---

① 《中华全国文艺界抗敌协会宣言》，《文艺月刊·战时特刊》第9期，1938年4月1日。

这场战争表述为"十五年战争",如山田敬三就著有《十五年战争与文学——日中近代文学的比较研究》（日本东方书店 1992 年 2 月出版）一书。作为一个加害国，日本人尚且将这场战争称为"十五年战争"，而作为被害国的中国则只称其为"八年抗战"——这不能不说是一桩滑稽的事情。人们不禁要问，日本人所发动的这场战争还有 7 年的时间去侵略谁了呢？日本人称"十五年战争"，大概是从 1931 年 1 月召开的日本"第 59 届议会"算起。由于日本国内出现的经济危机，也因为政治斗争的需要，在这次会议上，松冈洋右提出了将满蒙地区变为日本领土的"满蒙生命线论"。在这次会议之后，日本参谋本部所作的 1931 年年度《形势判断》制定了所谓"解决满蒙问题"的战略计划，即第一步建立一个取代张学良的亲日政权，第二步使满蒙独立，第三步将满蒙地区最终纳入日本版图。6 月，日本参谋本部和陆军省制定了《解决满洲问题方案大纲》；7 月，陆军省将《大纲》下达给关东军参谋部；8 月，将熟悉中国情况的本庄繁任命为新的关东军司令官；其后，在中国东北地区不断地进行挑衅和制造事端。在一系列阴谋未能得逞的情况下，日本军队终于生硬地制造了"9·18 事变"，即于 1931 年 9 月 18 日夜自行炸毁沈阳北郊柳条湖的铁路后，反过来诬陷是中国军队所为，从而发起对中国军队的攻击。站在日本人的角度来看，从整个战争的起因、发展和变化过程的实际情况出发，日本人将 1931 年 1 月的日本"第 59 届议会"视为这场战争的起点，这也是情理之中的事情。但是，日本军队真正将侵华战略付诸实际行动，还是从"柳条湖事件"开始。

那么，在中国何以形成了"八年抗战"的既定说法呢？郭德宏认为："明显是受了中共党史研究模式的影响。"[1] 而笔者认为，并不尽然。抗战胜利后，全国各地万人空巷，欢呼雀跃。当时的《国民公报》登载有这样一条新闻："鞭炮生意大佳，（重庆）民生路某店瞬息售空。"[2]，这条新闻

---

① 郭德宏：《论抗日战争的性质、地位及有关问题》，《纪念中国人民抗日战争暨反法西斯战争胜利 60 周年学术研讨会论文集》（中国社会科学院编，内部资料），第 9 页。

② 《国民公报》1945 年 8 月 10 日。

即可说明全国各阶层民众的喜悦心情。当时，无论在国民党政府，还是在共产党中央，领导人的讲话、报纸杂志的号外号和各种非正式出版的宣传品铺天盖地，诸如"八年以来"、"抗战八年"、"八年抗战"之类具有总结性的文字大量地出现在正式和非正式的文本中。蒋介石发表广播讲话说："我们中国在黑暗和绝望的时期中，八年奋斗的信念，今天才得到了实现。"[①] 李宗仁就撰写过《八年抗战敌我优劣之检讨》一文，陈诚就撰写过《八年抗战经过概要》一文。朱德在致美国、英国、苏联三国的说帖和警告蒋介石收回错误命令的电文都说了下面的一段言辞："经过我们八年的苦战，夺回了近百万平方公里的土地，解放了过一万万的人民，组织了过一百万的正规部队和二百二十多万的民兵……"[②]《解放日报》在报道延安的庆祝活动时说："中国人民艰苦奋斗，忍受牺牲，坚持了八年抗战，最后胜利的日子终于到来了。"[③] 在其社论中说："在八年抗战中，中国人民表现了无比的英勇和坚毅。"[④] 茅盾就撰写过《八年来文艺工作的成果及倾向》一文，郭沫若、冯乃超、田汉、艾芜、阳翰笙、杨晦等人在重庆曾就《抗战八年文艺检讨》这一话题进行过座谈。也就是说，"八年抗战"的说法是国民党政府、共产党中央和社会精英阶层在抗战胜利期间的公共话语。至于谁最先道出了这样一个"影响深远"的说法，这已无法考证；但中国人有盘点过去事迹的习惯，这一点是不可否定的。1933 年 8 月，茅盾（署名"东方未明"）就撰写过《"九一八"以后的反日文学》一文。1938 年 3 月，《新华日报》在其社论中就有这样的评论："抗战的八个月以来，许多文艺家肩着他的巨笔，跟随着前线的将士，英勇地参加了浴血的苦斗。"[⑤] 1938 年 5 月，郭沫若、老舍、郁达夫等人在重庆的一家川菜馆里，以"抗战以来文艺的展望"为题就进

① 《蒋介石广播演说词》，《时事新报》1945 年 8 月 15 日。
② 《中国解放区抗日军朱德总司令致美英苏三国说帖》，《解放日报》1945 年 8 月 15 日；《朱总司令再电蒋介石警告其收回错误命令》，《解放日报》1945 年 8 月 16 日。
③ 《延安庆祝日寇无条件投降》，《解放日报》1945 年 8 月 16 日。
④ 《庆祝抗战最后胜利》，《解放日报》1945 年 9 月 5 日。
⑤ 《全国文艺界抗敌协会成立大会》，《新华日报》1938 年 3 月 27 日。

行过一次笔谈。"卢沟桥事件"爆发一周年时，茅盾撰写过《八月的感想》一文；嗣后，孔罗荪撰写过《三年来的创作活动》，欧阳凡海撰写过《五年来的文艺理论》。1945年7月7日，在抗战胜利的前夕，《解放日报》发表过《纪念抗战八周年》的社论。他们都不时地对一个重大的历史事件发生以来的工作进行归纳和总结。因而，到了抗日战争胜利的时刻，很自然也就有了"八年以来"、"抗战八年"或者"八年抗战"的说法。

　　非常明显，这种"八年以来"、"抗战八年"或者"八年抗战"的说法无疑是以"卢沟桥事件"作为整个抗日战争的起点。不过，在当时的文献中，也有将"9·18事变"视为抗日战争起始时间的表述。如郭沫若在《新文艺的使命——纪念文协五周年》一文中就这样说过："'九一八'以来日本帝国主义者暴露了狰狞的侵略面孔，民族危机日紧一日，因而国内的一切势力便逐渐缓和了内部的斗争，而一致地集中到了抗日的旗帜下。"① 这里就是比较明确地将"9·18事变"视为抗日战争的起点。只不过是郭沫若对这一问题的表述常常自相抵牾罢了。郭沫若在同一篇文章中也说："我们神圣的抗战虽已经继续了五年有半，而我们大部分的国土还沦陷在日寇的铁蹄下，大多数的同胞还沉没在水深火热的活地狱中。"② 这里又是将抗日战争从"卢沟桥事件"算起。然而，在当时的中国，以"卢沟桥事件"作为抗日战争起点的声浪，压倒了以"9·18事变"作为抗战争起点的声音，所以，在没有经过任何论证的情况下，形成了对抗日战争起始时间的这一错误认同。

　　至于国人为什么要以"卢沟桥事件"作为抗日战争的起始时间，这大概与此前国民政府的消极抗日，或者说被动抗日有关。"9·18事变"后，日本人占领了整个东北，而且还不断地向南推进，国民政府或者不予抵抗，或者只是被动地应对，因而，人们将这场抗击日本帝国主义入侵的战争也就从"卢沟桥事件"的爆发算起了。如毛泽东就说："卢沟桥中国军

① 郭沫若：《新文艺的使命——纪念文协五周年》，《新华日报》1943年3月27日。
② 同上。

队的抗战，是中国全国性抗战的开始。"① 至于国民政府对日本军队不予抵抗的原因，学术界也有不同的说法。在中国大陆，一般认为，是国民政府"攘外必先安内"的政策在作祟②，或者是国民政府依赖于国际联盟③。而美国芝加哥大学教授江昭却说："1933 年 5 月 31 日的塘沽停战协定通过在长城以南建立一个非军事区，将'东四省'从中国的其他部分分割开，国民政府出于缓兵之计的需要，同意这种停战，并承认日本在满洲的存在。目前中国将致力于外交活动以恢复失去的权利，并致力于经济建设作为国家抗战的基础。"④ 笔者认为，消极抗日，或者说被动抵抗，是国民政府在内忧外患境况下的一种无奈选择。这种无奈的选择既有其现实的原因，也有其历史的渊源。所谓现实的原因，就是日本军队有备而来，装备有现代化的武器，中日军事实力的对比悬殊太大；而在强大的敌人面前，中国军队山头众多，国民党内部派系林立，还有共产党中央与之分庭抗礼。在这种分崩离析的情况下，国民政府一时不具有足以阻挡日本人入侵的能力，不具有将日本强盗赶出中国的胜算。所谓历史的渊源，就是自晚清以来，这片神奇的曾经一度作为满清王朝发祥地的土地就开始变得风雨飘摇，岌岌可危：先是俄国人借着镇压义和团运动，占领了东北全境；后是日本人在这片土地上，与俄国人展开狼虎之争；再是日本人凭着对俄国人的征服，占领了以旅顺为中心的南满地区。在这种历史背景之下，说是顺应也罢，说是麻木也罢，日本人在"9·18 事变"之后对东北全境的占领，尽管全中国人民表现出了强烈的愤慨，但国民政府却是持一种消极默认的态度。

一个颇有意味的情节是，张学良东北"易帜"承认蒋介石执掌的国民政府的领导地位之后，蒋介石出于对张学良的回报，除任命张学良为东北

下篇 诗与史的批判

----

① 毛泽东：《为动员一切力量争取抗战胜利而斗争》，《文学运动史料选》第 4 册，上海教育出版社 1979 年版，第 5 页。

② 王建朗：《中日关系史话》，社会科学文献出版社 2000 年版，第 121 页。

③ 同上书，第 126 页。

④ 江昭：《日本入侵与中国的国际地位，1931—1949 年》，《剑桥中华民国史》下卷，中国社会科学出版社 1998 年版，第 580 页。

边防军总司令外，还将当时的热河省划入了东北边防军管辖的范围。日本人占领东北三省后，贪婪之心不死，大肆鼓噪："热河省系旧东北四省之一，与其他三省有不可分之关系。"① 这时的国民政府及其宣传机构又反过来宣称，"满洲国"不包括热河省，热河省属于华北地区。如宋子文1933年2月11日在北平会见新闻记者时就说："热河为中国整个一部分，正如广东与江苏等省然，攻击热河，不啻攻击首都，日人若实行攻击，则吾人将以全国之力对付之。"② 这种丢西瓜捡芝麻的雕虫小技，不正是对日本人占领东北的默认吗？时过不久，《塘沽停战协定》的签订，就是国民政府在一种复杂心境之下对这一系列既成事实的公开认可——即承认日本军队对东北地区和热河省的占领。当时国人对东北地区的这种复杂情感，我们从共产党人的论述中也能找到可资佐证的材料。1935年12月27日，毛泽东就说过："一九三一年九月十八日的事变，开始了变中国为日本殖民地的阶段。只是日本侵略的范围暂时还限于东北四省，就使人民觉得似乎日本帝国主义者不一定再前进了的样子。今天不同了，日本帝国主义者已经显示他们要向中国本部前进了，他们要占领全中国。"③ 毛泽东的判断洞若观火，具有敏锐的洞察力。在此后的日子里，日本人并没有停止他们向中国内地扩张的步伐。不过，"他们要向中国本部前进"的说法，却透露出一点信息，即毛泽东也是将中国东北地区视为与长城以南地区（即"本部"）相区别的"非本部"。毛泽东的这一表述，不是一个一时的随意的表白。在其后的《为动员一切力量争取抗战胜利而斗争》一文中也有类似的说法："七月七日卢沟桥事变，是日本帝国主义大举进攻中国本部的开始。"④ 从这一表述，我们可以看出，当时的中国人，无论是国民政府，还

① 这是日本陆军省以谈话的形式发表的声明。转引自马仲廉编著的《"九·一八"到"七·七"》，中国青年出版社1985年版，第156页。

② 转引自马仲廉编著《"九·一八"到"七·七"》，中国青年出版社1985年版，第159页。

③ 毛泽东：《论反对日本帝国主义的策略》，《文学运动史料选》第3册，上海教育出版社1979年版，第243—244页。

④ 毛泽东：《为动员一切力量争取抗战胜利而斗争》，《文学运动史料选》第4册，上海教育出版社1979年版，第5页。

是共产党人，都是将东北地区与内地相区别的；也就是说，将东北与内地相区别，是当时中国人的一种比较普遍的心态。

正是这种将东北与内地相区别的普泛而复杂的心理和国内四分五裂的政治局面，造成了国民政府对日本军队入侵东北三省及热河省的消极抵抗；也正是对日本人占领"东四省"的羞羞答答的承认，导致了人们对整个抗日战争的起始时间的错误定位。值得庆幸的是，经过了血与火的考验的中国人民赢得了这场战争的胜利，不仅将日本人从长城以南的地区驱逐出去，而且还收复了包括东北在内的长城以北的广阔失地，收复了在甲午战争中丧失的台湾、澎湖列岛地区。但令人遗憾的是，人们的观念落后于时代发展的潮流——在抗日战争胜利之后，没有及时地调整和更正过去关于抗日战争起始时间的错误观念。

历史已经过去了六十多年。对抗日战争的起始时间进行重新定位是一个完全必要的举措。和日本人打交道，不能吞吞吐吐，含糊其辞，大而化之。国人大概还记得琉球国被纳入日本版图的历史教训吧！1871年12月，琉球人的船只漂泊到台湾南部，与台湾当地居民发生冲突，造成人员伤亡，福建省地方当局对伤亡的琉球人也予以了抚恤和安慰。可是，到了1873年6月，这一桩本来已经平息的事件，却被柳原前光重新挑起。日本换约大使柳原前光来到中国，就这一事件向清朝政府提出交涉。如果清朝政府一口回绝，琉球人与台湾人都是大清帝国的属民，他们之间发生的冲突由我大清帝国裁决，与日本政府毫无干系，这件事情不就完结了吗？可是，清国总理大臣毛昶熙却给了柳原前光一个极不聪慧的解释：台岛之民分生熟两番，已服我朝王化者为熟番，未服者为生番；杀人者毕属生番，故置之化外，未便穷治。毛昶熙的解释有两个明显的漏洞：即默认了琉球为日本国的属地，和将台湾"生番"视为清朝政府的"化外之区"。这样为日本人侵占琉球和台湾留下了口实。日本政府于1874年4月组成"台湾生番探险队"，开始了对台湾的大举侵略。清朝政府花了50万两银子几经周折才在自然之神的辅助下把日本人请出台湾，而且还失去了对琉球国的宗主地位。无独有偶，第二次世界大战胜利之后，日本军国主义在远东军事法庭只口否定对华侵略行为是"战争"，而只承认是"事变"，并声称国际战争法不适用于这一战事。据石子政考证，"事变"一词的基本含义，无论在汉语中，还是在日语中，都是指事情的重大的变故。① 如"西安事变"是指在国民政府领导之下的东北军和西北军对国民政府的最高行政长官蒋介石突然的"兵谏"，"皖南事变"是指在抗日统一战线旗帜下的国民党军队突然背信弃义对新四军的围剿。而日本人用"事变"一词指称发生在中国领土上的这场战争，显然是强词夺理，是为了避重就轻推卸自己的罪责。当然，强盗自然有强盗的逻辑。日本人强辩，日本和中国"同文同种"，中国人不接受日本人的大东亚共荣政策，所以日本人要对中国人进行打击。正如石子政所说："'事变'一词高度地概括了日本侵略者的强盗逻辑，充满着对中国人民的侮辱，有损我中华民族的尊严。"② 但也不知道是什么原因，中国人几乎从战争一开始就认同并接受了"事变"一词的使用，而且一直沿用至今。过去，日本人将"战争"还说成"事变"；现在，日本右翼势力在他们编写的教科书中已经不将"战争"说成"事变"了，而只是说"进入中国"或者"解放满洲"。当下，中国政府就教科书问题还要费尽口舌，不断地对日本国提出交涉。

　　从 1931 年 9 月 18 日到 1937 年 7 月 7 日，将近六年的时间，中国失去了东北三省，失去了热河省，失去了馁远省、察哈尔省和河北省的大部分地区。如此巨大的相当于日本领土面积 4 倍的土地的流失，对于一个国家来说，这不能不说是一个极其重大的事件。这一极其重大的领土面积的流失，大概不能不被视为一种"战事"吧！如果我们将其视为一种战事，而只称为"局部战争"，这未免太有点阿 Q 之流的"优胜记略"了。假若我们不将其纳入"抗日战争"的范畴，而又要将其划入一个"战事"的范围之内，那么，我们又只有钻进日本人为我们所设制的圈

　　① 石子政：《入侵何以称"事变"——"事变"一词的解密》，《文汇报》2004 年 12 月 26 日；http：www.china918.net。
　　② 同上。

套，即将其视为"满洲事变"和"华北事变"了。"9·18事变"之后，国民党军队在东北三省不战而退，严重地伤害了中国人民保家卫国的爱国热情和抵御外侮的民族信念，但中国人民抗击日本帝国主义的信心和斗志并没有因为东北军的撤离而减退。全国各大中城市相继爆发了大规模的反帝爱国学生运动和市民运动，张天翼的《齿轮》、齐同的《新生代》、杨沫的《青春之歌》、王林的《一二九进行曲》都艺术地再现了当时人民群众的反帝爱国热情。东北各地的人民，如沈阳的唐聚五、邓铁梅，吉林的李杜、冯占海，黑龙江的马占山、苏文炳等，自发地组织各种武装力量，都与敌人展开了殊死的战斗。中国共产党组建的"东北人民革命军"（后更名为"东北抗日联军"）对日本军队予以过沉重的打击，领导的"12·9学生运动"对全国的抗日救亡运动也起到了推波助澜的作用。在1932年的"1·28淞沪大战"中，在1933年的"长城保卫战"和"察哈尔抗战"中，在1936年的"馁远抗战"中，国民党军队中的爱国官兵也曾用自己的鲜血和生命谱写了反帝爱国的壮丽篇章。如果将"卢沟桥事件"视为整个抗日战争的起点，也就是说，将从1931年9月18日到1937年7月7日的中国人民抗击日本帝国主义的斗争排除在"抗日战争"之外，这样很容易淡化日本侵略军在中国所犯下的滔天罪行，很容易导致小视中国共产党在抗日战争中的主导地位，轻视包括工人、农民和青年学生在内的全中国人民的昂扬的爱国热情，无视国民党爱国官兵在抗日战争中所发挥的历史作用，和忽视东北义勇军自发抗击日本侵略者的历史功绩。

也有人说："中华民族的抗日不是传统意义上的八年，甚至也不只是'九·一八'事变后的十四年，而是从1895年台湾抗日肇始的五十年。"①1894年爆发的中日"甲午战争"与后来的抗日战争有联系，因为日本政府在明治维新之前就已经具有了向周边地区及亚洲大陆扩张的意识和策略。对日本的"明治维新"运动产生过重大影响的吉田松阴在1855年就说过：

---

① 作家阎延文语，转引自舒晋瑜《抗战文学作品的现状与反思》，《中华读书报》2005年9月7日。

"惟应严章程，笃信义，乘其间培养国力，换取易取之朝鲜、满洲、中国，使失之于俄国之土地，偿之于鲜、满。"① 在甲午战争之后，日本政府开展了一系列的对中国进行侵略的行动，如通过甲午战争，占领了台湾及福建沿海；通过日俄战争，占领了旅顺及南满铁路沿线；通过对德宣战，占领了山东胶州湾；打着保护侨民安全的旗号，在山东阻止中国北伐军前进，制造了"五三济南惨案"等。这些战事和抗日战争都是日本对外扩张政策的结果。但是这些事件是不具有连续性的单个的军事行动，与后来的整个抗日战争没有十分具体而紧密的联系。况且，日俄战争、日德战争，尽管发生在中国的土地上，是对中国领土的掠夺，但它们是日本人分别与俄国人、德国人发生的冲突，是与抗日战争具有不同性质的战事。如果我们将这些战事也纳入抗日战争的范畴，那明显有一点牵强附会。与之相反，假如将"卢沟桥事件"视为抗日战争的起点，那就会人为地肢解日本人"9·18事变"后侵略中国的整体行为，就会切断全国不同阶层的民众以不同方式谱写的反帝爱国史诗，就会割裂"卢沟桥事件"前后政治、军事、经济、文化演变的内在联系。

以文学史实为例，"9·18事变"后，东北的爱国青年在哈尔滨、长春等地，办刊物，写文章，宣传抗日道理，抒发爱国情怀，其中代表性的文本有肖红的《生死场》、肖军的《八月的乡村》和舒群的《没有祖国的孩子》等。这些文本深深地影响了抗战文学，正如周扬所说："《八月的乡村》与《生死场》的成为轰动，以及一切的抗敌救亡的题材的作品的流行，正表明了民族革命高潮中新文学必然的趋势。抗战以后的文学就是顺着这个趋势而更往前发展了。"② 其后，"东北作家群"流亡南方，继续从事写作，进一步地丰富了抗日战争题材的文学。如果将"卢桥沟事件"视为整个抗日战争的起点，那么，肇始于"卢沟桥事件"之前的"东北作家群"就会被排斥于抗战文学之外。这样在文学研究的领地，就会隔

---

① 转引自王建朗《中日关系史》，社会科学文献出版社2000年版，第9页。

② 周扬：《从民族解放运动来看新文学的发展》，《文艺战线》第1卷第2号，1939年3月16日。

断“东北作家群”与抗日战争的内在关联，就会贬损“东北作家群”的艺术成就，就会无视“东北作家群”对整个抗战文学的贡献、影响和文学史地位。甲午战争后，文学界也出现过反映甲午海战及其当时国人情绪的叙事文本，如高太痴的《梦平倭虏记》、洪子贰的《中东大战演义》、曾朴的《孽海花》等。下面是《梦平倭虏记》中的一段叙述：“光绪中，有某生者，布衣读书，经济学问，器宇胆略，绝世无双，尤邃于兵法。隐居海滨，留心华洋交涉之事，尝慨然有安内攘外之志，自叹无可进身，将闭户著书，落拓诗酒以终焉。甲午之际，朝鲜乱作，东倭内犯，中朝诸将失机偾事，疆土沦陷，险要不守，寇氛日逼，朝野皇皇。生于是忠义激发，不能自已，每语其友曰：‘倭寇未易平也，必也吾辈出，而后庶有裨乎！大丈夫建功名，取斗大黄金印，封万户侯，时乎时时乎不再来！’或笑其狂，不顾。生甚以时势为忧，自恨乏资斧，不能伏阙上书，悉陈天下之利弊。数发议论，条陈大事，发乎日报，以冀当世之采择。”① 这一段叙述基本上代表了《梦平倭虏记》、《中东大战演义》、《孽海花》的总体行文风貌。但无论从语言形式来看，还是从叙事策略来看，这都是一段具有传统叙事风格的与作为新文学的抗战文学大相径庭的文字。更何况高太痴、洪子贰、曾朴等人在“9·18事变”爆发时，或者驾鹤西去，或者垂垂老矣，与后来的抗日战争没有半点联系和瓜葛呢。所以，“9·18事变”以前的反日文学不能被纳入抗日战争题材的文学的范畴。

　　一切历史结论都应该建立在历史事实的基础之上。基于这点，笔者认为，抗日战争应该从，也只能从“9·18事变”算起。如上所述，日本右翼势力编写的教科书将这场“战争”已经不称为“事变”，而只是称“进入中国”、“解放满洲”了。东条英机之流二战甲级战犯，本来已经受到国际法庭的审判和惩处，现在的日本要员却对他们进行朝拜，为他们招魂；在国际组织监督之下制定的日本现行宪法，规定日本国不能有军队的存

① 　高太痴：《梦平倭虏记》，《甲午中日战争文学集》（阿英主编），中华书局1958年版。

在，日本当局却蠢蠢欲动，企图修改这一法案。历史的经验值得注意：违反和践踏《凡尔赛和约》，是希特勒纳粹政府向周边国家大举侵略的前奏。诚然，在世界格局已经发生根本变化的今天，一个国家假借某一词句挑起战争的可能性不大——斗牛场上的游戏，最终决定胜负的，已经不是伎俩的比试，而是实力的较量。但是，在历史老人的面前，我们还是应该本着对历史负责的原则，不能轻率地下一些让生者不能服气，让死生不能瞑目的结论！

思与诗的搏击

第二十二章

"十七年"文学研究的一种方略

　　随着"重写文学史"讨论与实践的深入,"十七年"文学早已成为中国文学研究中不能回避的话题。近年来,国内出版了一批具有史料性的回忆录,产生了一批具有探索性的研究成果,所有这些对"十七年"文学的深入研究将会起到推动作用。但是,当下的"十七年"文学研究还缺乏对它的系统清理,也就是说,研究的对象只局限于曾经被"批判"的作家作品和文艺思潮,还缺乏对"十七年"文学的系统梳理;研究的层面只停留在对文学表层事实的阐述,还缺乏对"十七年"文学的整体把握和深入剖析。因此,笔者认为,对"十七年"文学应该进行系统的文本解读。

　　美国著名文学批评家米勒说过:"'阅读'意味着逐字仔细琢磨,事先不带任何成见。"[1]"阅读是一种积极的干预。"[2] 所谓对"十七年"文学的系统阅读,是指对"十七年"文学的全面的整体的深入的梳理和解读。那么,对"十七年"文学是否有其进行系统阅读的必要呢?

　　就"十七年"文学书籍的出版而言,成立于解放区的"新华书店",既是进步书籍的发行机构,也是进步书籍的出版部门。解放前,它在延

---

[1]　J. 希利斯·米勒:《解读叙事》,申丹译,北京大学出版社 2002 年版,第 1 页。

[2]　同上书,第 9 页。

安、北京、汉口、沈阳、张家口、苏州、新乡、聊城等地出版了不少进步书籍；新中国成立后，它在一段时间内，仍然承担着出版的任务，出版了一批新中国亟须的文艺作品。1949年7月第一次文代会召开之后，中央文学艺术团体，各地方文学艺术团体也陆续成立了出版社，如人民文学出版社、作家出版社、中国青年出版社（最初叫"青年出版社"）、解放军文艺出版社、工人出版社、中南文学艺术出版社、西北人民出版社、东北文艺出版社、新音乐出版社、群众出版社、上海新文艺出版社、湖南通俗读物出版社、重庆人民出版社、云南文艺出版社、文化工作社、上海音乐出版社、人民美术出版社、上海文艺联合出版社、艺术出版社等。某些地方和军队的政治宣传机构也随时出版文艺作品，如白刃的《战斗到明天》即为中南军区暨第四野战军政治部1951年初出版。这些出版社（或出版机构）刊行中国古典文学作品、外国进步的文学作品、五四时期的文学作品、延安时期的文学作品，也出版新中国成立后新近创作的文艺作品。在"十七年"出版的文学作品中，影响较大的文艺丛书应该是新华书店出版发行的"中国人民文艺丛书"①、人民文学出版社出版发行的"文艺建设丛书"② 和"解放军文艺丛书"③ 等。在当时特定的历史条件下，一些创办于解放前的具有进步性质的外国出版社，如时代出版社（前苏联办于上海）；私营出版社，如平明出版社、泥土社、万叶出版社、上海出版公司、文光书店、光明书店、棠棣出版社、文学古籍刊行社、群益出版社等，仍然保留下来，出版在当时看来不算反动可资大众阅读的文艺书籍。不过，这些出版社很快就被取缔或改制。随着旧的出版社被取缔或改制，新的出版社不断发展壮大起来。据统计，到1958年全国共有出版社108家④；从1950年到1956年全国共出版发行初版文艺书籍18347种⑤，仅1959年就出版发

---

① 周扬主持编辑，1949年5月开始出版发行，主要出版解放区1942年以后的文学作品。
② 丁玲主持编辑，从1950年开始发行，主要出版解放后的文学作品。
③ 1953年开始发行，主要出版解放后的战争题材的文学作品。
④ 沈雁冰：《新中国社会主义文化艺术的辉煌成就》，《辉煌的十年》，人民日报出版社1959年版，第458页。
⑤ 见《文艺报》1957年第7期，第13页。

行文艺书籍 2600 种①。

就文艺期刊的变化与发展而言，第一次文代会召开之前，《文艺报》②、《长江文艺》③、《文艺劳动》④、《华北文艺》⑤ 等即已试刊或创刊。第一次文代会召开之后，又有一批文艺杂志相继创刊，如《人民文学》⑥、《吉林文艺》⑦、《湖南文艺》⑧、《河北文艺》⑨、《湖北文艺》⑩、《部队文艺》⑪ 等。据统计，1949 年创办的文艺刊物共有 18 种。⑫ 1949 年之前创刊的边区文艺刊物，如冀鲁豫边区区委主办的《平原》⑬；进步的同人刊物，如赵邦嵘发行的《小说》⑭、广东南光书店发行的《文艺生活》⑮、黄嘉德发行的《西风》⑯ 等，在新中国成立之后的一段时间内仍然保留下来，继续出版发行。据统计，到 1949 年底，全国共有文艺刊物 40 种⑰。

① 见《文艺报》1959 年第 18 期，第 44 页。

② 由中华全国文学艺术界联合会筹备委员会于 1949 年 5 月 4 日试行出版，试办时为周刊；出完 13 期后，于 1949 年 9 月 25 日在北京正式创刊，正式创刊后改为半月刊。

③ 由中原文协筹委会编辑出版，1949 年 6 月创刊于郑州，后迁至汉口，1952 年 12 月出完七卷后停刊，1953 年 8 月 1 日复刊。

④ 由中外出版社编辑出版，1949 年 6 月创刊于北京，创刊时为月刊。

⑤ 由华北文协筹委会编辑出版，1949 年 7 月创刊于北京，创刊时为月刊，出完六期停刊。

⑥ 由中华全国文学工作者协会主办，1949 年 10 月 25 日创刊于北京，创刊时为月刊，茅盾任主编，艾青任副主编。

⑦ 由吉林省文学艺术工作者联合会编辑出版，1949 年 10 月创刊于长春，创刊时为月刊。

⑧ 由湖南省文联筹委会编辑出版，1949 年 10 月创刊于长沙，创刊时为半月刊，1956 年 7 月改为《新苗》，1959 年 1 月改为《湖南文学》，1974 年 1 月改为《湘江文艺》，1984 年 4 月改为《文学月报》。

⑨ 由河北省文联编辑出版，1949 年 11 月创刊于河北省保定市，创刊时为月刊。

⑩ 由湖北省文联筹委会编辑出版，1949 年 11 月创刊于武昌，创刊时为半月刊。

⑪ 由全军文艺工作委员会编辑出版，1949 年 11 月 10 日创刊于武汉，陈荒煤、刘白羽任主编。

⑫ 见《文艺报》1959 年第 18 期，第 44 页。

⑬ 1948 年 11 月创刊于聊城，创刊时为半月刊；后迁到河南省新乡市，改由平原省文学艺术工作者联合会编辑出版，为月刊，后随平原省撤销而停刊。

⑭ 1948 年 10 月创刊于上海，编辑委员会成员有茅盾、巴人、欧阳山、张天翼等人；出至第四卷第三期［1950 年 10 月］，改由商务印书馆发行；第五卷第一期［1951 年 2 月］改由中华全国文学工作者协会上海分会编辑出版，章靳以为主编；1952 年出至第六卷第六期停刊。

⑮ 最早创刊于广州，后因战事迁到香港，1950 年 2 月迁回广州，司马文森任主编。

⑯ 创刊于上海，后迁至重庆。

⑰ 文化部文学艺术研究院理论政策研究室：《六十年文艺大事记（1919—1979）》（内部资料），1979 年 10 月印刷，第 125 页。

1950 年后，随着国内形势的逐渐稳定，全国又有一批文艺刊物相继创办。关于这一时期文艺期刊的创办与发行，洪子诚先生有一个评估："50 年代以后，对文艺期刊也很重视。文艺期刊的数量比起三四十年代来，有很大的增加。"① 据统计，1950 年一年全国创刊的文艺刊物有 58 种②；到 1951 年 5 月，全国出版发行的文艺刊物有 90 种以上③；到 1951 年 7 月，全国共有文艺刊物 100 种以上④。针对全国文艺期刊的过热增长，全国文联 1951 年 11 月做出了《关于调整北京文艺刊物的决定》。这一决定明确了北京地区各种大型文艺刊物的办刊目的，也整合停办了一些重复和不必要的刊物。随着北京地区文艺期刊的调整，地方文艺刊物也进行了合并。因此，1957 年统计，全国文艺期刊的总数为 83 种⑤；1959 年统计，全国文艺期刊的总数为 86 种⑥。当然，这些文艺刊物还包含音乐、美术等非文学杂志。具体地说，"十七年"的文学杂志一般在 50 种左右徘徊。⑦

① 洪子诚：《中国当代文学史》，北京大学出版社 1999 年版，第 24 页。

② 敏泽：《办好文艺刊物》，《文艺报》第 3 卷第 8 期。

③ 丁玲：《为提高我们刊物的思想性战斗性而斗争》，《文艺报》第 5 卷第 4 期。

④ 全国文联研究室：《关于地方文艺刊物改进的一些问题》，《文艺报》第 4 卷第 6 期。

⑤ 见《文艺报》1957 年第 7 期，第 13 页。

⑥ 见《文艺报》1959 年第 18 期，第 44 页。

⑦ 中国作家协会 1956 年 11 月在北京召开文学期刊编辑工作会议，参加会议的有 47 个编辑部的代表（见《文艺报》1956 年第 23 期，第 20 页）。另外，舒芜先生在《关于改进文学刊物现状的一个建议》一文中说："现在全国的文学刊物据说有四十多种，每种似乎都要成为'百花园'。"（见《文艺报》1957 年第 8 期，第 3 页）因此，笔者判断，"十七年"文学刊物一般在 50 种左右徘徊。为了说明问题的方便，笔者不妨将其名目录之如下：大众文艺创作研究会编辑出版的《说说唱唱》（1950 年 1 月 20 日创刊于北京）、上海诗歌工作者联谊会编辑出版的《人民诗歌》（1950 年 1 月创刊于上海）、北京大众书店编辑出版的《大众诗歌》（1950 年 1 月创刊于北京）、河南省文联筹委会编辑出版的《翻身文艺》（1950 年 1 月 15 日创刊于河南省开封市）、天津市文艺家协会编辑出版了《文艺学习》（1950 年 2 月 1 日创刊于天津）、大众文艺创作研究会编辑出版的《大众文艺通讯》（1950 年 2 月 8 日创刊于北京）、东北地区文学艺术工作者联合会编辑出版的《东北文艺》（1950 年 2 月 15 日创刊于沈阳）、河南省文联编辑出版的《河南文艺》（1950 年 3 月 16 日创刊于河南省开封市）、华南文学艺术界联合会编辑出版的《华南文艺》（1950 年 7 月创刊于广州市）、江西省文联编辑出版的《江西文艺》（1950 年 7 月创刊于南昌）、北京市文学艺术工作者联合会编辑出版的《北京文艺》（1950 年 9 月 10 日创刊，创刊时为月刊，后因人力不够并入《说说唱唱》，1955 年 4 月《说说唱唱》改为《北京文艺》）、武汉市文学艺术工作者协会编辑出版的《工人文艺》（武汉）（1950 年创刊于武汉）、福建省文联编辑出版的《福建文艺》（1950 年创刊于福州）、中国作家协会厦门分会编辑出版的《厦门文艺》（1950 年创刊于厦门）、甘肃省文联编辑出版的《甘肃文学》（1950 年创刊于兰州）、贵州省文联编辑出版的《新黔文艺》（1950 年创刊于贵阳，1953 （转下页）

思与诗的搏击

除文学刊物外，《新华月报》、《中国青年》、《中国妇女》（原名为《新中国妇女》）、《中国教育》、《新观察》等综合性刊物也开辟文艺栏目，《人民日报》、《光明日报》、《解放军报》以及各大行政区的机关报纸、各大军区的机关报纸、各省市自治区人民政府的机关报纸、各行政专署的机关报纸也开辟文艺副刊。这些杂志的文艺栏目，报纸的文艺副刊也曾发表过一些质量较高的文学作品，如袁静孔厥的《新儿女英雄传》、康濯的《黑石坡煤窑演义》最初就连载于《人民日报》的副刊《人民园地》，路翎的《锻炼》就连载于《中国青年》，白朗的《为了幸福的明天》就连载于《新中国妇女》，李准的《不能走那条路》就发表在《河南日报》。

新中国成立后，人民解放军胜利的号角叫停了旧的出版发行社、旧的文艺期刊、旧的文艺形式，在第一次文代会上，代表们就把"对封建文艺以及买办文艺、帝国主义文艺展开顽强的斗争"视为当时文艺界的主要任

（接上页）年1月改为《贵州文艺》）、东北地区文学艺术工作者联合会编辑出版的《群众文艺》（沈阳）（1950年3月创刊于沈阳）、广西壮族自治区文联编辑出版的《广西文艺》（1950年创刊于南宁）、山东省文联编辑出版的《山东文学》（1950年创刊于济南）、山西省文学艺术工作者联合会编辑出版的《山西文艺》（约1950年创刊于太原）、西北地区文学艺术工作者联合会编辑出版的《西北文艺》（1950年10月5日创刊于西安）。中国人民解放军总政治部编辑出版的《解放军文艺》（1951年6月15日创刊于北京）、安徽省文联筹委会编辑出版的《安徽文艺》（1952年2月创刊于合肥）、陕西省文学艺术工作者联合会编辑出版的《陕西文艺》（1952年3月创刊于西安）、热河省文联编辑出版的《热河文艺》（1952年4月创刊于承德市，后随热河省撤销而停刊）、西安市文学艺术工作者联合会编辑出版的《工人文艺》（西安）（1952年创刊于西安）、中国戏剧家协会编辑出版的《剧本》（1952年创刊于北京）、西南地区文学艺术界联合会筹备委员会编辑出版的《西南文艺》（1952年1月创刊于重庆市）、新文艺出版社编辑出版的《文艺月报》（1953年1月创刊于上海）、江苏省文学艺术工作者联合会编辑出版的《江苏文艺》（1953年1月创刊于南京）、中华全国文学工作者协会编辑出版的《译文》（1953年7月1日创刊于北京）、少年儿童出版社编辑出版的《少年文艺》（1953年7月25日创刊于上海）、浙江省文联编辑出版的《浙江文艺》（1954年8月创刊于杭州）、旅大市文学艺术工作者联合会编辑出版的《旅大文艺》（1954年1月创刊于大连市）、重庆市文联编辑出版的《群众文艺》（重庆）（1954年创刊于重庆）、中国作家协会编辑出版的《文艺学习》（1954年4月创刊于北京）、广东省文联编辑出版的《广东文艺》（1954年5月创刊于广州）、辽宁省文学艺术工作者联合会编辑出版的《辽宁文艺》（1954年10月创刊于沈阳）、内蒙古自治区文联编辑出版的《内蒙文艺》（1954年创刊于呼和浩特）、青海省文联编辑出版的《青海文艺》（1955年创刊于西宁）、中国作家协会广州分会编辑出版的《作品》（1955年4月创刊于广州）、云南省群众艺术馆编辑出版的《云南群众文艺》（1955年创刊于昆明）、中国作家协会沈阳分会编辑出版的《文艺月刊》（1955年7月创刊于沈阳）、中国作家协会沈阳分会编辑出版的《处女地》（1955年7月创刊于沈阳）等。加上1950年前创刊的文学刊物，凡50余种。十七年文艺刊物（含文学刊物）时办时停，其种数应该是一个动态的数据。

务之一①；同时它也开启了新中国自己的出版机制、文艺刊物和文学形式。新中国文艺出版社的兴起，文艺刊物的兴办，文艺栏目的设置和文艺副刊的复出，为文学创作的发展提供了空间和平台。在新的生存环境下，不同的作家，由于经历的不同、身份的不同、文学素养文学趣味文学理念的不同，他们有着不同的文运和命运。1949年，对于整个中华民族都是一个震撼人心的日子，作家也不例外：他们有的逃离了，有的留守着，有的还从遥远的异国他乡归来。留守在大陆的作家，有的沉沦了，不时地感到压抑和惶恐；有的兴奋着，憧憬着一个美好的未来。在"进步"作家之列，有的反而成为被斥责的对象，满心的希望化为泡影；有的与这个时代融合在一起，成为时代的主流。新的氛围又造就了一批新的作家，在新生的作家中，有的很快为时代所淘汰，成为历史的弃物；有的迅速地成长起来，成为时代的宠儿。无论年龄长幼，无论身世尊卑，无论历史清浊，无论地位高下，整个文学圈里的人，都要为这个时代所洗礼所激荡所燃烧。面对如此浩瀚的文学史资料和如此壮阔的文学史实，文学史的写作不能置之不理，束之高阁。

不可否认，"十七年"文学有人物形象单薄，叙述语言单调，叙事策略呆滞，价值判断武断等明显的缺陷；但是，"十七年"繁杂的文本所蕴涵的作家的执著追求和复杂心理是值得今天的研究者们认真琢磨的。绿原的组诗《北京的时间》，发表于《人民文学》1954年第3期。第一首《沿着中南海的红墙走》是这样写的：

> 沿着中南海的红墙走，
> 我的脚步总是很慢很轻，
> 我总想在这儿多逗留一会儿，
> 我总是一面走，一面倾听。
> 不是里面有人造的海，

---

① 茅盾：《一致的要求和期望》，《文艺报》创刊号。

思 与 诗 的 搏 击

不是里面有什么故宫，

不是里面有风景……

不是的，不是那些使我耽误时间。

那里面有一颗伟大的心脏，

是那颗伟大的心脏和我的心脏相连，

是我每次经过这一带，

我的心像喷泉一样，

涌出了神圣的火星，

我的脚步不能不很慢很轻。

云彩照在中南海的上空，

白鸽飞在中南海的上空。

中南海是安静的，

一颗伟大的心脏在那里

为亿万个生命跳跃着。

用当下人的审美眼光来看，这是一首政治抒情诗，并会对它不屑一顾。但这首诗没有豪言壮语，没有公式概念，在充满了浓郁抒情色彩的字里行间流淌着诗人新中国成立后的真挚而炽烈的情感，不失为比较优秀的政治抒情诗。现在如果我们重新审视一下旧中国的历史状况，一个无法回避的事实是：一个拥有四万万五千万人口的大国却是一个积贫积弱民不聊生支离破碎的国度。试想，一个饱受了战乱和饥荒之苦的民族，当他步入和平和安康的生活旅程时，他能不尽情地歌唱吗？诗人抓住自己走在红墙外的瞬息感觉，写成了这首抒情诗："我"走在红墙的外面，尽量走得慢一些，轻一些，一方面在倾听红墙内那颗伟大心脏的跳动，另一方面又不愿去打扰红墙里的一切，因为红墙内，"一颗伟大的心脏在那里为亿万个生命跳动着"。诗人通过对自己炽热情感的铺展，表达了对伟人的无限崇敬之情。这组诗的另外两首则抒发了诗人对新生活由衷赞美和对美好未来无限向往的赤子情怀。然而，这组诗的意义不在于它的艺术上的造诣，而

217

在于它所蕴藏的文学史内涵：一个对伟人如此崇拜、对新生活如此热爱、对未来充满希望的诗人在此后不久的日子却被这个时代和这个时代的文化体制冷落和冰冻了。如此的一个存在于文本之外的潜在文本却具有近似于荒诞的反讽功能。另一个有趣的事实是：绿原的这组诗没有收入他后来的自选诗集。这一诗作的流失，反映了一个文本的曲折命运，更隐含着一位诗人对领袖对人生对社会对自己的艺术生涯的复杂而矛盾的心理。"十七年"中，具有同样命运的不是只有绿原和他的《北京的时间》，信手拈来，胡风和他的《时间开始了》也是类似的范例。这种知识分子的命运在文学史的写作中本身就是一个耐人寻味的话题。

　　"十七年"文学中不具有发现经典之作和文学巨匠的可能性，但人类的艺术智慧是与人类同生共存的。翻阅"十七年"的文学史料，我们不难发现，那些游离于主流意识形态之外的被边缘化了的作家作品，也常常能闪烁出人类艺术智慧的火花。短篇小说《董林和小卡》发表于《湖北文艺》第2卷第6期（1950年11月号），小说不长，只有一千五百字左右，却一波三折地展示了中原大地土地改革时期复杂的人际关系和人们微妙的心理状态。作者董伯超是一个不出名的业余作者①，叙述的对象不是英雄人物或者工农兵，叙述的内容也没有突出主流意识形态；所以，这篇小说发表后，在当时没有引起任何反应：包括正面的或者反面的。并非声名鼓噪的大家，写出来的就一律是永世不朽的杰作，没有名气的业余作者，写出来的就一律是不登大雅之堂的次品；相反，文学大师有时也会写出极为平庸的文字，无名小卒偶尔也有惊动四座的佳作。《董林和小卡》对土地改革时期"中等收入者"的心态就有难能可贵的独到表述。

　　"十七年"的作家中，有的接受过良好的教育，上过中学、大学，甚至从海外留学归来，而大多数作者没有接受过正规的写作训练，只上过小学，甚至小学还没有毕业；但是，他们亲身经历过抗日战争，经历过解放战争，经历过抗美援朝战争，经历过新中国成立之后的城市工业化建设和

---

　　①　董伯超，武汉中南荣校退伍军人，曾在《湖北文艺》、《长江文艺》、《小说》上发表过小说、散文和速写。

农村集体化运动，在这些重大历史事件中所形成的人生体验曾经深深地打动过他们的心灵，成为他们永志难忘的记忆。正是这些记忆激荡他们的写作情怀，他们的人生体验也便变成了具有真情实感的叙事。所谓叙事，无非是充满激情记忆的铺展和流淌。"十七年"文学凭着这种记忆时而对主流意识形态顺应，时而与主流意识形态抗争；充斥着抹有政治色彩的"御用"文字，也建构出饱含生活质感的叙事话语。其中王林的长篇小说《腹地》（1949 年 9 月由新华书店出版）、邵子南的短篇小说《稀罕的客人》（发表于《群众文艺》1954 年创刊号）、廖伯坦的短篇小说《一封信》（发表于《长江文艺》1954 年第 4 期）等都是极为有价值的叙事文本。这些文本对战争的书写，对战争所带来的苦难的书写；对新的生活的描述，对新生活中人们心理状态的描述，都非常直观，具有"原汁原味"的审美趣味，能够给人以内心深处的震撼。

　　人们常常喜欢用"断裂"来指称"十七年"文学与整个中国文学的关系。但笔者认为，"十七年"文学与中国古代文学、五四新文学，以及新时期文学都有着内在的联系。《铁道游击队》无论是人物的塑造还是叙事的铺展都可以说是对《水浒传》传承。《风云初记》中男女恋情的描写明显地受到了《红楼梦》的影响。读过《铁道游击队》的人大概是会记得一个叫做"朱三"的人物的。《铁道游击队》对他的叙述并不多，仅出现于《地主》和《在湖边站住脚》两章之中，而且还是以次要人物的身份出现的，但他的存在却呈现出了完全不同于《铁道游击队》中其他人物的审美形态。朱三是鲁庄的伪保长，他和其他的保长不同，在地方上有着很高的威信。十多年前，他也很平常，靠做一点小本生意维持生计。一天，一个叫花子在街上生了病，朱三把他扶到家里，给他饭吃，替他治病；叫花子临走时，朱三还送给他盘费。十多年过去了，朱三也早已忘记了这件事情。有一天，山上的土匪下山拉走了鲁庄的很多人，朱三也在其中。突然，那个骑马的土匪从马背上跳下来，趴在地上，给朱三叩了一个响头。原来这个骑马的人就是当年的那个叫花子。骑马的人要带朱三到山里去享福，朱三不去；给朱三钱，朱三不要。朱三只提了一个要求：释放所有被围困的人。骑马的人难为情，但他还是答应了朱三的请求。这一下，朱三在地方上有了更好的人缘，方圆几十里有身份的人都要看他的眼色行事。面对这样一个人物，国民党要利用他，日本人要拉拢他，游击队对他也不能小视。麦收季节，鬼子将中国的粮食运往日本，游击队约定朱三带三十辆小车到鲁庄南面的空地里拉从火车上掀下来的粮食。敌人的巡逻队来了，朱三对特务长说，前面有很多八路，吓得敌人不敢前进；朱三利用敌人要他去探听情报的机会，告诉游击队员，前面只有六个敌人，让游击队员放心地抢运粮食。粮食运走了，朱三再带敌人去看那抢运粮食的一片狼藉的场地，敌人的特务长居然相信了朱三所提供的情报的真实性，还奖励了他两袋粮食。朱三就是这样一个人物：聪明、机警、有个性、有能力，而且不乏善良和仁慈之心；但用 20 世纪 50 年代的审美标准，任何人都很难对他做出是正面人物还是反面人物的判断，即使作者本人也没有对他作着力的铺展和精细的雕琢。知侠在文本中甚至还假借政委李正之口指责朱三："他是穷兄弟的朋友，就是地主恶霸的对头；是鬼子汉奸的朋友，就是中国人民的对头。"① 然而，知侠不由自主地，也可以说是，下意识地叙述了这一人物。不是有专家探讨中国当代文学中的"潜在写作"吗？笔者认为，真正意义上的"潜在写作"就是这种在宏大叙事和主流话语中不经意地泄露出的人类（或民族）集体无意识的"天机"。朱三这一载体蕴涵着我们民族的某些特性，即行侠仗义、行善积德的品质。

在中华民族的民间行为中，常常存在着这样一种行为方式：有能力有德行的个体，以牺牲自己的利益，甚至包括自己的生命为代价，拯救处于弱势的他者，从而使自己的存在价值得以实现。知侠凭着自己的艺术直觉，捕捉到了这一蕴涵着民族智慧的亮点；可惜的是，知侠或许是受某些制约因素的影响，未能对这一亮点作充分的铺展和淋漓尽致的发挥。但这一民族特性在新时期的叙事文本中得到了比较充分的展示，如在张炜、陈忠实、李锐的作品中就经常能见到朱三的影子。李锐《传说之死》中的六

---

① 知侠：《铁道游击队》，上海文艺出版社 1978 年版，第 328 页。

姑婆可以说是对朱三的重塑与再现。六姑婆和朱三一样也保存着我们民族立德成仁的秉性，正是这一独特的民族秉性使两个不同时期的叙事文本建构了具有同一审美价值的人物形态。一个民族的特性，是相对稳定的，也是立体多元的，它存在于这个民族的政治的、艺术的、伦理的、习俗的等各个方面。稳定的多元的民族秉性保持了"十七年"文学与不同时期的文学剪不断理还乱的多重关联。

挖掘有益的文学史料，发现有价值的文本，寻求"十七年"文学与不同时期文学的内在联系，应该是文学史写作值得关注的路径；但学界未能从以上诸路径进入"十七年"文学，对"十七年"文学作系统的清理和深入的研究。对"十七年"文学的关注，可以分为三个不同的阶段，即"文革"及"文化大革命"以前的革命性总结的阶段、改革开放后的文学性批判的阶段和"重写文学史"讨论开始后的文化性阐释的阶段。"文化大革命"及"文革"以前的时期，为了便于对文学创作的引导和规范，文学艺术战线的负责人不时有总结性的文章见诸报端，如沈雁冰的《三年来的文化艺术工作》、邵荃麟的《文学十年历程》等。这些文章都是从政治需求的视角对文学所作的总结，很少触及文学创作的艺术层面；其间抑或涉及了文学的"艺术性"，也不过是以主流意识形态为尺度对文学艺术所作的"革命性"的概括。改革开放后，随着政治上的"拨乱反正"，文艺界也对"十七年"中被批判的理论家作家，被批判的文学观念和文学作品进行了重新评价。或许是受新的文艺思潮的冲击，或许是因为"拨乱反正"的极端化，新时期产生了一股对"十七年"文学几乎全盘否定的情绪。洪子诚先生曾在一次会上透露出他的一个心迹：在 20 世纪 80 年代，他曾准备以《文学的空白》为题，"试图用很猛烈的火力来批判这段文学"，但他后来放弃了。①从洪子诚先生的这一心理陈迹，我们可以窥见 20 世纪 80 年代文学研究者们对"十七年"文学的普遍心态。文学研究中的这种"十七年""文学空白论"的心态，不可能对"十七年"文学进行系统的清理。

① 见《中国当代文学史研究（1949—1976）学术研讨会综述》，《文学评论》2002 年第 2 期。

"重写文学史"的讨论开始以来，学界产生了一批具有真知灼见的研究成果，但这些成果与其说是对"十七年"文学文学性的探索，倒不如说是对"十七年"文学文化性的阐释；再加上当下浮躁的学风，也导致对"十七年"文学未能进行系统的总结。因此，对"十七年"文学进行系统的文本解读，应该是当下"十七年"文学研究的当务之急。其实，系统阅读的方法并不是某个人的发明。马克思于1852年初在《路易·波拿巴的雾月十八日》一文中，就对资产阶级的狭隘性进行过猛烈的批判。他说："这个资产阶级时刻都为最狭小最卑鄙的私人利益而牺牲自己的全阶级的利益即政治利益，并且要求自己的代表人物也作同样的牺牲……"①卢卡契受马克思的启发，在《历史与阶级意识》（1922）一文中进而提出了"总体论（totality）"的观点，卢卡契的观点影响了后来的文学批评理论。众所周知，结构主义文学批评注重文学作品的共同性，即相通模式的研究，解构主义文学批评则审视某一作品区别于其他作品的异质；但不管其侧重点如何不同，它们都是立足于文学史料的"整体性"研究。如果缺乏对研究对象的全面的整体的占有，这种"不充分"的阅读很有可能会产生盲人摸象的笑话，得出具有"不可靠性"的结论。所以，笔者认为，对"十七年"文学的系统阅读，也是文学（或文化）研究方法对具体的研究工作的客观要求。

① 马克思：《路易·波拿巴的雾月十八日》，《马克思恩格斯选集》第1卷，人民出版社1972年版，第679页。

建构自我与走出困境

"当代文学研究首要的意义在于职称评定。次要意义在于培养一批心理变态的打手。"① 韩东的高论未免太哗众取宠了。但是，当代作家对中国当代文学研究与评论的不满情绪早已见诸中国当代作家的散论之中。

从事当代文学研究的专业人员对当代文学研究的现状也深感担忧。著名当代文学史研究专家王庆生先生说："当代文学研究与批评缺乏有分析有价值的见解。"路文彬先生也说："极有可能的是，我们将会亲眼目睹到文学批评的消亡，这绝不是耸人听闻。"

那么，当代文学批评怎样才能走出困境呢？笔者认为，建构自我不失为当代文学批评走出困境的一个出路。

当代文学批评的任务是对当前文学事实作出准确的判断，或者诠释其艺术创造上的突破与创新，或者甄别其表现形态上的失误与不足。但是，真正做到对当前文学事实的准确判断，需要有对当代文学作品的微观细读和对当代文学思潮的宏观把握。"你对那个问题的现实情况和历史情况既没有调查，不知底里，对于那个问题的发言便一定是瞎说一顿。"②

对当代文学作品和当代文学思潮作出判断，离不开当代文学研究人员

---

① 韩东：《关于〈断裂〉的部分答卷》，《文艺报》1998 年 10 月 1 日。
② 毛泽东：《反对本本主义》，《毛泽东著作选读》上册，人民出版社 1986 年版，第 48 页。

的价值观念和鉴赏能力。皮亚杰认为，对外界的认知，不是简单的刺激反应，而是认知对象与认知主体心理结构的双重建构。因此，当代文学批评在观照当前文学事实的同时，也应该不断地提高自身的艺术修养和审美情趣，不断地丰富自己的文学史文化史知识；在全球趋于一体化的今天，既要汲取和发扬我国传统文化的精髓，也要学习和借鉴国外的理论和方法；在学习中形成自己的审美理想，用自己日臻成熟的审美理想去观照当下的文学事实。

特别值得注意的是，当代文学批评不能用固有的研究批评模式去阐释业已变化的文学事实。中国当代文学是一个不断发展的研究对象，新时期文学不同于"十七年"、"文革"文学，80年代中后期文学有别于80年代前期的文学，90年代文学更是以崭新的绚烂多彩的风范展现在世界文学的格局之中。如果我们用已经过时的理论和审美标准去分析鉴别当前的文学事实，那必将不能达到对当下文学事实的准确判断。"时已徙也，而法不徙，以为治，岂不难哉！"[①]

用日臻完善的审美理想去观照不断发展的文学事实，既要研究作家赋予作品的意义，也要挖掘作家本人并没有意识到而作品却已存在的内涵；既考察文学活动的表层事实，也深入探讨文学运动隐含的深层规律。巴赫金在认真研究陀思妥耶夫斯基的小说之后敏锐地发现陀思妥耶夫斯基的小说不同于他以前的欧洲小说，小说主人公在作品中能够通过对话的方式自由地表达自己的独立的观点和意识，因而提出了"复调小说"的理论范畴。马克思恩格斯在详细阅读拉萨尔的《济金根》之后不约而同地提出了要"莎士比亚化"，不要采取"席勒式"[②]，不应该"为了席勒而忘记莎士比亚"[③] 的著名论断。只有这样，我们才能建构当代文学批判的自我，才能在整个文化史文学史中确立自己的地位，使当代文学批评真正走出困境。否则，萎缩的批评必定导致批评的萎缩。

---

① 《吕氏春秋·察今》。
② 《马克思恩格斯选集》第4卷，人民出版社1972年版，第340页。
③ 同上书，第345页。

后　记

　　在繁忙的教学之余，将自己多年的思考整理成目下的文字，非常欣慰。因其关涉了文学之哲学层面的意义与本体层面的意蕴，故名之曰：《思与诗的搏击》。

　　整理完这个集子，正是南风徐来，春意盎然的季节。或许是"春眠"的自然规律，或许是长途跋涉的劳顿，或许二者兼而有之，真有一种难以言说的疲惫。

　　即或是在一种无限的倦怠之下，所有与这些文字有关的人和事又都浮现在了我的眼前。首先让我记起的是我小学时候的老师彭英寿先生和我硕士学位论文的指导教师孙子威先生。彭英寿先生中等身材，朴素而勤于思考，天冷的时候偶尔围上一条长长的围巾，还颇有一点五四知识分子的风采。孙子威先生身材不高，但精神矍铄，一眼看去便知道他是一位学养深厚的学者。二位先生都有一个共同的特点，便是做事认真。因为认真，他们都免不了要对我的作文或者论文作出精细的批改。仔细掂量起来，这个集子也还有他们文脉的基因。二位先生都已经驾鹤西去了，每每想起他们，我都还真有一点于心也戚戚。其次应该感谢的是我博士学位论文的指导教师王庆生先生和我博士后出站报告的合作教师杨匡汉先生。这个集子尽管不是我的博士学位论文和博士后出站报告，但二位先生对我开拓性的训练也是于我受益终身的。最后还值得一提的是我现在所处的这个"自然、宽和"的工作环境，这一和谐的学术氛围也是促成本书出版的一个重要因素。

　　尽管得到了如此之多的指导、帮助和提携，但由于本人性情的慵懒和心智的愚钝，本书也还有不少缺陷和遗憾。诚请读者诸君多提出宝贵的意见和建议。

刘为钦 2010 年仲春于武昌